KB238941

2010년 제1회

젊은작가상
수상작품집

2010년 제1회

젊은작가상
수상작품집

김중혁
1F/B1

문학동네

| 차례 |

김중혁

1F/B1

.
.
.
.
.

김중혁

2000년 『문학과사회』에 중편소설 「펭귄뉴스」를 발표하며 등단. 소설집 『펭귄뉴스』『악기들의 도서관』『일층, 지하 일층』『가짜 팔로 하는 포옹』『스마일』, 장편소설 『좀비들』『미스터 모노레일』『당신의 그림자는 월요일』『나는 농담이다』『내일은 초인간(전2권)』『딜리터』, 산문집 『뭐라도 되겠지』『모든 게 노래』『메이드인 공장』『바디무빙』『무엇이든 쓰게 된다』『오늘 딱 하루만 잘 살아 볼까?』가 있다. 김유정문학상, 오늘의 젊은 예술가상, 이효석문학상, 동인문학상을 수상했다.

1F/B1

네오타운의 건물관리자연합은 2007년 8월에 공식 해산한 것으로 기록되어 있지만 지금까지도 지하조직으로 명맥을 유지해오고 있다. 공식 해산하기 이전에도 지하조직이긴 했지만 — 그들은 언제나 지하에서 살고 있으니까 — 지금은 완벽하게 깜깜한 지하, 지하 중의 지하, 땅밑 끝이라 불러야 할 지하로 숨어들어갔다. 지하조직이라는 말이 이렇게 완벽하게 들어맞는 조직은 전 세계 역사를 아무리 뒤져도 찾아낼 수 없을 것이다. 네오타운의 건물 관리자들은 자신들을 SM이라고 불렀는데, 처음부터 그랬던 것은 아니고 2007년 4월의 잊지 못할 사건, SM들이 부르는 공식 명칭으로 '암흑 속의 전투'를 겪고 난 후부터였다. SM은 슬래시 매니저(Slash Manager)의 약자다.

모든 도시에 건물관리자협회가 있지만 네오타운의 건물관리

자연합은 성격이 조금 달랐다. 고평시의 네오타운에는 대형 빌
딩보다 10층 이하의 소형 빌딩 — 주로 주상복합형 건물 — 이 많
았고, 이들은 좁은 구역에 밀집돼 있었다. 건물관리자연합이 생
겨나게 된 배경에는 이런 지역적 특성도 한몫했다. 한 건물에서
문제가 발생하면 컴퓨터 바이러스처럼 순식간에 다른 건물로
옮아갔다. 한 건물에서 에어컨디셔너의 실외기 장에 압력이 증
가하는 문제가 생기면, 하루도 지나지 않아 다른 건물에서 똑같
은 문제가 생겼다. 모든 건물이 비슷한 시기에 지어졌고, 비슷
한 구조로 지어졌기 때문이다. 건물관리자연합이 생기게 된 이
유는 입주자들의 권익을 보호하기 위해서가 아니라 입주자들의
문의나 집단 항의로부터 자신들을 보호하기 위해서였다. 지구
가 만들어진 이래 만들어진 모든 단체가 그러했던 것처럼.

　고평시 건물관리자연합을 처음으로 조직한 사람은 구현성이
었다. '전국과대망상자모임'을 조직하는 쪽이 더 어울리는 사람
이었지만 그 자신은 그렇게 생각하지 않았다. 지구가 만들어진
이래 과대망상에 빠진 모든 인간이 그러했던 것처럼. 그는 건축
가 출신으로 어디에나 끼어들기 좋아했으며 네오타운의 조직위
원회 위원이자 고평시 건축가협의회의 후원자이기도 했다. 고
평시의 사람들은 도대체 구현성이 어디에서 그 많은 돈을 벌어
들이게 됐는지 궁금해했다.

　"구현성이 가장 좋아했던 말은 '하자 보수'였습니다. 그는 그
말이 아름답다고 했습니다. 그리고 이런 말을 덧붙였죠. '완벽한
건물을 지을 수는 없다. 하자 보수만이 건물을 완벽하게 만든

다.' 구현성이 얼마나 완벽주의자인지 알 수 있지 않습니까?" 라는 게 구현성을 가장 잘 알고 있다고 소문난 이문조의 의견이다. 이문조는 구현성과 함께 건물관리자연합을 조직한 인물이며 공식적인 2인자였지만, 1인자와 2인자의 차이가 너무 커서 2인자라는 말을 붙이기에는 민망했다. 구현성은 고평시의 건물을 일곱 채나 소유한 갑부였고 이문조는 건물 관리자로 잔뼈가 굵은 기술자일 뿐이었다. 이문조는 구현성의 행동대장에 가까웠고 구현성은 실질적인 현장업무 대부분을 이문조에게 맡겼다. 건물 관리는 구현성의 취미 같은 것이었다. 그만한 돈을 가지고 있으면서 그는 늘 자기 건물 지하실의 관리실에서 살았고, 건물 관리보다 재미있는 일을 알지 못한다고 했다. 네오타운이 형성된 것은 1991년이었고, 건물관리자연합이 발족한 것은 다음해인 1992년이었다. 1992년부터 2007년까지 무려 십오 년 동안 구현성과 이문조는 고평시 건물관리자연합을 성공적으로 이끌었다. 누구도 그들의 독재에 반항하지 않았고, 그들의 결정에 이의를 제기하지 않았다. 2007년 4월 '암흑 속의 전투'가 있기 전까지는 그랬다.

구현성을 욕하는 사람도 많았지만 그가 네오타운의 발전에 커다란 기여를 했다는 사실은 누구나 인정하는 바였다. 구현성은 네오타운을 세계적인 명소로 만들기 위해 노력했다. 그는 설계에서부터 홍보에 이르기까지 많은 과정에 참여했고, 그 덕분인지 네오타운은 생긴 지 삼 년 만에 전국 부동산업자 선정 '사무실 열기 좋은 지역 1위'와 '장사 잘되는 지역 1위'를 동시에

거머쥐었다. 네오타운이 유명해지면서 구현성은 책을 펴내기도
했다. 구현성이 네오타운의 건물 관리자들을 위해 출간한 책
『지하에서 옥상까지 ― 건물관리 매뉴얼 1, 모든 건물은 마찬가
지다』는 도시와 빌딩에 대한 새로운 개념을 일깨운 명저로 알려
지면서, 네오타운 내부뿐 아니라 모든 건물 관리자들의 필독서
가 됐다.

건물 관리자들이 가장 좋아했던 대목은 제23장 '형광등 갈아
끼우는 법'이었다. 건물 관리자라면 누구나 아무런 어려움 없
이 형광등을 갈아끼울 수 있을 것이라고 생각하는 세입자들의
편견을 꾸짖으면서, 세입자들이 지켜보는 가운데 형광등을 갈
아끼워야 하는 건물 관리자들의 아픔을 상세하게 기록한 그 장
은, 다른 장과는 달리 감성이 넘치는 서술로 한 편의 문학작품
을 읽는 듯하다는 평가를 받기도 했다. 형광등이 얼마나 뜨거운
지를 눈으로 확인하는 방법, 형광등을 끼우는 요령, 대형 전등
갓을 쉽게 여는 방법 등 무심코 지나치기 쉽지만 꼭 필요한 상
식들도 빼놓지 않았다. 건물 관리자들에겐 자신들의 외로움을
알아주는 사람이 있다는 것만으로도 큰 위안이 됐다. 구현성이
건물관리자연합을 성공적으로 이끌 수 있었던 가장 큰 이유는
『지하에서 옥상까지』가 건물 관리자들의 마음을 사로잡았기 때
문이었다.

뜨거운 걸 뻔히 알면서도 우리는 손을 뻗을 수밖에 없다. 깜
빡이는 형광등을 보면서, 녀석들이 얼마나 오랫동안 저렇게

깜빡이며 달아올랐을까 생각하면서, 얼마나 뜨거울까 상상하면서, 우리는 손을 뻗을 수밖에 없다. 세입자가 보고 있기 때문이나. 그늘은 우리 손바닥이 두꺼운 줄 안다. 우리 장갑은 얼음으로 만든 줄 안다. 우리는 뜨거움을 못 느끼는 줄 안다. 우리는 생각한다. 가장 좋은 방법은, 어서 빨리 형광등을 갈아 끼우고 이곳을 나가는 것이다. 우리는 손을 뻗어서 형광등의 열기에 맞서 싸운다. 우리들은 깜빡이는 형광등보다 외로운 존재들이다.

건물 관리자들을 초대해 출판기념회를 열었을 때 구현성이 낭독한 대목이다. 한 건물 관리자는 뒷자리에서 몰래 눈물을 훔쳤다고 했다. 책은 사십만 부 이상 팔렸고, 오랫동안 베스트셀러 순위에 머물렀다. 『지하에서 옥상까지』는 일반인들에게 건물 관리자가 어떤 일을 하는 사람인지 알리는 훌륭한 계기가 됐다. 물론 몇몇 사람은 '암흑 속의 전투'가 일어나게 된 결정적인 계기로 이 책을 지목하기도 한다. 지하에 묻혀 있던 건물 관리자의 실체를 지상으로 끌어올리는 바람에 큰 사건이 일어났다는 것이다. 하지만 어쩌겠는가. 사십만 명 이상의 사람이 읽은 책이라면 누군가에게는 나쁜 영향을 끼칠 수도 있는 법이다.

『지하에서 옥상까지』의 서문은 '건물 관리자들은 언제부터 지하에서 살게 됐는가'라는 흥미로운 문제제기로 시작한다. 구현성은 건물 관리자의 역사를 조사하는 과정에서 새로운 사실을 발견하게 됐는데, 건물 관리자가 처음에는 옥상이나 고층에 살고 있었다는 것이다. 시간이 지나면서 조금씩 낮은 곳으로 이동하다가 십 년 전쯤부터 결국 지하로 가게 됐는데, 구현성은 이런 변화가 건물 관리자들의 지위 변화와 깊은 관계가 있다고 생각했다. 건물의 경비를 위탁받은 외주업체는 10층 건물 기준으로 경비 네 명과 건물 관리자 한 명을 고용하는 경우가 많은데 초창기에 건물 관리자 한 명의 위력은 경비 네 명과 맞먹을 정도였다. 월급 역시 그랬다. 소형 건물이 마구잡이로 생겨나던 시기에는 건물 관리자의 영향력이 높았지만 시간이 지날수록 컴퓨터와 CCTV가 그 역할을 대신했다. 건물과 세입자를 관리하던 건물 관리자는 형광등이나 에어컨디셔너의 필터를 교체하거나 막힌 배관을 뚫어주는 사람으로 변했다. 사람들은 언제부턴가 소형 건물의 지하에 관리실을 만드는 것을 당연하게 여겼다. 구현성은 서문의 끝에다 이렇게 적었다.

'지금도 건물 관리자들은 환기가 제대로 되지 않는 지하실의 매캐한 공기 속에서 하루하루 죽어가고 있다.'

홈세이프빌딩의 건물 관리자 윤정우는 2007년 4월 14일 저녁 열시, 605호 입주민과 말싸움을 하고 있었다. 방음이 문제였다. 605호에는 이십대 중반의 여자가 혼자 살고 있었는데 옆방 소리 때문에 시끄러워 잠을 잘 수 없다며 건물 관리자에게 항의했다. 옆방에는 결혼한 지 세 달 된 신혼부부가 살고 있었고, 섹스하는 소리가 밤마다 벽을 넘었다. 침대가 삐걱거리는 소리, 삐걱거리는 소리 사이로 들리는 여자의 신음소리, 드물게 들려오는 남자의 깊은 숨소리. 절정에 이르면 여자는 건물이 떠나갈 정도로 소리를 질러댔다. 윤정우 역시 건물 복도를 지나다 여자의 신음소리를 들었던 기억이 났다. 열흘 전 605호의 항의를 받은 윤정우는 604호 쪽 벽에다 네 개의 흡음기를 설치했다. 흡음기는 소용이 없었다. 윤정우는 흡음기를 더 설치해야 할지 압착톱밥으로 만든 일 인치짜리 단열재를 덧대어야 할지 고민했다. 연륜 있는 건물 관리자였다면 일 초의 고민도 없이 흡음기를 추가하는 쪽을 택했겠지만, 윤정우는 건물 관리자가 된 지 이제 겨우 사 개월째였다. 관리자 양성학교에서 배운 대로라면 일 인치짜리 단열재와 흡음석고보드를 설치하는 것이 정석이었다. 정석대로 하자면 대규모 공사가 불가피했다. 605호 여자는 시끄러워 살 수가 없다며 소리를 질러댔다. 벌써 사흘째 잠을 자지 못했다고 했다. 그때 불이 꺼졌다. 네오타운의 모든 불빛이 일제히 사라졌다. 605호 여자가 "엄마야"라고 소리를 질렀고, 건물 곳곳에서 웅성거리는 소리가 들렸다. 순식간에 건물 전체가 암흑으로 변했다. 옆 건물도 깜깜했다. 윤정우는 어떻게 해야 할지 몰랐다. 정전 발생시 대처요령에 대해 생각했지만 머릿속도 깜깜했다. 윤정우는 605호 여자에게 양해를 구한 다음 지하의 관리실로 향했다.

윤정우는 홈세이프빌딩이라는 이름을 처음 들었을 때 그 어감이 마음에 들었다. 수십 개의 건물 이름을 놓고 한 군데를 지원해야 했다면 당연히 홈세이프빌딩을 골랐을 것이다. 홈세이프빌딩에 취직하게 된 것은 대단한 행운처럼 여겨졌다. 윤정우는 첫 출근하던 날 빌딩 정문 위에 음각된 '홈세이프'라는 글자를 올려다보며 흐뭇한 표정을 지었다. 건물주가 야구를 좋아해서 지은 이름이라고 추측했다. 야구에서는 주자가 공보다 홈베이스에 먼저 들어와야 세이프가 되고 점수를 올릴 수 있다. 빌딩에서는 무엇보다 먼저 들어와야 세이프가 되는 것일까. 윤정우는 홈세이프빌딩을 안전하게 지켜야 하는 자신의 직업이 좋았다. 야구 경기에서 포수의 역할이랄까, 축구경기에서 골키퍼의 역할이랄까. 모든 입주민들을 확실히 지켜주겠어. 윤정우는 오른손을 꼭 말아쥐며 중얼거렸다. 모든 것을 스포츠에 비유하는 것은 윤정우의 버릇이었다.

윤정우는 어두운 계단을 내려오면서 플래시를 챙기지 않은 자신의 부주의를 반성했다. 3층까지 내려오자 복도에서 불빛이 보였다. 몇 사람이 플래시를 들고 복도에 서 있었다. 윤정우는 어둠 저편의 사람들을 향해 소리를 질렀다.

"조금만 기다려주세요. 최대한 빨리 복구하겠습니다."

플래시 불빛 하나가 윤정우의 얼굴로 향했다.

"저는 건물 관리자 윤정우입니다. 죄송하지만 플래시 좀 빌려주실 수 있을까요. 지하까지 가야 하는데 너무 어둡네요."

플래시 불빛 세 개가 한꺼번에 윤정우의 얼굴로 향했다. 어둠 속에서 세 사람이 웅성거렸다. 자기네들끼리 하는 말이라 윤정우는 무슨 말인지 알아들을 수 없었다. 세 사람은 집 안으로 쑥 들어가버렸다. 당연한 반응이었다. 건물 관리자의 얼굴을 알아보는 사람은 많지 않다. 매일 입구에서 마주치는 경비라면 모를까 세 달에 한 번 볼까 말까 한 건물 관리자의 얼굴을 알아보고 친절을 베풀기란 쉽지 않다. 게다가 자신의 발끝조차 보이지 않는 완벽한 암흑 속에서 누군가를 믿기란 쉽지 않은 일이다.

윤정우는 평상시에도 엘리베이터를 타지 않고 계단을 이용했다. 3부 리그의 축구선수로 활동하고 있었기 때문에 언제나 다리 근육을 단련하기 위한 운동을 했다. 서른 살의 그는 팀의 주공격수이자 핵심선수였으며 인상도 좋아서 회원 수가 이백여 명쯤 되는 팬클럽도 있었다. 윤정우는 자신을 좋아하는 사람들을 위해 노력을 게을리하지 말아야 한다고 생각했다. 그는 계단을 오르내릴 때마다 숫자를 셌다. 지하의 관리실 칠판에는 언제나 몇 개의 숫자가 적혀 있었는데, 윤정우가 오르내린 계단의 수를 적어놓은 것이었다. 저녁이 되면 윤정우는 칠판에 적힌 숫자들을 모두 합해서 그날 오르내린 계단 수를 확인했다.

"이거는 말이 안 되는 게요, 똑같은 빌딩을 계속 왔다갔다 왔다갔다하는 건데 계단 수를 세긴 왜 세요. 그거는요, 층마다 계단 수를 적어놓으면은요, 갔다 와서 몇층 갔다 왔는지만 적어놓으면은요, 나중에 정리만 하면 진짜로 간단한 거거든요."

홈세이프빌딩과 붙어 있는 오데옹빌딩의 건물 관리자 조천웅이 지적했지만 윤정우는 그 말을 듣지 않았다. 윤정우는 조천웅을 대놓고 무시했다. 조천웅은 건물 관리자가 알아야 할 모든 기술을 누구보다 잘 알고 있기로 유명했지만 인간관계에는 문제가 많았다. 조천웅과 이야기를 나누다보면 그 누구든 삼 분 내로 기분이 상했다. 조천웅은 눈이 작았고, 얼굴이 컸고, 입술이 두꺼웠고, 목은 짧았으며, 어깨가 꾸부정했다. 필요할 때마다 조천웅의 도움을 받았지만 말을 섞고 싶어하는 입주민은 거의 없었다. 조천웅은 언제나 신입 건물 관리자인 윤정우를 가르치려 들었고 윤정우는 사사건건 조천웅의 말을 무시했다. 계단 수를 세는 문제에 대해서는 조천웅의 말을 무시했다기보다 윤정우의 고집이 더 큰 이유였다. 마음속으로 숫자를 세야만 몸에 집중할 수 있고, 몸이 계단의 숫자를 제대로 느껴야만 운동효과가 높다는 것이 윤정우의 생각이었다.

"건물 관리자는 자신의 몸에 집중하면 안 되는 거야. 건물의 리듬에 자신을 맡겨야지. 그래야 어디에서 무슨 일이 일어나는지 알 수 있거든. 건물을 만졌을 때 느껴지는 진동만으로 어디에 문제가 있는지 알아낼 수 있어야 해."

건물관리자연합의 회식 때 구현성은 지나가는 말처럼 윤정우를 꾸짖었다. 옆에 있던 이문조는 '신세대들의 라이프스타일이 우리와는 달라서 그런 것'이라는 말로 분위기를 무마해보려 했지만 구현성의 얼굴은 이미 딱딱하게 굳어 있었다. 구현성은 여러 가지 이유로 윤정우를 못마땅하게 생각했다. 윤정우 역시 건물관리자연합을 자신의 마음대로 조종하는 구현성이 마음에 들지 않았다.

캄캄한 어둠 속의 계단을 내려가면서 윤정우는 숫자를 셌다. 3층에서부터는 입 밖으로 소리를 냈다. 윤정우는 하나, 둘, 셋, 넷, 이라는 소리가 자신보다 먼저 계단을 뛰어내려가서 암흑 속에 뭐가 있는지 알아낼 수 있기를 바랐지만, 어둠 속으로 빨려들어간 숫자들은 재빨리 사라졌고, 흔적을 찾을 수 없었다. 윤정우는 계속 숫자를 세면서 계단을 내려갔다. 건물 곳곳에서 사람들의 탄식이 들려왔다. 누군가는 싸웠고, 누군가는 소리를 질렀고, 어떤 사람은 울기도 했다. 모두들 어둠을 무서워했다. 비상등도 켜지질 않아서 누군가 도시 전체에 암막을 둘러쳐놓은 것 같았다. 1층에 도착한 윤정우는 빌딩 밖으로 나갔다. 네오타운의 모든 불빛이 사라졌다. 거리의 자동차 불빛들만이 건물과 도로를 비추고 있었다. 많은 입주민들이 휴대용 플래시를 들고 거리로 나왔지만 해결할 방법이 없었다. 각 건물의 경비들은 사람들에게 '각자의 집으로 들어가 조용히 대기해달라'는 부탁을 했다. 홈세이프빌딩의 경비는 건물 밖에 있는 윤정우를 발견하고 소리를 질렀다.

"야 인마, 여기서 뭐 해! 얼른 관리실에 가서 어떻게 된 건지 알아봐."

네오타운의 관리실 구조는 대개 비슷하다. 지하1층 주차장 끝의 문을 열고 들어가면 전원, 환기, 인터넷, 비상등, 방범 등의 상태를 확인할 수 있는 수십 개의 컨트롤박스가 좌우에 늘어서 있고, 그 끝에 세 평 정도의 관리자 방이 있다. 침대 하나 책상 하나 의자 하나가 가구의 전부이고, 창문은 당연히 없었다. 잠을 자거나 밤에 라면을 끓여먹을 때 말고는 윤정우가 방에 들어가는 일은 거의 없었다. 창문이 없는 방에서 살아본 사람은 조금이라도 짐작할 수 있겠지만, 그곳에 있으면 한마디로 우주의 끝까지 내몰린 기분이다. 윤정우는 문을 열어놓은 채 잠들고 싶었지만 기계 소리 때문에 어쩔 수 없이 문을 닫아야 했다. 잠을

자기 위해 불을 끄면 사방이 우주의 귀퉁이처럼 깜깜하고, 문
너머에서는 기계 돌아가는 소리와 배수관의 물 흐르는 소리가
까마득하게 들려온다. 우주 전체의 크기를 가늠할 수 없는 것은
물론이고, 방이라는 작은 세계의 크기조차 가늠할 수 없게 된
다. 네 개의 벽이 방을 둘러싸고 있지만 크기를 가늠할 수 없을
때, 그 벽은 무의미해진다. 벽이 사라지면 우주 전체가 너무 크
게 느껴지고 자신이 너무 작게 느껴져서, 몸이 수축되는 듯한
느낌을 받기도 하는데, 그 때문인지 윤정우는 어두운 방에서 자
신이 점점 줄어들어 작은 모래가 되는 꿈을 자주 꾸었다.

　윤정우는 경비에게 플래시 하나를 빌려서 지하로 향했다. 계
단을 내려가다가 윤정우는 갑자기 눈이 부셔 뒷걸음질했다. 도
시의 모든 불빛이 꺼진 가운데 단 하나의 불빛이 살아 있었다.
윤정우는 불빛을 보고 뒤로 나자빠질 뻔했다. 불빛은 기적처럼
벽에 매달려 있었다.

　지하로 내려갈 때마다 항상 보던 표지판이었지만 그날은 달
라 보였다. 윤정우의 눈에 들어온 1F/B1라는 문자와 숫자와 기

호의 조합은 마치 신의 계시 같았다. 윤정우는 잠시 계단참에 서서 표지판을 바라보았다. 이것이 신의 계시라면 신이 원하는 것은 무엇일까. 표지판 속에서 'FBI'라는 단어가 보였다. '그럼 이 모든 사건이 FBI의 음모였단 말인가'라는 생각을 하다가 윤정우는 자신의 머리를 쥐어박았다. 윤정우는 계단을 마저 내려가 관리실로 들어갔다.

윤정우가 그 자리에 서서 조금만 더 깊이 생각했더라면 신의 뜻을 알아차릴 수 있었을까. 아니, 신의 뜻이 아니라 구현성의 뜻을 알아차릴 수 있었을까. 아마 그러지 못했을 것이다. 단순한 숫자와 기호에서 어떤 의미를 찾아낸다는 것은 엄청난 집중이 필요한 일인데, 그날 윤정우는 그럴 정신이 없었다. 머릿속에는 '어서 빨리 관리실로 들어가서 정전의 이유를 알아내야 한다'는 생각뿐이었다.

관리실도 암흑이었다. 문을 열고 플래시를 비춰보았지만 어떤 컨트롤박스에도 불빛이 없었다. 시스템이 완벽하게 멈춰버린 것이다. 관리자양성학교에서는 이런 상황에 대한 대비책을 가르쳐주지 않았다. 시스템에서 하나의 결함이 발견됐을 때 정상적으로 작동되는 부분을 통해 결함을 해결할 수 있다. 정상이 기준점이 되는 것이고, 정상으로 비정상을 수정할 수 있다. 하지만 모든 시스템이 멈췄을 때는 기준점이 사라진다. 윤정우는 어디에서부터 시작해야 할지 알 수 없었다.

관리실 방문을 열자 어둠 속에서 탁구공만한 붉은 불빛 하나가 깜빡이고 있었다. 그 불빛은 책상 왼쪽 벽에서 반짝이고 있었는데, 그 작은 불빛으로도 방 전체를 붉게 물들이고 있었다. 그 작은 불빛으로도 책상의 그림자를 만들어냈다. 윤정우는 불빛을 따라갔다. 불빛 아래에는 '비상전화'라고 적혀 있었고, 그 아래 수화기가 걸려 있었다. 전임자로부터 업무인계를 받으면서 '비상전화'에 대해 들은 적은 있었지만 어떤 용도인지는 알지 못했다. 윤정우는 수화기를 들었다.

"누구야, 윤정우야? 왜 이렇게 늦어?"

이문조의 다급한 목소리였다.

"지금 막 관리실에 들어왔습니다."

"무슨 일이 터진 건지 알아?"

"아뇨, 전혀 모르겠는데요."

"지금부터 내 말 잘 들어."

건물관리자연합에서 이문조의 역할은 단순했다. 모든 사람들이 사이좋게 지내도록 하는 거였다. 이문조가 화내는 걸 본 사람은 거의 없다. 가끔 누군가를 타이르긴 했지만 그것도 싱글싱글 웃으면서였다. 윤정우는 이문조의 긴박한 목소리에서 뭔가 큰일이 벌어졌다는 걸 직감했다.

"지금 네오타운 전체가 정전이 됐어. 누군가 전력선을 다 끊어버리고 컴퓨터 시스템도 먹통으로 만들어놨어. 어떤 지랄맞은 새끼들인지 모르겠지만 우리랑 한판 붙겠다는 거지."

"전 어떻게 하면 되는 거죠?"

"뭘 어떻게 해. 한판 붙어야지."

"아무것도 보이지 않는데요?"

"누가 혼자 싸우래? 건물관리자연합이 괜히 있는 줄 알아? 얼른 집결지로 모여."

"집결지라니요?"

"우선 관리실 문을 잘 닫아."

윤정우는 문을 닫고 잠금장치를 눌렀다. 기계 소리와 물 흐르는 소리가 들리지 않으니 사방이 고요했다. 완벽하게 갇힌 기분이었다. 바깥에서 기계 소리가 날 때는 누군가와 함께 있는 듯한 기분이 들었는데 아무런 소리도 들리지 않자 완벽하게 고립되었다는 게 실감났다. 윤정우는 플래시를 끄고 의자에 가만히 앉아보았다. 아무것도 보이지 않았다. 책상 위에 얹힌 책도 보이지 않았다. 아무것도 보이지 않자 자신이 살아 있다는 사실도 실감하기 힘들었다. 죽음 이후의 삶이 이런 기분일까. 내가 있긴 하지만 실감할 수 없는, 내가 있긴 하지만 나 말고는 아무도 없는, 이런 삶이 죽음 이후에 오는 것은 아닐까. 윤정우는 손으로 얼굴을 만져보았다. 목과 가슴과 어깨를 만져보았다. "아" 하고 소리를 내보았다. 소리를 내자 공간이 느껴졌다.

"문에 못질하고 있냐? 얼른 닫고 와. 야, 윤정우! 윤정우! 내 말 들려? 문 닫았어?"

이문조의 목소리가 수화기 너머에서 또렷하게 들려왔다. 윤정우는 플래시를 켜고 수화기를 들었다.

"네, 닫았어요."

"이제 책상을 옆으로 밀어봐."

"어느 쪽으로요?"

"아무 쪽으로나 밀어봐."

윤정우는 수화기를 내려놓고 책상을 밀었다. 철책상은 무거웠다. 쉽게 밀리지 않았다. 윤정우는 바닥에 앉은 다음 어깨와 팔과 무릎으로 책상을 밀었다. 서늘한 지하인데도 땀이 났다. 철책상이 바닥에 끌리는 소리가 밖으로 빠져나가지 못하고 계속 메아리쳤다.

"윤정우! 내 말 들려?"

"네."

"벽에 문 같은 게 하나 보이지 않아?"

윤정우는 책상에 가려져 있던 벽에 플래시를 비추었다. 문이 있었다.

"비밀번호를 눌러. 1581."

전자자물쇠에다 비밀번호를 입력하자 문이 열렸다. 어두운 통로 안에서 뜨끈한 공기가 훅 밀려들었다. 윤정우는 플래시로 통로 안쪽을 비추었다. 너무 깊어서 불빛의 끝이 보이지 않았다.

"문 열렸지? 거기로 들어간 다음 문을 닫고 통로를 쭉 따라와. 그럼 내가 있을 거야."

통로는 좁았다. 앉은 상태에서조차 머리가 통로 천장에 닿았다. 윤정우는 문을 닫고 어두운 통로를 따라 기어갔다. 어깨의 견장 자리에 고정시켜둔 플래시는 제멋대로 앞을 비추었다. 윤정우의 움직임에 따라 천장을 비추었다가 바닥을 비추었다가 오락가락했다. 플래시의 불빛이 아니라 제멋대로 날뛰는 생명체를 뒤따라가는 기분이었다. 윤정우는 기분 좋게 날뛰는 개 한 마리가 자신을 인도한다고 생각하기로 했다. 기분이 한결 나아졌다.

오데옹빌딩의 건물 관리자 조천웅은 어둠의 통로로 들어선 이후로 앞으로 나아가질 못하고 있었다. 건물 관리자가 되기 위해서는 폐소공포가 없어야 하지만 조천웅은 어릴 때부터 폐소공포에 시달렸다. 폐소공포 말고는 모든 분야에서 완벽했기 때문에 건물 관리자 시험을 통과할 수 있었다. 조천웅은 지하의 관리실에서 자지 않고 3층의 관리사무실에 간이침대를 놓고 잤다. 지하관리실에서 문을 닫는 데 삼십 분이나 걸렸고, 문을 닫은 후에는 계속 혼자 중얼거리는 증세를 보였다. 두 개의 플래시를 켜서 사방을 비추었다. 조천웅에게는 천장에서 벽을 타고 내려오는 수천만 마리의 작은 벌레가 보였다. 자신의 몸에도 벌레들이 기어다니는 것 같아 계속 몸을 긁었다. 이문조는 소리를 질러 겨우 조천웅을 진정시켰고, 가까스로 통로로 들어가도록 설득했다. 조천웅은 어둠 속 통로에서 커다란 동물의 이빨을 보았다. 자신에게 달려드는 그 동물의 내장이 보였다. 플래시로 어둠을 밝혀보려 했지만 불빛이 닿지 않는 어둠 때문에 더 무서웠다. 앞으로 나아갈 수 없었다. 그렇다고 돌아갈 수도 없었다. 지하관리실의 비밀문은 들어갈 수는 있어도 다시 나올 수는 없다. 공기가 점점 줄어들고 있다는 생각 때문에 숨을 쉬기도 힘들었다. 식은땀이 났다가 금세 말랐다. 조천웅은 중얼거렸다. 자신이 내뱉은 말이었지만 자신도 해석할 수 없는 말이었다. 겁먹은 내장이 곧바로 토해내는 말이었다. 사람들이 보고 싶었고 말소리가 듣고 싶었다. 조천웅은 윤정우를 생각했다. 숫자를 세 보기로 했다. 숫자를 세서 몸에 집중할 수 있다면 공포를 줄일 수 있을지 모른다는 생각이 들었다. 조천웅은 플래시를 껐다. 플래시 불빛과 불빛이 비추지 못하는 어둠과 불빛이 닿지 않는 어둠을 바라보는 것보다는 완벽하게 어두운 편이 나을 것 같았다. 조천웅은 엎드리고 두 팔과 두 다리로 기어갔다. 바닥을 내려다보았다. 내려다보았다고는 하지만 아무것도 보이지 않았다. 하나, 둘, 셋, 넷. 왼쪽 팔과 왼쪽 다리가 나아가면 하나를 셌고, 오른쪽 팔과 오른쪽 다리가 앞으로 나아갈 때 또 하나를 셌다. 얼마나 세야 목적지에 도착할 수 있을까. 조천웅은 생각을 지우고 숫자 세는 데 집중했다.

윤정우의 플래시 불빛이 벽에 닿았다. 문을 밀자 눈뜨기 힘들 만큼 밝고 커다란 빛의 공간이 나타났다. 윤정우는 실눈을 뜨고 주변을 살펴보았다. 지하관리실을 서른 개 정도 합한 크기의 방이었다. 한쪽 벽면에는 각종 기기가 설치돼 있었고, 사람들이 웅성거리고 있었다.

"오느라고 고생했지?"

이문조가 윤정우에게 말했다.

"이게 다 뭡니까?"

"여긴 관리자들의 비밀관리실야. 네오타운의 모든 관리실은 이곳과 연결돼 있지."

"이걸 누가 만든 건데요?"

"설계는 구회장님이 하셨어."

"구현성 회장요?"

"응. 네오타운을 만들 때 관리자들을 위한 공간을 생각하다가 모든 관리실과 연결되는 비밀관리실을 만들었지."

"오십 개가 넘는 빌딩들이 다 연결돼 있다고요?"

"구회장님이 비밀설계 하느라 애 좀 먹었어. 그 얘기는 차차 하고 일단 저쪽에 가서 잠깐 쉬고 있어봐."

비밀관리실에는 스무 명 정도의 관리자가 모여 있었다. 대부분 회식을 통해서 익숙해진 얼굴들이었다. 다섯 명은 모니터를 들여다보면서 뭔가 분석하고 있었고, 나머지 사람들은 서너 명씩 모여 이야기를 나누고 있었다.

구현성은 보이지 않았다. 이문조가 모든 상황을 지휘하고 있었고, 건물관리자연합의 핵심 간부들이 상황을 파악하고 있었다. 윤정우는 한쪽 구석에서 땀을 식히고 있었다. 윤정우의 뒤에서 작은 문 하나가 열렸다.

"오백판십칠."

이라는 소리와 함께 조천웅이 바닥으로 굴러떨어졌다. 조천웅의 온몸이 땀으로 흠뻑 젖어 있었다. 사람들은 조천웅을 잠깐 바라보았다가 다시 각자 하던 일로 돌아갔다.

"미친 개새끼들, 이런 호로, 지랄하고 자빠졌거든요, 아주……."

조천웅은 한참 중얼거리다가 윤정우를 발견했다. 두 사람 다 정신이 없기는 마찬가지였다. 윤정우는 이문조에게 들었던 이야기를 조천웅에게 해주었다.

"비밀관리실 같은 소리 하시네요. 이런 개구멍 같은 거 만들어놓고 사람 골탕 먹이려는 거 모를 줄 알고요. 내가 진짜로 똑똑하거든요."

"천웅씨, 일단 일어나서 정신이나 좀 차리세요."

"진짜로 멀쩡하거든요, 제정신이오."

비밀관리실의 대형 모니터에 네오타운의 지도가 나타났다. 처음에는 평면지도처럼 보이더니 곧 3차원 입체지도로 바뀌었고 누군가 마우스를 클릭하자 지하의 구조까지 다 드러났다. 이문조가 주위를 향해 커다란 목소리로 말했다.

"자, 됐어. 지도가 떴으니 이제 놈들이 어디서 뭐 하나 알아보자고. 비상전력은 얼마나 쓸 수 있어?"

"앞으로 다섯 시간은 가능할 겁니다."

대형 모니터에는 쉴새없이 새로운 화면이 나타났다. 동시에 여러 개의 CCTV 화면이 떴다가 지도가 떴다가 열감지 모니터 화면이 나타났다가 그 모든 게 분할화면으로 한꺼번에 나타나기도 했다. 모두들 넋이 나간 모습으로 대형 모니터를 바라보고 있었다.

"저기 있네요."

누군가 소리를 질렀다. 사람들은 모니터 대신 그 사람의 손가락을 먼저 쳐다봤다가 손가락이 가리키고 있는 화면으로 시선을 옮겼다.

"확대해봐."

이문조의 이야기에 CCTV 화면이 크게 확대됐다. 복면을 한 다섯 명이 복도를 걷고 있었다.

"저거 뭐 하는 놈들이야?"

"복면을 한 거 보니 확실히 수상한 놈들인 거 같죠?"

"저 새끼들 뭔가 이상하지 않아요? 너무 여유롭게 걷고 있잖아요."

"시스템을 다 알고 있는 거지. 모든 게 다 차단됐기 때문에 자신들이 안전하다는 걸 알고 있는 거야."

"어떤 집으로 들어가는데요? 저기가 아지트 아닐까요?"

관리자들은 각자 의견을 한마디씩 내뱉었다. 복면을 한 다섯 명은 화면에서 사라졌다. 이문조는 손동작으로 모두에게 조용히 하라는 지시를 내렸다. 만약 어떤 일이 벌어지고 있는 거라면 소리가 들리지 않을까 생각한 것이다. 하지만 소리가 들리기에는 너무 멀었다.

"어느 빌딩이야?"

이문조가 물었다.

"홈세이프빌딩 8층인데요."

"몇호야?"

"805호인 것 같습니다."

"홈세이프빌딩 자동 잠금장치 작동될까?"

"모르겠어요."

"경찰엔 연락했어?"

"일단 전력센터에 복구 신고했고요, 경찰에는 비상상태 통보만 했습니다. 예비전력까지 다 끊겨서 경비시스템이 작동하지 않습니다."

"관리실 전화에 불이 나겠구만."

"관리실 전화는 아예 끊겼어요."

"이 새끼들 한번 붙어보자는 얘기지. 관리실 컴퓨터 데이터링크 시켜서 경찰 쪽에서도 확인할 수 있게 해놓아."

"네, 알겠습니다."

"홈세이프빌딩에 붙은 CCTV 화면기록 다 돌려서 녀석들이 어디에서 뭐 했는지 확인해보자고."

윤정우는 홈세이프빌딩이라는 단어만 듣고도 괜히 가슴이 뜨끔했다. 아무도 홈세이프빌딩의 관리자가 누구인지 궁금히 여기지 않았다.

구현성은 네오타운이 암흑으로 바뀌기 한 달 전에 모든 것을 알고 있었다. 오랜 시간 혼자 고민했지만 쉽게 결정을 내리지 못했다. 이문조에게도 상의하지 않았다. 구현성은 이문조를 믿지 않았다. 네오타운이 암흑으로 바뀌던 순간 구현성은 와이즈스타빌딩 꼭대기층에 있었다. 와이즈스타빌딩은 구현성의 이름을 따서 만든 것이었고, 혼자서 조용히 있고 싶을 때마다 머무르는 곳이었다. 그는 꼭대기에서 네오타운이 암흑으로 바뀌는 모습을 지켜보고 있었다. 대부분의 사람들은 네오타운의 불빛이 한순간에 사라진 것으로 알고 있지만 실제로는 그렇지 않았다. 구현성은 꼭대기에서 그 모습을 자세히 보았다. 구현성이 머물고 있는 빌딩에서부터 정전이 시작됐고 도미노가 연이어

넘어지듯 정전은 바깥쪽으로 번져갔다. 순식간에 일어난 일이긴 했지만 한순간은 아니었다. 깜깜해진 네오타운을 보면서 구현성은 자신의 선택이 옳은 것인지 확신할 수 없었다. 구현성은 암흑 속의 전투가 일어나기 한 달 전에 비혼개발의 K를 만났다.

"하루만 네오타운의 관리권을 넘겨주십시오. 간단합니다."

비혼개발의 K가 말했다.

"그걸로 뭘 하시려구요?"

구현성이 물었다.

"그건 모르셔도 되구요, 딱 하루만 빌려주시면 됩니다."

"제가 왜 그 제안을 받아들여야 하죠?"

"밑질 게 없으니까요."

"네오타운은 제 고향과도 같은 곳입니다."

"고향이 너무 낡았더군요. 깨끗한 고향에서 살면 좋잖아요."

"아직 쓸 만한 고향입니다."

"저희 회장님은 그렇게 생각하지 않더군요. 80층짜리 초현대식 복합상가를 계획하고 계십니다. 자살한 건물들은 싹 쓸어버리고 멋지게 하나 세워올리는 겁니다. 제안을 받아들인다면 구현성씨도 멋쟁이 건물의 한 부분을 차지하게 되겠죠."

"지금도 충분합니다."

"충분하지 않던걸요. 어디선가 쇼핑센터를 준비하신다면서요? 제가 상관할 바는 아니지만 자금이 바싹 말랐다는 소문이 들리던데, 저희 회장님이라면 그 정도 규모는 간단하게 해결해드릴 수 있죠."

"왜 하필 관리권을······"

"꼭 알아야겠습니까?"

"네, 알아야죠."

"별거 없어요. 잠깐 스위치를 껐다가 다시 올릴 겁니다."

"스위치요?"

"네, 스위치요. 딸깍, 딸깍, 하면 끝날 겁니다."

구현성은 K의 의도를 알아차렸다. 비혼개발은 어떤 방식으로든 네오타운의 가치를 떨어뜨릴 것이다. 구현성을 비롯한 많은 사람들이 힘들게 만들었던 이야기들을 간단하게 지워버릴 것이다. 사람들이 하나둘씩 빠져나가면 비혼개발은 조용히 그 자리를 차지하고 자잘한 건물들이 사라진 곳에다 커다란 성을 세울 것이다. K는 구현성에게 한마디 덧붙였다.

"아, 한 가지 빼먹은 게 있군요. 베스트셀러 『지하에서 옥상까지』의 저자에게 부탁드릴 말씀이 있어요. 지하 1층에다 초현대식 관리실을 만들 예정인데요, 거기를 한번 설계해보시면 어떨까요? 관리도 해주시면 좋겠지만 유명하신 분에게 그런 것까지 부탁하는 건 아무래도 실례겠죠?"

구현성은 네오타운이 만들어지던 시절을 생각했다. 모든 빌딩 지하의 관리실을 연결시키기 위해 네오타운 개발위원회 사람들을 설득하던 그때가 떠올랐다. 각 빌딩의 지하가 연결되고 비밀관리실이 만들어질 수 있었던 것은 관리실에 관심을 가진 사람이 전혀 없었기 때문이다. 관리실 따위 어떻게 만들든 아무도 관심을 가지지 않았다. 네오타운의 관리자들이 비밀관리실

에 모여 첫번째 회식을 했던 것이 엊그제 같은데 벌써 십오 년
이라는 세월이 흘렀다.

"저도 한 가지 제안하죠."

"얼마든지."

"네오타운 건물 관리자들의 고용승계를 보장해주신다면 생각
해보겠습니다."

"건물 관리에 대한 문제는 구현성씨에게 모든 걸 맡긴다는 게
회장님의 뜻입니다."

네오타운의 관리권을 넘겨주는 시간은 2007년 4월 14일 저녁
열시부터 스물네 시간 동안이었다. 그 시각 구현성은 착잡한 마
음으로 창밖을 내다보고 있었다. 어떤 일이 벌어질지 알 수 없
었다. 구현성은 K에게 두 가지 약속을 받아냈다. 절대 사람은
다치게 하지 않는다. 자신이 개입됐다는 사실은 어떤 일이 있어
도 비밀로 묻어둔다. 그러나 묻어둘 수 있을까. 구현성은 캄캄
한 방 안에서 캄캄한 어둠을 바라보며 어둠 속으로 영원히 묻히
는 비밀이란 과연 가능할 것인지 생각했다. 한 사람만의 비밀,
두 사람만의 비밀, 세 사람만의 비밀, 저 어둠 속에는 얼마나 많
은 비밀이 묻혀 있을까. 죽어가는 사람들은 얼마나 많은 비밀을
품은 채 숨을 거두는 것일까. 구현성은 자신의 비밀이 어떤 결
말로 이어질지 두려웠다.

이문조는 홈세이프빌딩 805호가 적들의 아지트라는 걸 확신
했다. 복면을 쓴 다섯 명은 한 시간이 지나도 집 밖으로 나오지
않았다. 이문조는 805호의 방화셔터를 내려 적들을 고립시킬 생

각이었지만 자동 잠금장치는 작동하지 않았다. 모니터를 들여다보던 누군가 말했다.

"홈세이프빌딩 8층으로 가서 수동으로 조작하는 방법밖에 없습니다."

이문조는 고개를 돌려 윤정우를 보았다. 윤정우는 눈치가 빨랐다. 홈세이프빌딩에 문제가 생긴 거라면 자신이 가는 게 당연하다고 생각했다.

"제가 갔다 오겠습니다."

"긴급상황이 발생하면 무리하지 말고 돌아와. 그리고 이거."

윤정우는 무전기와 가스총을 받아들었다. 가스총은 여섯 발을 발사할 수 있었다. 옆에 있던 조천웅이 끼어들었다.

"제가 같이 따라갔다 올 거니까 모두들 안심하고 걱정 마세요."

"됐어요. 저 혼자서도 충분해요."

"충분하지 않고요, 제가 못 고치는 게 없거든요. 그리고요, 제가 지금 여기가 숨이 막히고 답답해서 죽어버릴 것 같거든요. 얼른 나가면 안 됩니까?"

"그래, 같이 갔다 와. 위급한 상황에서는 천웅이 같은 기술자 한 명 있으면 든든하지."

윤정우는 조천웅과 함께 움직이는 게 싫었지만 이문조의 말을 듣고 보니 그래도 함께 가는 게 낫겠다 싶었다. 조천웅은 이야기를 나누기엔 형편없는 인간이지만 일을 맡기기엔 믿음직한 기술자였다. 이문조는 두 사람에게 홈세이프빌딩으로 가는 길을 설

36

명해주었다. 비밀관리실과 빌딩 사이에는 각각 두 개의 통로가 있다. 하나는 오는 길, 하나는 가는 길. 조천웅이 앞장섰고 윤정우가 뒤따랐다. 조천웅은 올 때처럼 좁은 통로를 네 발로 기면서 숫자를 셌다. 뒤따라가던 윤정우 역시 숫자를 세고 있는 조천웅의 목소리를 듣는 게 좋았다. 오백오십삼이라는 숫자와 함께 통로 끝의 문을 열고 나와보니 익숙한 장소였다. 지하로 내려가다가 윤정우가 깜짝 놀랐던 곳, 기적처럼 매달려 있던 1F/B1의 표지판 아래에 비밀통로가 있었다. 비밀관리실은 숫자로는 존재하지 않는 공간이었다. 1층과 지하1층 사이의 어떤 곳이었고, 슬래시(/)처럼 아무도 존재를 눈치채지 못하는 아주 얇은 공간이었다. 좀 전에는 표지판에서 'FBI'라는 글자가 보였지만 이번에는 슬래시가 크게 보였다. 1층이나 지하1층 표시보다 슬래시가 더 크게 보였다.

윤정우와 조천웅은 플래시를 비추며 8층까지 계단을 올랐다. 윤정우도 조천웅도 계단의 수를 세지는 않았다. 조천웅은 혼자서 알아들을 수 없는 말들을 웅얼거렸지만 평소보다 작은 목소리였다. 8층에 가까워질수록 웅얼거리는 소리는 작아졌다. 8층의 복도는 조용했다. 플래시를 비출 수 없었기 때문에 두 사람은 눈이 어둠에 익숙해질 때까지 기다렸다. 간신히 사물을 구별할 수 있게 되자 윤정우가 먼저 움직였다. 복도를 천천히 걸어가서 805호 입구에 있는 수동 잠금장치를 작동시킬 계획이었다. 조천웅이 윤정우 뒤를 바싹 따라붙었다. 805호 문 앞에 도착한 윤정우는 마스터키로 컨트롤박스를 연 다음 수동 잠금장치를 작동시켰다. 둔탁한 소리와 함께 철제 방화셔터가 바닥으로 떨어졌다. 거대한 코끼리가 공중에서 떨어진 듯한 소리였다.

"본부, 잡았습니다. 방화셔터 작동시켰어요."

윤정우가 무전기에다 대고 소리를 질렀다. 윤정우는 미식축구에서 터치다운을 한 선수의 기분이 이렇지 않을까 생각했다.

"본부는 무슨 본부예요, 우리가 무슨 특공대인 줄 아시나봅니다."

조천웅이 빈정거렸다.

"아, 윤정우, 수고했어."

무전기 저편에서 목소리가 들렸다. 윤정우는 복도의 CCTV를 향해 브이자를 그려 보였다.

"윤정우, 그런데 왜 화면이 안 보이지? 어디 있는 거야?"

"지금 805호 문 앞에 있는데요? 제가 안 보여요?"

"아무것도 안 보이는데?"

윤정우는 조천웅을 보았다. 조천웅은 컨트롤박스에서 방화셔터 스위치를 다시 올렸다.

"뭐 하는 거예요?"

"이거는요, 우리가 속은 거거든요. CCTV 화면은 옛날 거고, 저기 안에는 아무도 없잖아요."

방화셔터가 올라가자 조천웅이 집 안으로 뛰어들어갔다. 주방에 이십대 후반의 여자가 묶여 있었다. 두 팔은 의자에, 두 다리는 식탁 다리에 묶여 있었고 입에는 테이프가 덕지덕지 붙어 있었다. 입에서 테이프를 떼어내자 여자가 소리를 질렀다. 그

동안의 공포가 내장에서 올라와 입속에 쌓여 있다가 한꺼번에 터져버린 것이다.

복면을 쓴 다섯 명의 남자가 나타난 시각은 정확히 열시 십분이었다. 그 영상이 한참 있다가 CCTV에 나타난 것이다. 비밀관리실의 컴퓨터와 CCTV를 제어할 수 있는 권한은 이미 비혼개발 직원들에게 넘어가버린 뒤였고 그 동안 비밀관리실의 관리자들이 모여서 본 것은 재방송일 뿐이었다. 그 시간 비혼개발 직원들은 이미 네오타운을 장악하고 있었다.

그날 네오타운에 투입된 특공 직원은 모두 서른 명이었다. 복면을 쓴 다섯 명은 전시용일 뿐이었다. 네오타운에서 뭔가 벌어지고 있다는 느낌을 주기 위한 대표선수들일 뿐이었다. 서른 명의 진짜 특공 직원은 오십 개가 넘는 빌딩을 마음대로 휘젓고 다녔다. 모든 경비시스템이 작동되지 않았고 전기도 공급되지 않았다. 문을 잠글 수도 없었고 경찰도 투입되지 않았다. 비혼개발은 구현성과의 약속과는 달리 사람을 죽이는 일 말고는 모든 걸 허락했다. 비혼개발의 목적은 단순했다. 네오타운 전체가 겁을 먹도록 하는 것이다. 특공 직원들은 물건이나 돈을 훔치기도 했고, 마음에 들지 않는 사람을 폭행하기도 했고, 시설물을 때려부수기도 했다. 평소에는 평범한 직원들이었지만 특공 직원이라는 이름을 붙이고 복면을 쓰게 하자 눈빛이 달라졌다. 특공 직원들이 철수한 것은 새벽 두시였다. 네 시간 동안 2억8천만원이 도난당했으며 서른여섯 명이 폭행당했다. 폭행당한 사람 중에는 경비원도 다섯 명이나 있었다. 대부분의 사람들은 무슨 일이 일어나는지도 모른 채 어둠속에서 특공 직원들에게 폭행당했다.

사건이 거기에서 끝났다면 '암흑 속의 테러'라고 이름붙이는 게 맞겠지만 공식 명칭이 '암흑 속의 전투'로 정리된 것은 순전히 윤정우와 조천웅 때문이었다. 홈세이프빌딩 8층에서 허탕을 치고 내려오던 두 사람은 홈세이프빌딩 3층에서 특공 직원 세 명과 마주쳤고 난투극을 벌인 끝에 그중 한 명을 붙잡았다. 조천웅은 주먹에 맞아 이 하나가 부러지고 입술이 터졌지만 연신 웃으면서 뭐라고 중얼거렸다.

특공 직원이 지니고 있던 휴대용 내비게이션이 전투의 시작이었다. 내비게이션으로 특공 직원들의 위치가 어디인지 알 수 있었다. 내비게이션에는 네오타운 내 각 건물의 구조와 시스템 상태 등이 상세하게 나타났다. 작전을 위해 새롭게 만들어진 내비게이션이었다. 암흑 속에서 적과 아군을 구별하기 위해 특공 직원들의 위치가 내비게이션에 찍히도록 설계해둔 것이다. 이문조는 "오늘이야말로 건물 관리자들의 힘을 보여줄 수 있는 절호의 기회"라며 건물 관리자들을 선동했다. 건물 관리자들은 비밀관리실을 버리고 지상으로 나왔다. 홈세이프빌딩 경비실에 작전본부를 차린 건물관리인연합은 배터리가 남아 있는 노트북과 특공 직원에게서 빼앗은 내비게이션, 휴대용 무전기, 가스총으로 특공 직원과 맞서 싸웠다. 건물관리인연합은 한 시간 만에 특공 직원 여섯 명을 붙잡았고, 뒤늦게 도착한 경찰에 넘겨주었다. 다음날 아침 전력과 시스템이 복구되었을 때 건물관리인연합은 늘 가던 삼겹살집에서 회식을 했다. 몇몇은 전투의 흥분이 가시지 않은 상태로 술을 많이 마셨고, 몇몇은 특공 직원과의 싸움에 대해 지나칠 정도로 상세하게 설명했다. 구현성은 끝내 나타나지 않았다. 이문조는 구현성이 모든 사건의 열쇠를 쥐고 있을 것이라고 생각했지만 더이상 생각을 발전시키기엔 몸이 너무 피곤했다. 구현성은 전화를 받지 않았다.

네오타운 암흑 속의 전투가 있은 지 몇 년이 지났지만 아직까지도 많은 부분이 의문투성이다. 수많은 신고전화가 있었는데도 경찰은 어째서 그렇게 늦게 출동하였고, 출동한 후에도 별다른 작전을 벌이지 않았는가. 전력센터에서는 어째서 다음날 아침까지 정전을 방치해두고 있었는가. 붙잡힌 특공 직원 일곱 명은 어째서 생계형 단순절도범으로 분류되어 벌금형으로 끝나고 말았는가. 비혼개발은 어째서 갑자기 모든 재개발사업을 중단하게 됐는가. 모든 사람들이 궁금해하지만 아무도 진실을 밝혀내려고 하지는 않는다. 네오타운은 이제 모두에게 잊혀진 이름이기 때문이다. 네오타운은 '암흑 속의 전투'를 기점으로, 각도를 가늠하기 힘들 정도의 가파른 내리막길로 내리꽂혔다. 오피스타운과 상가는 스러지기 직전의 문화재 같은 인상을 주었고, 겉만 슬쩍 훑어봐도 사무실 열면 안 되는 지역 1위나 장사 안 되는 지역 1위일 수밖에 없는 분위기로 바뀌었다. 모든 것이 자동으로 움직이던 시스템은 사건이 있은 후에 전면 수동으로 바뀌었고, 한번 수동으로 바뀌고 나자 모든 것이 걷잡을 수 없이 낡아갔다. 암흑의 밤이 지난 후 구현성은 자취를 감추었고 네오타운 건물관리자연합은 공식 해산했다. 공식 해산을 결정한 것은 네오타운 테러사건에 대해 책임을 지겠다는 제스처일 뿐, 건물관리자연합은 아직까지 지하조직으로 활동하고 있다. 지금은 이문조가 회장을, 윤정우가 부회장을 맡고 있다.

SM이라는 말을 만들어낸 것은 윤정우였다. 그는 건물관리자 회보의 칼럼에서 처음으로 SM이라는 단어를 사용했는데, 건물관리자들은 윤정우의 글에 깊은 감동을 받았다.

저는 늘 계단을 이용합니다. 5층이든 10층이든 언제나 계단으로 올라갑니다. 처음에는 운동을 목적으로 시작했지만 이제는 계단을 밟지 않으면 마음이 불안합니다. 계단을 올라가고 내려갈 때마다 저는 늘 층을 알리는 작은 표지판을 봅니다. 표지판은 층과 층 사이에 있습니다. 1층과 2층 사이, 2층과 3층 사이, 3층과 4층 사이…… 저는 그 표지판들을 볼 때마다 우리의 처지 같다는 생각을 하곤 합니다. 특히 숫자와 숫자 사이에 있는 슬래시 기호(/)를 볼 때마다 우리의 처지가 딱 저렇구나 하는 생각을 합니다. 사람들은 각자의 층에서 행복하게 살고 있지만 우리는 언제나 끼어 있는 사람들입니다. 이곳도 저곳도 아닌, 그저 사이에 있는 사람들입니다. 지하1층과 1층 사이, 1층과 2층, 2층과 3층…… 층과 층 사이에 우리들이 살고 있습니다. 하지만 우리는 기억해야 합니다. 슬래시가 없어진다면 사람들은 엄청난 혼란을 겪을 것입니다. 우리는 아주 미미한 존재들이지만 꼭 필요한 존재들인 것입니다. 누군가 저의 직업을 물어본다면 저는 자랑스럽게 슬래시 매니저 (Slash Manager)라고 얘기할 것입니다. 여러분도 여러분의 직업을 자랑스럽게 얘기하시길 바랍니다.

건물관리자회보에 실린 윤정우의 글은 네오타운 사람들 사이에서 유명한 글이 되었지만 딱 한 사람 조천웅만큼은 시큰둥한 반응을 보였다. 칼럼을 다 읽은 조천웅은 혼자서 중얼거렸다.

"그거는요, 그냥 1층 위에 2층 있고, 2층 위에 3층 있다는 표시거든요. 뭘 잘 알지도 못하면서 슬래시 아무 데나 쭉쭉 그어놓으면 큰일나거든요."

윤정우는 여전히 홈세이프빌딩의 관리를 맡고 있다. 환기가 잘 되지 않는 지하의 관리실에서 잠을 자고 책을 읽고 글을 쓰고 있다. 윤정우는 건물 관리자들을 위한 책을 준비하고 있다. 『지하에서 옥상까지』보다 더 훌륭한 책을 쓰기 위해 밤마다 작은 등 아래에서 글을 쓴다. 기계 소리 때문에 관리실 문은 닫을 수밖에 없지만 비밀관리실로 가는 작은 통로의 문은 열어놓고 글을 쓴다. 책상을 아예 한쪽으로 옮겨놓고 통로를 열어두었다. 그곳에서는 늘 바람이 불어왔다. 윤정우는 그 바람이 쓸쓸한 관리자들을 하나로 묶어준다고 생각했다. 모든 통로가 이어져 있다는 것은 얼마나 위로가 되는가. 윤정우는 가끔 어두운 통로에다 머리를 들이밀고 소리를 질러보기도 했다. "아" 하고 소리를 지르면 어디선가 "아" 하는 소리가 들렸다. 그게 메아리인지 아니면 또다른 관리자의 대답인지는 알지 못하지만, 누군가 자신의 목소리에 대꾸했다고 생각하면 한결 마음이 편안해졌다. 윤정우는 지하관리실의 모든 통로를 하나로 연결시켜둔 구현성이 고마웠다.

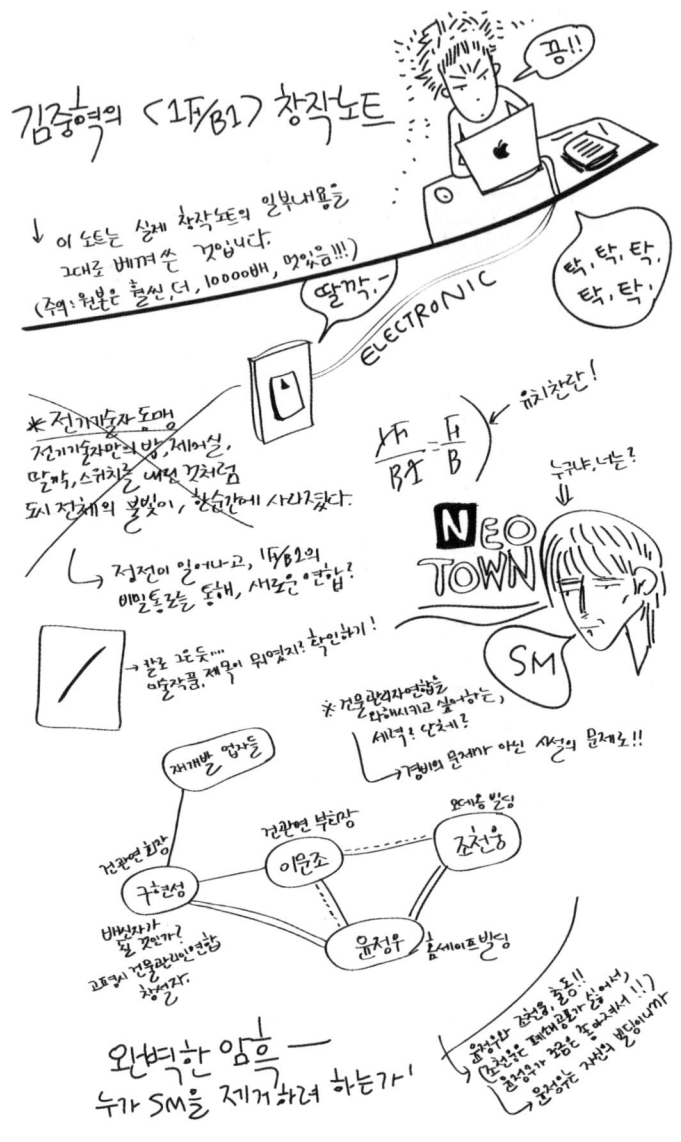

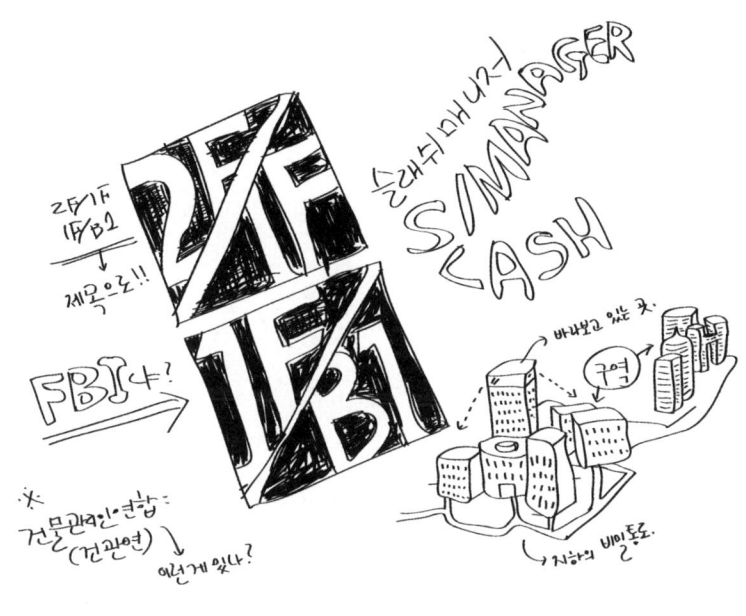

슬래쉬 매니저 S/MANAGER SLASH CLASH

2F/1F 1F/B1

제목으로!!

FBI냐? →

2F/1F
1F/B1

※ 건물관인·연합 (건관연) 어떤게 있나?

바라보고 있는 곳
구역
지하의 비밀통로

계단

★ "모든 계단에 우리들의 도끼가 박혀있겠죠"

윤정우는 홈세이프빌딩'이라는 이름을 들을 때마다
야구경기를 떠올렸다. 집으로 돌아오는 사람들이
무사히 홈에 들어오는 듯한 느낌,
1점을 내고 환호하는…?

★ 팬레터를 받는 건물관리인?

붕괴한다, 테러, 비밀통로?

Slash [slæʃ]

1. 깊이 베다, 내리 베다
2. (사람을) 채찍으로 갈기다
   (채찍을) 휘두르다
   (서적등) 삭제하다
 -vi 닥치는대로 마구 베다
   난도질하다
   돌진하다
 -n. 일격, 깊은 상처, 벤 상처
   (밭에) 놓여있는
   잘라 낸가지

갑옷의 틈을 찌르다

조효원

    단편소설의 목표와 관련하여 잠정적으로 유일하게 적확하고 타당하게 발화할 수 있는 명제는 이것이다. '세계의 몸에 둘러쳐 진 두껍고 단단한 갑옷의 틈새를, 가능한 한 깊숙이 그리고 날카롭게 찌를 것.' 이것을 달리 표현하면, '단편소설은 탁월한 존재론적 농담에 대한 정밀한 발견술(Heuristik)이 되어야 한다'고 쓸 수 있다. 이에 대해 언젠가 밀란 쿤데라는 이러한 발견술의 대가로서 돈 키호테를 거론하면서 다음과 같이 말했다. "돈 키호테는 당당히 자신이 쓴 투구가 면도 대야가 아니라고 한다. 언뜻 보기에는 매우 간단한 것 같은 물건이 이제 문젯거리가 된다. (⋯⋯) 함께 있던 짓궂은 무리들은 재미있어하면서, 진실을 증명할 유일한 객관적인 방법을 찾아낸다. 바로 비밀투표다. (⋯⋯) (이 투표의 ─ 인용자) 결과는 너무도 분명하다. 그 물건은 투구로 인정받는다. 그야말로 경탄할 만한 존재론적 농담이다!"* 이제 투구를 갖추게 된 돈 키호테는 위풍당당한 기사로서 세상의 허점들을 찌르는 본격적인 모험에 나선다. 그리고 우리가 알다시피 이 용감한 기사의 창은 세상의 갑옷이 미처 감싸지 못한 좁은 틈을 날카롭게 파고들었다. 현대의 단편소설은 바로 이 천재적인 기사의 창을 물려받아야 한다. 그의 창이 향하는 곳에는 어김없이 세상의 갑옷 아래 억눌린 엄청난 존재론적 농담들이 놓여 있었다.

'슬래시(/)'를 주제로 내세우는 동시에 절묘한 소설적 엠블렘으로 각인시키면서 하나의 탁월한 줄거리를 꿰어놓은 김중혁의 단편에도 이와 같은 경탄할 만한 존재론적 농담들이 점점이 박혀 있다. 가령 네오타운의 2인자 이문조는 자신의 상관인 1인자에 대해 이렇게 말한다. 네오타운의 1인자 "구현성이 가장 좋아했던 말은 '하자 보수'였습니다. 그는 그 말이 아름답다고 했습니다. 그리고 이런 말을 덧붙였죠. '완벽한 건물을 지을 수는 없다. 하자 보수만이 건물을 완벽하게 만든다.' 구현성이 얼마나 완벽주의자인지 알 수 있지 않습니까?"(12~13쪽) '하자 보수'가 아름답다고 말하는 완벽주의자. 이것은 현실과 한 몸을 이룬 역설의 형상(figure)이다. 누구나 알고 있듯이, 현실은 결코 논리적이거나 합리적이지 않으며, 심지어 정합적(coherent)이지도 않다. 그것은 오히려 무수히 많은 원심력들이 아슬아슬한 균형

* 밀란 쿤데라, 『커튼』, 박성창 옮김, 민음사, 165쪽.

을 이루는 긴장 가운데 공존하고 있는 모종의 자기장과도 같은 것이다. 구현성이라는 하나의 독특한(singular) 형상에서도 이러한 긴장이 발견된다. 즉 그에게는 '하자 보수'와 '완벽'이 아슬아슬한 균형을 이루고 있는 것이다. 그러나 이 소설 안에서 구현성이란 인물은 결코 특출하지 않다. 그를 중심으로 하나의 집합을 이루고 있는 '건물관리자들' 모두가 구현성만큼이나 특이하기 때문이다. 이들은 분명 비현실적인 인물들은 아니지만, 그렇다고 현실 속에서 쉽사리 찾아볼 수 있을 법한 인물들 또한 결코 아니다. 다시 말해 이들은 현실과 비현실 사이, 현실의 틈 속에 자리하고 있다. 말하자면 그들의 존재공간은 '슬래시(/)'인 것이다. 그들이 'SM', 즉 '슬래시 매니저(Slash Manager)'를 자처하는 것은 바로 이런 까닭이다.

사람들은 각자의 층에서 행복하게 살고 있지만 우리는 언제나 끼어 있는 사람들입니다. 이곳도 저곳도 아닌, 그저 사이에 있는 사람들입니다. 지하 1층과 1층 사이, 1층과 2층, 2층과 3층…… 층과 층 사이에 우리들이 살고 있습니다. 하지만 우리는 기억해야 합니다. 슬래시가 없어진다면 사람들은 엄청난 혼란을 겪을 것입니다. 우리는 아주 미미한 존재들이지만 꼭 필요한 존재들인 것입니다. 누군가 저의 직업을 물어본다면 저는 자랑스럽게 슬래시 매니저(Slash Manager)라고 얘기할 것입니다.(42~43쪽)

이것은 소설의 주인공들 가운데 한 명인 건물관리자 윤정우가 쓴 글의 일부이다. 이 글에서 우리는 일종의 '달인(達人)'적 태도를 발견하게 된다. 현실 속의 우리는 물론 여러 분야에 걸쳐 특출한 달인들이 있음을 알고 있다. 대부분의 사람들로부터 거의 아무런 관심도 받지 못하지만, 그럼에도 자신의 조그마한 일에 놀라운 집중력과 숙련된 솜씨를 발휘하여 그 분야에서 어떤 경지에 이른 특이한 사람들. 이런 사람들을 우리는 달인이라 부른다. 그리고 어떤 의미에서 달인은 그 자체로 이미 충분히 초현실적이다. 그들의 능력은 일상의 예측과 측정치를 가뿐히 넘어서기 때문이다. 그러나 그들을 진정 초현실적인, 어쩌면 초인간적인 존재로 만들어주는 것은 근본적으로 그들의 실력이나 솜씨가 아니라 바로 그들의 태도이다. 즉 자신의 일에 대한 놀라울 정도의 주의력과 자부심이 그들을 보통이 아닌 사람, 초인간적인 존재로 변모시키는 것이다. 그렇다면 윤정우를 비롯한 건물관리자들도 일종의 달인인 것일까? 그렇지 않다.

바로 이 지점에서 김중혁의 건물관리자들은 한 단계 더 나아가고 있다. 왜냐하면 그들은 진히 '달인적' 태도가 필요 없어 보이는 일에 달인의 집중력을 투여하고 있기 때문이다. 다시 말해 이들은 달인의 진정한 반대항(反對項), '비(非)달인'에 해당한다. 다시 말해 이들은 어떤 의미에서도 결코 '평범한 사람들(凡人)'이 아닌 것이다. 그러나 우리는 이러한 범인, 즉 일상적 평균인의 태도로 한번 물어보자. 형광등을 재빨리 갈아 끼우는 기술을 가르쳐주는 '관리자 양성학교' 따위가 도대체 있을 수 있단 말인가? 그런데도 이 놀라운 소설은 이 학교의 졸업생들을 짐짓 멀쩡해 보이는 현실의 의상을 입혀서 등장시키고 있다. 이 희한한 '관리자 양성학교'의 교장쯤 될 법한 인물인 구현성은 사뭇 달인의 어투로 이렇게 말한다. "건물 관리자는 자신의 몸에 집중하면 안 되는 거야. 건물의 리듬에 자신을 맡겨야지. 그래야 어디에서 무슨 일이 일어나는지 알 수 있거든. 건물을 만졌을 때 느껴지는 진동만으로 어디에 문제가 있는지 알아낼 수 있어야 해."(20쪽) 이것은 평균적 독자로 하여금 가볍게 미소를 짓게 만드는 유머다.

그러나 이처럼 쉽고 재미있게 읽힌다는 것은 이 소설이 갖추고 있는 장점들 가운데 가장 낮은 등급의 것이다. 빠른 속도로 페이지를 넘기는 손에 잡히는 표면상의 유머는 이 소설의 나무에 풍성히 열린 과일의 껍질에 불과할 뿐이다. 이에 반해 이 과일이 품고 있는 풍부한 속살은 소설의 달인인 쿤데라조차도 경탄할 만한 것이다. 이 소설의 특이한 '비(非)달인'들 가운데서도 가장 특이한 인물인 조천웅은 — 우리가 위에서 보았던 — 자랑스러운 '슬래시 매니저'를 자처하는 윤정우의 글에 대해 다음과 같이 일침을 가한다. "그거는요, 그냥 1층 위에 2층 있고, 2층 위에 3층 있다는 표시거든요. 뭘 잘 알지도 못하면서 슬래시 아무 데나 쭉쭉 그어놓으면 큰일나거든요."(43쪽) 조천웅의 이 '결정적 한마디'는 게으른 독자들의 머리를 망치로 번쩍 내려친다. 작가가 이에 앞서 의뭉스럽게 슬래시(/)의 소설적 대응물로서 '비밀관리실'을 제시함으로써 독자들을 엷은 당혹과 잠시 동안의 의구심 속에 빠트려 놓은 것은 바로 이 '결정적 한마디'를 내려치기 위해서였던 것이다. 슬래시(/), 그것은 아무것도 아니다! 그렇지만 이 아무것도 아닌 것을 "아무 데나 쭉쭉 그어놓으면" 큰일난다!(우리는 이것을 글쓰기에 대한 심중한 경고의 알레고리로 읽을 수도 있다) 쿤데라라면 이렇게 말할 것이다. '이것은 마치 돈 키호테로 하여금 지금껏 그가 쓰고 있던 '투구'를 벗게 하여 그 면도 대야를 호기심 어린 눈으로 신기한 듯 쳐다보게 만드는 일과 같다. 다시 말해 조천웅의 '한마디'는 두 번 경탄할 만한 존재론적 농담이다.' 김중혁의 창은 무대 뒤에서가 아니라 관객석 뒤에서 날아든다. 세계가 두른 갑옷의 결정적인 틈, 독자들의 머리통 속으로.

이처럼 정확하고 날카롭게 창을 던질 수 있는 능력은 어디에서 유래하는가? 그것은 다름아닌 '우주의 끝'에서부터 온다. 작가의 '아바타(avatar)'라 불러도 좋을 윤정우가 거처하는 공간, 즉 건물관리실이 바로 '우주의 끝'이다. 아바타는 말한다. "창문이 없는 방에서 살아본 사람은 조금이라도 짐작할 수 있겠지만, 그곳에 있으면 한마디로 우수의 끝까지 내몰린 기분이나."(21쪽) 유저(user)는 말한다. "네 개의 벽이 방을 둘러싸고 있지만 크기를 가늠할 수 없을 때, 그 벽은 무의미해진다. 벽이 사라지면 우주 전체가 너무 크게 느껴지고 자신이 너무 작게 느껴져서, 몸이 수축되는 듯한 느낌을 받기도 하는데, 그 때문인지 윤정우는 어두운 방에서 자신이 점점 줄어들어 작은 모래가 되는 꿈을 자주 꾸었다."(22쪽) 존재를 한없이 작게 만드는 우주의 끝으로 내몰리는 경험을 해본 작가만이 바로 그 우주의 에너지를 한껏 담아 창을 던질 수 있다. 그리고 그러한 경험을 통해 단련된 자만이 세계의 틈을 날카롭고 깊숙하게 찌를 수 있다. 그러나, 그럼에도, 아직 방심하기엔 이르다. 날이 갈수록 세계의 갑옷은 더욱 두꺼워지고 또한 촘촘해지고 있으니 말이다. 하므로 우주의 끝에서 세계의 틈까지 극단과 극단을 오가는 김중혁의 왕복운동은 앞으로 더욱 치열한 고투가 될 것 같다.

조효원
성균관대 독문과 졸업. 동대학원 석사과정과 서울대 박사과정 수료. 2008년 세계일보 신춘문예와 문학동네 신인상에 평론이 당선되어 등단. 저서로『부서진 이름(들)』『다음 책』, 옮긴 책으로『유아기와 역사』『바울의 정치신학』『빌라도와 예수』『에코랄리아스』『정치적 낭만주의』『문헌학, 극소』가 있다.

편혜영

저녁의 구애

·
·
·
·
·

편혜영

2000년 서울신문 신춘문예에 단편소설 「이슬털기」가 당선되어 등단. 소설집 『아오이 가든』 『사육장 쪽으로』 『저녁의 구애』 『밤이 지나간다』 『소년이로』 『어쩌면 스무 번』, 장편소설 『재와 빨강』 『서쪽 숲에 갔다』 『선의 법칙』 『홀』 『죽은 자로 하여금』이 있다. 한국일보문학상, 이효석문학상, 오늘의 젊은 예술가상, 동인문학상, 이상문학상, 현대문학상, 셜리 잭슨상, 김유정문학상, 김승옥문학상을 수상했다.

저녁의 구애

화환을 주문한 사람은 김의 친구였다. 김이 그를 마지막으로 본 것은 벌써 십 년도 더 전의 일이었다. 친구는 목소리만으로 김인 것을 알아차리고는, 그런 것을 확인하지 않을 만큼 부주의한 성격인지도 모르지만, 다짜고짜 병상에 누운 사람의 용태를 설명했다. 안부를 묻거나 의례적인 인사를 건네시도 않았다. 김은 한참 듣고 나서야 전화를 건 사람이 오래전 친구라는 것을, 병상에 누운 사람이 그와 친교가 유지되던 시절 자주 찾아뵙던 어른이라는 것을 알았다. 김은 친구가 얼마 전 인수한 화원의 전화번호를 어떻게 알아냈는지 의아해하느라, 사경을 헤맨다는 어른의 나이를 생각하느라—결국 생각해내지 못했다—쉴새없이 떠드는 친구의 말을 귀담아 듣지 않았다. 이미 돌아가셨다고 해도 놀랐을 테지만 아직 살아 계시다고 해서 더 놀랐는데 친구에게는 말하지 않았다. 오래만에 통화가 된 친구에게서 인정머리 없는 놈이라는 핀잔을 듣고 싶지는 않았다. 정확히 기억할 순 없지만 돌아가셨다고 해도 그다지 놀랍지 않은 연세일 게 분명했다. 어른은 혼수 상태에 빠진 이가 으레 그렇듯 인공장치의 힘을 빌려 숨을 끌어올린 후 천천히 내뱉는 식으로 숨을 이어가고 있다 했다. 어른이 숨을 뱉어낼 때면, 친구가 말했다, 응원하듯 고개를 끄덕이면서도 시계를 보게 돼. 한탄인지 실망인지 짐작할 수 없는 목소리였다. 의사가 오늘 오후를 넘기기 어렵다고 했어. 친구가 조금 뜸을 들였다. 김이 무슨 말인가 해주기를 기다리는 것 같았다. 문병이나 문상을 위해 병원의 위치를 묻거나 슬픔에 복받친 위로나 회한 어린 공감의 말을 건네주기를. 김이 끝내 아무런 대꾸도 하지 않자 친구가 낮게 한숨을 쉬었다. 네게 화환을 부탁해. 김은 내키지 않지만 어쩔 수 없다는 듯 고개를 끄덕였다. 부탁한다면 역시 비용을 치르지 않겠다는 말일까 생각하면서. 아무리 남이나 다름 없어진 사이라고 해도 죽어가는 이와 관련된 비용을 흥정하는 것이 박정하게 여겨졌다.

친구는 대금 결제 방식에 대해서는 입을 다물었지만 김의 휴대전화 번호를 묻고 장례식장 이름을 말하는 것은 잊지 않았다. 장례식장은 김이 한 번도 가보지 않은 도시에 있었다. 순전히 대화를 이어가기 위해 빈소가 왜 그 도시에 있는지 물어보려다가 관두었다. 십 년도 더 지나 이루어진 통화에서 김이 진심으로 궁금했던 것은 전화번호를 어떻게 알았을까 하는 것뿐이었다. 그와는 얼마간 같은 회사를 다닌 적이 있지만 그게 다였다. 재직하는 동안 단체사진을 찍었다면 멀찍이 떨어져 찍었을 것이고 인화된 사진에서 서로의 얼굴을 찾는 데도 조금 시간이 걸릴 만한 사이였다. 네가 올 거지? 친구가 물었다. 김이 주저하며 대답을 고르는 사이 그나저나 누구한테 연락하지? 친구가 덧붙여 물었다. 딱히 상의하는 것도 아니고 혼잣말도 아닌 소리였다. 그 시절의 지인들과는 이미 모두 연락이 끊겼다고 대답을 하려는데, 친구는 김의 대꾸를 기다리지도 않고 대답에 뜸을 들이는 게 못마땅하다는 듯 갑자기 역정난 목소리로 내가 알아서 할게, 하고 말했다. 그러고는 화환 발신자의 이름을 불러주었다. 한 번도 들어본 적 없는 단체의 이름이었다. 김은 아무것도 묻지 않는 것이 예의에 어긋나는 것 같아 마지못해 무엇을 하는 단체인지 물으려고 마른 입을 떼었으나 친구는 다시 병실로 돌아가봐야 한다며 전화를 끊었다. 처음과 마찬가지로 어떠한 인사도 없었다.

김은 친구의 무례와 냉대가 성격 탓인지 자신의 잘못에서 비롯된 것인지 생각했다. 시간을 들여 오래전 일을 곱씹은 끝에 친구가 보낸 서신이 떠올랐다. 김은 재직중이던 회사가 무리한 사업 확장으로 자금 압박에 시달리다 법정 관리에 들어섰을 때 사직서를 냈다. 직원들이 자발적으로 급여 삭감을 감행하며 회사의 정상화를 다짐하던 때였다. 김은 다른 도시의 사업체에 일자리를 추천받았다. 김을 추천한 이가 병상에 누운 어른이었다. 그 일로 친구는 김을 비난했다. 동료애라고는 눈곱만큼도 없으며 이기적이고 타산적이라는 것이었다. 다른 사람에게 들은 얘기였으나 소문을 전한 이와도 이미 연락이 끊긴 지 오래였다. 김은 누구나 이

기적이므로 누구에게든 이기적이라고 비난하는 것은 어떤 경우에도 타당하지 못하다고 생각했다. 만약 어른이 친구를 추천했다면 그 역시 망설이지 않고 이직을 택했을 것이었다. 친구는 김의 아랑곳 않는 태도에 상처를 받았다. 최후의 수단으로 이전 회사에서의 김의 몇몇 과오를 공개하는 서신을 이직할 회사에 보냈다. 그 일은 김이 한동안 구설수에 시달리는 것으로 흐지부지 마무리되었다. 김은 그 일로 우정이라는 것은 애정의 정도와는 아무 관계가 없는 것이며 자신에게 헌신적이거나 유익할 때에만 유효한 감정이라는 것을 깨달았다. 그러나 모든 지나간 일을 되새기는 과정이 그렇듯 과거의 어떤 일이 미친 결과나 상처는 아무런 파동 없이 떠올랐고 그러는 과정에서 어느새 시간이 훌쩍 지나버린 것에 대한 서글픔과 뻔한 회한만 남았다.

장례식장 이름을 적어둔 메모지 위쪽으로 주문 상품과 배달지가 드문드문 적혀 있었다. 딱히 그것을 보고 있어서는 아니었지만 해야 할 여러 가지 일들이 두서없이 떠올랐다. 모든 것을 제쳐두고 당장 해야 할 일은 아니었다. 꼭 해야 할 일임은 분명했다. 게다가 언제든 시급한 일이 생길 수 있었다. 오늘이 아니면 내일, 어쩌면 오 분 후에라도 당장. 자영업자의 일이란 게 그렇기 마련이었다. 김은 자신을 대신해 화환을 배달하고 부조금을 넣어줄 사람을 떠올려보았다. 정확히는 모르겠으나 어른은 당장 상을 치른다 해도 호상이라 여길 만한 연세임이 분명했다. 게다가 친구의 말에 따르면 오랜 혼수상태로 사람을 알아보지 못한다고 했다. 서둘러 출발한다고 해도 병원에 도착할 때쯤에는 이미 돌아가셨을지도 몰랐다. 그 생각을 하자 애틋하고 애잔한 마음이 일었지만 죽어가는 이를 대할 때 누구나 느끼는 정도 이상은 아니었다. 김은 이직 후 실례가 되지 않을 정도의 선물을 사서 어른에게 인사를 드리곤 했다. 어느 해 추석의 사과 한 상자와 설의 말린 표고버섯 한 바구니, 다음해 설의 특상품 배 한 상자와 추석의 한라봉 한 상자 같은 것으로. 그리고 비용을 못 받을 게 분명한 근조화환으로. 무엇보다 아무리 크게 신세를 졌다 해도 이미 잊어도 좋을 만큼 충분히 시간이 지났다.

*

장례식장은 남쪽으로 삼백팔십 킬로미터 떨어진 도시에 있었다. 나 같으면 십 년도 더 연락이 끊긴 사람에게는 부고를 전하지 않을 거예요. 김이 치통을 앓는 것처럼 눈썹을 찌푸리며 말했다. 김이 어렵게 떠올린 사람들은 모두 바쁜 일과가 있었다. 중요한 약속이 있었고 미루지 못할 임무가 있었다. 부고는 인래 크게 알려야 해. 죽은 줄도 모르고 안부를 묻는 짓을 못 하도록 말이야. 그것처럼 바보 같은 게 없거든. 옆집 화원 사내가 말했다. 작년에 삼십 년 지기였던 고등학교 동창이 죽었어. 우리 중에 제일 건강한 친구였는데. 부고를 못 들은 녀석들은 아직도 그 친구 안부를 묻지. 죽었다고 대답할 때마다 그 녀석이 죽은 게 실감나. 사내가 죽은 친구를 회상하듯 말을 삼켰다. 그때 입었던 옷이야. 김이 검은 상의를 받아들며 고개를 끄덕였다. 김이 이해한 것은 사내의 슬픔이 아니라 고등학교 동창과 삼십 년 지기라는 것으로 짐작한 사내의 나이였다. 사내의 머리는 하얗게 세 있었다. 생각보다 나이가 적은 편이었다. 그나저나 옷이 너무 크군. 낡기도 했고 말이야. 사내가 말했다. 괜찮아요. 이런 옷이 다 거기서 거기지요. 길게 내려온 소매가 손등을 완전히 덮었다. 하긴 면접 보러 가는 것도 아닌데. 사내가 고개를 끄덕이며 상의 소매를 두 번 접으라고 일러주었다.

김은 성인 남성 평균 신장보다 십오 센티미터 정도가 작았다. 김이 기억하기로는 열네 살 이후 키가 자라지 않았다. 그때 아버지가 죽었다. 키가 크지 않은 건 그때의 충격 때문이라고 줄곧 생각해왔지만 나중에서야 그게 아니라는 걸 알았다. 성인이 된 후 어깨 통증을 견디지 못해 한의원에 갔다가 벽에 걸린 성장 가능 최대 신장 예측법을 본 적이 있었다. 아버지와 어머니의 신장을 기준으로 몇 단계의 간단한 계산을 거치는 수식이었다. 아버지 신장은 어머니가 기억하는 추정치를 사용했다. 어머니는 어슴푸레한 눈으로 아버지가 자기보다 한 뼘쯤 더 컸다고 회상했다. 계산해보니 김의 신장 최대치는 지금보다 고작 사 센티미터가 큰 정도였다. 김은 허탈한 웃음을 터뜨렸다. 그는 자주 소년 시절 갑작스레 아버지가 죽은 것과 그로 인해 어머니가 인근 공장의 삼교대 근로자가 될 수밖에 없었던 일, 부모로부터 방치된 소년이 작은 키 때문에 친구들의 놀림을 받으며 남아도는 시간을 어쩌지 못해 저질렀던 여러 가지 일을 떠올리며 아버지의 죽음이 삶의 연쇄된 고리들을 마음대로 바꿔놓았다고 생각해왔다. 그 때문에 유일한 유산으로 작은 키를 물려준데다 죽음으로 가족을 방기한 아버지에게 가책 없이 비난을 퍼부어왔는데, 그 모두가 오해라는 걸 깨달아서였다.

출발을 위해 막 시동을 걸고 나서 김은 여자와의 저녁 약속을 떠올렸다. 약속시간을 한두 시간 뒤로 미룬다고 해도 지킬 수 없을 것 같았다. 이미 두 번이나 여자와의 약속을 지키지 못했다. 김은 자신의 부주의를 사과했지만 여자는 매번 그럴 만한 사정이 있었으니 괜찮다고 했다. 김은 애써 서운함을 감춘 여자의 말투가 오히려 못마땅했다. 여자는 화를 내는 대신 김이 점심으로 뭘 먹었는지 휴일에는 무슨 일을 하며 지냈는지 궁금해했고 자기에게 있었던 일을 얘기하고 싶어했으며 선택이 필요한 일을 상의하고 싶어했으나 그럴 때마다 김에게 급한 손님이 찾아와 전화를 끊어야 했다. 며칠 뒤 여자는 여러 번 망설였음이 분명한 말투로 전화를 걸어서는 평범하기 짝이 없는 안부를 물었고 김의 무뚝뚝한 응대에 당황하여 할 말을 찾지 못하고 싱겁고 일상적인 말만 내뱉었나. 손님이 왔으니 이만 끊겠고 하면, 말실수를 더이상 하지 않아도 된다는 안도감과 매번 김이 먼저 전화를 끊는 데서 오는 서운함이 뒤섞인 말투로 서둘러 인사를 하곤 했다. 그렇게 전화를 끊고 나면 바쁘거나 한가한 와중에 불쑥 여자의 얼굴이 떠올랐다. 여러 사람이 어울린 자리에서 줄곧 입을 다물고 앉아 있는 무표정한 얼굴이었다. 여자는 그렇게 말없이 앉아 있다가 뜬금없이 진지한 말을 내뱉어 비웃음을 사곤 했다. 이미 지나간 말에 대해 아무도 웃지 않는 농담을 했고 사람들이 어리둥절해하면

애당초 농담할 생각 같은 건 없었다는 듯 정색하며 굳은 표정을 지었다. 그런 여자를 볼 때면 김은 처음에는 조마조마하다가 이내 불쾌한 기분에 사로잡히고는 했다. 그것은 그가 작은 키를 의식하여 어색해지거나 자신이 없어질 때 자주 하는 행동이었다.

여자는 김에게 사소하고 값싼 것이어서 부담스럽지는 않지만 시간을 들여 골랐음이 분명한 작은 선물들을 곧잘 주었다. 김이 지나가는 말로 읽고 싶다고 한 책이라거나 화원에 두고 쓰면 좋을 사무용품, 소지하고 다니기 적당한 크기의 지갑 같은 것이었다. 여자의 마음 씀씀이와 달리 상자를 열거나 포장지를 푸는 김의 손은 떨리지 않았다. 김은 점점 여자에게서 풍기는 냄새가 못마땅해졌다. 사용하는 화장품이나 향수, 샴푸나 린스 냄새일 테지만, 여자에게서는 화원에서와 같은 뒤엉킨 꽃 냄새가 풍겼다. 김이 좋아하는 냄새는, 딱히 냄새라고 할 수는 없지만 무취였다. 김은 화원을 인수하고 나서야 아무리 좋은 향기라도 몇 가지 종류가 한데 뒤섞이면 금세 악취가 된다는 걸 실감했다.

*

출발은 순조로웠으나 남쪽으로 백이십 킬로미터 정도 내려왔을 때 정체 구간을 만났다. 마라톤 대회로 일정 시간 차량 출입이 통제되고 있다고 했다. 차에서 내려 담배를 피우고 있던 앞차 운전자가 일러주었다. 김은 차량 운전자들이 즐겨 듣는 라디오 교통정보 프로그램을 싫어해서 도로 사정에 어두웠고 그 때문에 자주 이런 경우를 만났다. 통제 구간은 완벽하게 텅 비어 있었다. 도로를 달리고 있는 사람은 하나도 없었다. 선수들은 이미 구간을 통과했거나 아주 먼 곳으로 낙오된 모양이었다. 김은 누군가는 이미 지나갔고 누군가는 좀 늦게 지나가게 될 도로를 멍하니 바라보다가 언젠가 마라톤 중계방송에서 들었던 아나운서의 말을 떠올렸다. 마라토너들은 보통 한 번에 두 번씩 숨을 들이마시고 두 번씩 내쉰다고 했다. 김은 그 말을 떠올리며 의식적으로 숨을 들이마시고 내쉬어보았다. 공기는 그의 몸속을 타고 흐르다가 다시 공기중으로 힘없이 사라졌다. 그것은 전적으로 자신에게서 일어나는 일이었지만 너무도 일상적이고 순조로워서 자신과는 무관한 것으로 여겨졌다.

통제가 풀려 다시 남쪽으로 얼마간 내려갔을 때 주머니에 넣어둔 휴대전화가 울렸다. 낯선 번호였다. 화환을 주문한 친구의 전화인지도 몰랐다. 어른이 이미 돌아가셨는데도 화환이 도착하지 않아 텅 빈 영안실이 못마땅해진 친구가 독촉 전화를 거는 것일수도 있다. 김은 전화를 받지 않았다. 상품 독촉은 흔한 일이었다. 고객들은 늘 받아야 할 것이 너무 늦게 도착한다고 투덜거렸다. 의뢰인이 언제쯤 도착하느냐고 물으면 김은 십 분이면 충분하다고 대답했다. 단 십 분이라도 교통 사정과 도로 사정은 계속 바뀌는 법이었다. 다시 전화가 걸려오면 근처라고 말하며 번지수가 다른 주소를 댔다. 그러면 의뢰인은 허둥지둥 주소를 불러주었다. 송장에 주소가 잘못 기재되는 것은 실제로 자주 발생하는 실수였다. 간혹 배달 지연이 문제되지 않는 행운을 만나기도 했다. 독촉하던 의뢰인이나 수신인에게 뜻밖의 일이 생기는 경우였다. 꽃다발이 도착하기 전에 프러포즈하려던 애인에게 이별을 통보받거나 난데없이 폭력배가 나타나 개업식을 난장판으로 만들어놓는 일, 아이를 사산하는 바람에 산모가 혼절하는 일들이었다. 꽃을 늦게 배달해도 좋은 행운이란 그런 것들이었다.

톨게이트를 지나자 허공에 불쑥 장례식장이라고 쓰인 커다란 간판이 나타났다. 간판 아래로 장례식장 개업을 알리는 현수막이 건물 한 벽에 내걸린 채 바람이 부는 대로 몸을 뒤척이고 있었다. 부근은 전부 농지였는데, 수확을 끝낸 황량한 농토 속에 네모반듯한 장례식장 건물이 철 지난 허수아비마냥 우두커니 서 있었다. 약속시간에 늦기는 했으나 다른 도시에서 출발한 것을 생각하면 이해할 만한 시간이었다. 문상객은 밤이 다 되어서야 몰려올 것이고 화환은 도착 순서보다 발송인이 중요한 법이었다.

장례식장 쪽으로 가는 곡선도로에 막 접어들 무렵 다시 전화가 걸려왔다. 전화를 받으려다 미처 속력을 줄이지 못해 자칫 가드레일을 들이박을 뻔했다. 요란한 소리로 타이어를 끌다가 간신히 갓길에 차를 멈출 수 있었다. 김의 놀란 마음을 부추기듯 전화가 계속 울어댔다. 화환을 주문한 친구였다.

"어디야?"

"다 왔어."

"장례식장이야? 그럼 우선 병원 쪽으로 와."

"왜?"

"아직 안 돌아가셨어."

"……?"

"아직 살아 계셔."

"아직 죽지 않았다고?"

되묻고 나서야 김은 실수했음을 깨달았다. 살아 계셔서 다행이라고 대답했어야 한다는 생각이 들었지만 그 말도 실수가 될 게 분명했다. 죽음에 대해서는 경박하게 입을 놀리느니 그저 입을 다무는 게 상책이었다.

"참내, 아직 죽지 않았냐고?"

친구는 한숨을 쉬는 것도 같고 뭔가 대꾸해야 할 말을 찾는 것도 같았다. 진심을 털어놓자니 몰인정해 보여서 말을 삼가고 있는지도 몰랐다. 김의 당혹감과는 상관없이 자신의 물음에 답이라도 된다는 듯 친구가 말을 이었다.

"오래 못 버티실 거야. 병원에서 나랑 같이 임종을 기다리지 뭐."

김은 병원으로 가는 대신 시가지 쪽으로 차를 몰았다. 시장기는 없었지만 시간을 보낼 생각으로 제일 먼서 보이는 우동집으로 갔다. 병원으로는 가지 않을 작정이었다. 누군가 죽어가는 순간을 목격하는 일이 내키지 않았다. 피와 뒤엉킨 출생의 순간을 목격하고 싶지 않은 것과 마찬가지 이유였다. 그에게 탄생은 지나간 일이었고 소멸은 먼 미래의 일이었다. 장례식이 시작되면 배달원처럼 빈소에 화환만 내려두고 다시 도시로 돌아갈 생각이었다. 도시로 돌아가면 체면과 의무감 때문에 잃어버린 시간을 벌충해야만 할 거였다.

식사시간이 아니라 식당이 한가했으나 주문을 받으러 오는 것도 주방에 주문을 전달하는 것도 물을 내오는 것도 음식이 나오는 것도 늦었다. 주인을 채근하지는 않았다. 친구에게서 전화를 받은 지 겨우 사십여 분이 지나 있었다. 시간은 드문드문 이어지는 어른의 숨처럼 더디게 흘렀다. 김은 난생처음으로 누군가 죽기만을 기다린 사십여 분에 대해 생각했다. 사십여 분간 생이 더 이어지는 게 무슨 의미가 있을까 생각하고 죽음이 지연될수록 희박해지는 슬픔에 대해서도 생각했지만 대부분은 그저 멍하니 식당의 유리문 밖을 보았다. 다른 때처럼 여러 곳을 경유해야 했다면 장례식이 시작되기를 기다리며 다른 곳을 먼저 들러 시간을 보낼 수 있었을 것이다. 장례식 전에 어느 개업식에 들러 꽃이 줄줄이 달린 서양난을 내려놓고 팥떡을 얻어먹을 수도 있었다. 산부인과에 들러 눈도 못 뜬 갓난아기를 안고 있는 산모에게 남편의 직장 동료들이 보낸 꽃바구니를 가져다주거나, 프러포즈를 할 생각인 남자에게 포장된 붉은 장미다발을 갖다줄 수도 있었다. 먼저 죽은 누군가의 빈소로 화환을 배달할 수도 있었다. 그런데 이 도시에서는 죽음을 기다리는 것 말고는 어떤 일도 할 게 없었다. 천천히 우동을 먹고 밖으로 나왔을 때는 겨우 오십팔 분이 지나 있었다. 김은 앞으로도 얼마간을 누군가 죽기만을 기다리며 시간을 보내야 할 거였다.

한눈에 다 볼 수 있을 것 같은 작은 시가지를 통과하다 말고 한 슈퍼마켓 앞에 차를 세웠다. 어묵통조림이 생각나서였다. 언젠가 이 도시를 다녀온 사람에게서 어묵통조림을 선물받은 적이 있었다. 우동과 어묵 통조림이 도시의 특산품 중 하나라고 했다. 선물을 준 이는 재미로 사왔을 게 분명하지만, 통조림은 사실 재난에 대비하기 위한 것이었다. 도시는 두 개의 지질학적 판이 만나는 근처에 있었고 오래전에는 기록에 남을 만한 강진이 있었다. 김이 태어난 직후의 일이었지만 위험을 경고할 때면 항상 언급되는 지진이었다. 보강되지 않은 전력선이나 수도관, 가스관이 끊어졌다. 곳곳에서 화재가 발생했다. 오래된 목조건물이 송두리째 흔들리다 한순간 무너졌다. 땅이 흔들릴 때면 벽이 단단한 건물일수록 버티지 못하는 법이었다. 무너진 벽돌더미에 차와 사람이 깔렸다. 굴뚝과 지붕이 날아가 하늘로 솟아오른 세간이 사람들을 덮쳤다. 도로와 교량이 파손되었다. 지진 이후 엄격한 건축 기준이 적용되었다. 모든 종류의 건축물이 일정 수준의 진동을 견디도록 건설되었다. 내진 설계된 터널은 도시를 관통하는 각종 관(管)을 보호할 거였다. 지진 발생 후에 전기나 수돗물 공급을 신속하게 재개하고자 고안한 것이었다. 지진 후 학생들은 정기적으로 대피 훈련을 하고 있고, 지진 발생시에 안전한 도로를 표시한 지도가 아직까지도 불타나게 팔리고 있었다. 한 텔레비전 프로그램에 나온 지진 전문가가 말했다. 그런 피해가 있었지만 앞으로 일어날 지진에 비하면 아무것도 아닙니다. 정말 무서운 건 말이죠, 아무도 언제 어느 도시에서 지진이 일어날지 예측할 수 없다는 겁니다. 다소 비관적인 성향의 전문가였다. 대부분의 학자들이 땅의 움직임이 보이는 특정한 양상으로 지진을 예측할 수 있는 것으로 믿고 있는 것과는 다른 생각이었다. 전문가는 화면을 똑바로 처다보며 말했다. 이 말은 지금이라도 당장 여러분이 서 있는 땅 밑이 갈라질 수도 있다는 얘깁니다. 전문가의 위협과 달리 김은 조금도 두렵지 않았다. 김에게 지진은 먼 땅 어딘가에서 쉴새없이 벌어지는 전쟁 얘기나 다름없었다. 거대한 피해를 안긴 다른 나라의 쓰나미나 온난화로 빙하가 녹고 있다는 얘기와도 같았다. 김에게는 화원의 꽃이 팔리기도 전에 시들어 죽거나, 누군가 돌을 던져 화원의 유리를 깨뜨리고 도망가는 게 전쟁이나 지진보다 더 불운이었다. 지진이나 쓰나미 같은 것은 어쩌지 못하는 사이 모두에게 닥치는 일이었다. 그러니 두려울 게 없었다. 모두 무사한데 자신에게만 불운이 닥치는 것, 김이 생각하는 불행은 그런 것이었다.

선물받은 어묵통조림은 보존기한이 팔 년이나 되었다. 재미 삼아 먹어보니 국물은 짰고 어묵은 테니스 공처럼 퉁퉁 불어 비상 때가 아니고는 먹을 수 없는 맛이었다. 요즘은 어떤 고립 상황에서라도 이틀이면 식량 공급이 가능하다고 했다. 겨우 이틀을 부지하기 위해 식감이 가죽 같은 어묵을 씹어야 한다는 얘기였다. 김은 슈퍼마켓 주인에게 어묵이나 우동 통조림 같은 게 있는지 물었다. 주인은 보고 있던 텔레비전 프로그램에서 눈도 떼지 않고 그런 물건은 없다고 잘라 말했다. 언젠가 이 도시를 다녀간 사람이 사다주었다고 하자 주인은 십육 년째 같은 자리에서 슈퍼마켓을 운영하고 있지만 그런 통조림은 본 적이 없다고 단호하게 말했다. 김이 못미더운 표정을 짓자 맨 안쪽 진열대에 몇 가지 종류의 통조림이 있으니 살펴보라고 했다. 김은 어떤 통조림을 팔고 있는지 알아보려고 가게 안으로 들어갔다. 몇 군데 진열대를 지나자 통조림 진열대가 나왔다. 종류는 많았으나 이 도시만의 것은 아니었다. 흔히 볼 수 있는 골뱅이 통조림과 참치와 꽁치, 고등어나, 번데기 통조림과 몇 종류의 과일통조림이었다. 진열대까지 따라온 주인이 어묵이나 우동은 통조림으로는 나오지 않지만 즉석조리식품이 많으니 그것을 사라고 권했다. 김은 대꾸하지 않고 차로 돌아왔다. 장례식장 쪽으로 가는 동안 몇 군데 슈퍼마켓을 더 들렀으나 어디에도 재난에 대비하는 통조림은 없었다.

*

김은 장례식장의 어두컴컴한 지하 주차장으로 들어갔다. 입관하듯 선에 맞추어 차를 댔다. 운전석에 앉은 채 눈을 붙이려다 짐칸이 텅 비어 있다는 데 생각이 미쳤다. 어두컴컴한 짐칸 안에서 화환이 옅은 국화 냄새를 풍기며 낮달처럼 희미하게 빛나고 있었다. 김은 짐칸으로 늘어가 소화 곁에 누웠다. 등을 타고 찬기운이 올라왔다. 어두운 곳에서 차고 딱딱한 곳에 누워 있자니 염을 기다리는 시신이 된 기분이었다.

이대로 어른의 삶이 계속된다면 오늘 밤 약속은 아예 지킬 수 없을 거였다. 김에게 어른의 죽음은 비통하고 엄숙한 세계를 떠나 정체되고 지연되는 시간의 문제로 남았다. 김은 망설이다 여자에게 전화를 걸었다. 여자는 무슨 일이냐고 묻기도 전에 알았다고 했다. 그는 서운한 듯 입을 다문 여자에게 자신은 지금 여자가 있는 곳에서 사백 킬로미터쯤 떨어진 곳에 있는데 이곳에서의 일이 아직 끝나지 않았다고 얘기했다. 여자가 주저하는 목소리로 언제 일이 끝나느냐고 물었다. 내 맘대로 끝낼 수 있으면 좋겠지만 그런 일이 아니에요. 김이 대답했다. 여자는 아무 대꾸도 하지 않았다. 퉁명스러운 대답에 마음이 상했을지도 몰랐다. 김은 매번 그런 사소하고 무의식적인 대답에 주의해야 하는 것에 잠시 짜증이 났으나 일이 아직 끝나지 않았고 언제 끝날지 모른다고 다시 한번 말했다. 여자가 짐짓 아무렇지도 않은 목소리로 뭔가 얘기하기 시작했다. 김은 여자와 통화하는 사이에 어른이 돌아가셔서 친구가 전화를 걸어오지 않을지 초조해졌다. 듣고 있어요? 여자의 물음에 건성으로 그렇다고 대답했다. 여자가 다시 말을 이었다. 김이 듣기 시작한 부분은 백화점 고객상담실로 찾아온 한 고객의 단정치 않은 차림새에 대한 것이었다. 아마도 계속 그 얘기를 하고 있었던 것 같았다. 여자는 고객이 몇 번이나 입은 속옷을 가져와 환불을 요구한다고 자주 한숨을 섞어 털어놨다. 지치고 피곤해 보였다. 김은 여자의 낮은 한숨소리를 들으며 여자가 있어서 많은 순간을 견뎌왔지만 문득 앞으로는 여자가 있는 순간을 견딜 수 없을 거라는 생각이 들었다. 물론 김은 지금도 자주 여자에게서 위안과 온기를 얻었다. 그러나 어떤 것도 오래 지속되지 않았고 언제나 곧 사라져버렸다. 김은 갑자기 마음속에 내려진 결단을 미루는 게 어리석게 느껴졌다. 이미 충분히 여자와 거리를 두고 있었지만 여자의 한탄을 듣는 동안 더 멀어지고 싶어 조바심이 났다. 여자가 말을 멈췄다. 어쩌면 김이 다른 생각

에 빠져 있는 동안 줄곧 입을 다물고 있었는지도 몰랐다. 이번에
도 여자는 들었어요? 하고 물었다. 김은 못 들었다고 솔직하게
얘기했다. 여자가 다시 낮게 숨을 내쉬었다. 김은 순전히 통화를
끝내고 싶은 마음에 도시로 돌아가면 여자의 집을 방문하겠다고
약속했다. 김의 약속은 매번 서운해하는 여자를 달래기 위한 것
이었다. 이대로 전화를 끊어버리면 여자는 한참 망설이고 갈등하
다가 그에게 전화를 걸어올 것이었다. 여자가 반색하는 목소리로
그게 몇시쯤이냐고 물었다. 그는 누군가 죽고 나서 네 시간 후라
고 대답했다. 여자는 김과의 통화에서 처음으로 웃음을 터뜨렸
다. 그의 대답을 농담이라고 생각한 게 틀림없었다.

　전화를 끊은 후 김은 장례식장으로 올라갔다. 일층에 있는 빈
소의 대리석 제단에 영정사진이 덩그러니 놓여 있을 뿐, 네 개 층
에 있는 열세 곳의 빈소는 모두 텅 비어 있었다. 상주도 조문객도
없고, 과일이나 꽃, 향이 없이 제단 위에 놓여 있는 영정사진은
난데없었다. 돌아가시기도 전에 성질 급한 유족들이 빈소에 영정
사진을 내려놓은 모양이었다. 사진의 주인은 백발이 쉬인 머리를
가지런히 뒤로 넘긴 노인이었다. 시간이 많이 지난 것을 감안하
더라도 김이 예전에 알던 어른은 아니었다. 사진 주인은 유쾌하
고 장난기 많은 눈매로 슬쩍 웃고 있었다. 죽지 않은 채로 자신의
죽음을 애도하는 자리에 먼저 내려와 있는 것이 재미있다는 표정
이었다. 김은 텅 빈 영안실에서 그 사진을 보며 자신은 살아 있다
는 걸 실감했다. 이미 죽었거나 곧 죽게 될 것은 영정의 주인이었
지 그가 아니었다. 김은 한 번도 죽음을 진지하게 생각해보지 않

았음을 깨달았지만 그것이 다였다. 그는 살아 있었고 죽음에 대해서라면 그것이 목전으로 다가올 때까지―그것은 멀고도 먼 훗날의 일이 될 거였다―생각하고 싶지 않았다.

어둠이 어른의 숨처럼 천천히 내려앉고 있었다. 김은 장례식장 입구에 서서 어둠의 음영 속으로 황량함을 감추고 있는 농토를 바라보았다. 누군가 그에게 다가와 불을 빌려달라고 했다. 검은 양복을 입은 사내였다. 장례식장이 텅 비어 있었으므로 김은 그 사내 역시 순전히 의무감만으로 누군가 죽기만을 기다리며 시간을 보내고 있는 사람이 아닐까 하는 생각이 들었다. 역시 그런 눈빛으로 김을 바라보는 사내의 양복은 잔뜩 구겨져 있었다. 검은 넥타이를 맨 와이셔츠에는 몇 군데 붉은 국물 자국이 남아 있었다. 이거 원, 유니폼이 또 더러워졌네요. 낮에도 일을 하고 오느라고요. 싫다는데도 억지로 줘서 육개장을 먹었거든요. 육개장 먹는 것도 하루 이틀이지 말이에요. 김이 셔츠에 묻은 얼룩을 빤히 쳐다보는 걸 의식했는지 사내가 말했다. 유니폼이라는 말에 김이 살짝 웃었다. 그러고 보니 주차장에 세워진 상조회사 차량을 본 것 같았다. 어디서 오셨어요? 사내가 물었다. 화원에서 왔다고 하자 이번에는 아직 안 돌아가셨어요? 하고 물었다. 김이 난감한 표정으로 고개를 끄덕였다. 사내가 김의 곤경을 이해한다는 듯 슬쩍 웃으며 말했다. 저도 그런데, 혹시 같은 분일까요?

장례식장에서 한참 떨어진 국도 변에 닿을 때까지도 친구에게서는 전화가 걸려오지 않았다. 상조회사 직원과 함께 누군가 죽지 않는 상황을 계속 투덜거리게 될까봐 산책 삼아 나선 게 길어졌다. 김은 국도 변에 서서 장례식장이 있는 쪽을 바라보았다. 불을 밝힌 커다란 간판을 넋놓고 바라보다가 아직도 안 죽은 모양이네 하고 중얼거렸고 부정한 생각을 발설한 데 놀라 입을 다물었다.

그때 전화벨이 울렸다. 친구의 전화였다면 김은 자신이 죽음을 재촉한 것 때문에 죄책감을 느꼈을지도 몰랐다. 아직 안 끝나셨어요? 여자였다. 안도감이 느껴지는 동시에 초조해졌다. 그 초조함 때문에 김은 자신이 여자로부터 떠나왔음을 다시금 깨달았다. 앞으로 여자와의 통화는 더 드물어질 것이고 간혹 이어지는 만남은 지루할 것이고 말투는 무뚝뚝해질 것이며 웃을 일이 점점 줄어들 것이다. 그럴수록 여자는 더 자주 전화를 걸어 자신에게 소홀하고 무관심한 김을 이해하려고 하다가 어느 날 문득 서운함과 허전함을 견디지 못해 울컥하여 화를 내고 얼마 후에는 화낸 것을 사과할 것이다. 그런 일이 얼마간 반복되다가 나중에는 오로지 마음을 되받지 못한 것을 억울해하며 김을 원망하고 미워하는데 시간을 쓸 것이다. 그러다가 문득 이 모든 일을 되풀이할 정도로 김을 사랑하지 않으며 어쩌면 처음부터 사랑이 아니었음을 깨닫고 마음이 편안해지는 동시에 허탈해질 것이다. 김으로서는 그 순간을 기다리는 것밖에 할 수 있는 게 없었다. 어쩌면 그때 비로소 여자에게 애틋함을 느끼게 될지도 몰랐다.

김은 냉담했던 말투를 풀었다. 당신이 재촉하면 나는 어른이 빨리 돌아가시길 기도해야만 돼요. 여자가 웃음을 터뜨렸다. 여자가 웃자 김은 다시 조급해졌다. 여자가 언제까지고 그의 진심을 몰라서는 안 되기 때문이었다. 그는 아직도 웃고 있는 여자에게 문득 여기까지라고 말했다. 여자가 못 알아듣고 되물었다. 뭐가요? 그는 얼른 농담은 여기까지라고 대답할까 생각했다. 어두운 벌판에 유일한 빛이라고는 장례식장 간판뿐인 곳에서 이별하고 싶지 않았다. 그리고 그가 내내 생각해오던 것과 달리 이 생각은 어쩌면 즉흥적인 것일 수도 있었다. 남쪽으로 사백여 킬로미터를 달려오고 기다리느라 피곤해서 그런 마음이 드는 것인지도 몰랐다. 여자가 되물었다. 뭐가 여기까지예요? 재촉하는 여자에게 그가 대답했다. 우리요. 우리가 함께 있는 거요. 여자가 잠시 멈췄다가 말했다. 팀장이 찾아서 가봐야겠어요. 조심해서 오세요. 그분이 빨리 돌아가시길 빌게요. 전화는 끊어졌다. 홀가분해지리라고 생각했던 것과 달리 그의 마음은 무겁게 내려앉았다.

국도는 이미 어둠 속에 용해되어 끝을 감추고 있었다. 김은 그 자리에 쭈그리고 앉아 담배를 꺼내물었다. 덩치 큰 차가 한 대 지나가면서 지표가 흔들렸고 요란한 바람이 불었고 시커먼 매연이 쏟아진 후로 도로는 내내 잠잠했다. 세 대의 담배를 잇달아 피우고 자리에서 일어서려는데 뭔가가 그가 앉아 있는 쪽으로 천천히 다가왔다. 작고 흰 점이었다. 점은 계속 움직였고 점차 커졌다. 가까이 다가오면서 불분명한 형체 속에 모습을 드러낸 것은 흰색 운동복이었다. 가슴과 등에 숫자가 적힌 번호판을 단 마라토너였다. 그가 곁을 지나갈 때 후후 하하 하고 코와 입을 통해 일정한 간격으로 들이마시고 내쉬는 안정적인 숨소리가 고스란히 들렸다. 김은 마라토너가 어둠에 모습을 감춘 국도 속으로 서서히 사라지는 걸 지켜보았다. 그는 흔들리는 흰 점이 되어 차츰 작아져가다가 끝내 숨듯이 모습을 감췄다. 그 완전한 소멸은 오히려 어둠 너머 보이지 않는 곳에도 길이 계속 이어지고 있다는 생각을 일깨웠다. 김은 홀린 듯 흰 점을 삼킨 어둠 쪽으로 걸음을 옮겼다.

얼마쯤 걸어갔을 때 등 뒤에서 나지막한 휘파람 소리가 들려왔다. 김이 자리에 멈춰 섰다. 어둠 속에서 모습을 드러낸 것은 김이 모는 것과 같은 종류의 트럭이었다. 바람 소리나 바퀴 소리, 짐칸에 넣어둔 물건이 덜컹거리는 소리 같은 것이 없었다. 잘못 들었지 싶었으나 트럭이 곁을 스쳐갈 때 다시 한번 선명한 휘파람 소리가 들렸다. 어둠에 모습이 가려진 운전자가 부는 모양이었다. 김은 휘파람 소리만 내며 전속력으로 달리는 트럭을 공연한 호기심에 물끄러미 바라보았다. 속력을 줄이지 않고 곡선도로를 무리하게 돌던 트럭이 김의 시선에 놀란 듯 갑자기 사선으로 기울어지더니 노면을 타고 미끄러지기 시작했다. 순식간에 가드레일에 부딪혀 옆으로 기울어졌고 놀란 김이 짧은 감탄사를 내뱉기도 전에 불길이 치솟더니 이내 트럭이 뜨거운 열기에 휩싸였다. 운전자는 보이지 않았다. 불길이 이미 그를 삼킨 것인지 그전에 용케 빠져나온 것인지 알 수 없었다. 트럭을 삼킨 불꽃이 순식간에 밤의 국도를 밝혔다.

김은 그 불빛을 바라보다가 전화기를 꺼냈다. 경찰이나 구급대원, 병원의 응급센터에 거는 대신 여자에게 전화를 걸었다. 여자는 전화를 받지 않았다. 고객의 불만을 듣고 있는 중이거나 단단히 화가 난 모양이었다. 김은 타오르는 불꽃을 바라보며 계속 수화기를 들고 있었다. 한참 만에야 전화를 받은 여자는 아무 말도 하지 않았다. 수화기를 통해 가느다란 숨소리만 들려왔다. 차분하면서 규칙적인 소리였다. 그 소리가 묘하게도 김의 마음을 차분히 가라앉혔다. 김은 여자의 숨소리에 맞춰 숨을 내쉬고 들이마셨다. 여자와 호흡을 맞추려면 조금 서둘러 숨을 뱉어야 했다. 몇 번의 시도에도 숨의 간격을 맞추기 어려워지자 김은 불쑥 여자에게 사랑을 고백했다. 여자는 잠자코 있었다. 여자가 아무 말도 하지 않는 것이 두려웠지만 어떤 대꾸를 하는 것도 두려워서 오로지 여자에게 틈을 주지 않기 위해 생각나는 대로 말을 이었다. 오랫동안 유심히 여자를 바라보는 기쁨을, 여자와 처음으로 우연히 팔꿈치가 스쳤을 때 박동한 심장을, 처음 여자의 손을 잡았을 때 거짓말같이 여겨지던 낯선 감각을, 그를 차분하게 하는 부드러운 숨소리를 얘기했다. 여자에게 사랑받지 못하지나 않을까 하는 불안감을, 여자를 사랑하고 있음을 깨달았던 순간의 설렘을 얘기했다. 얘기를 하는 동안 김은 여자에게 말한 것들이 이제껏 한 번도 생각해보지 않았던 것임을 깨달았다. 자신의 말은 모두 어디서 읽거나 누구에게 들은 얘기 같았다. 너무 상투적이고 진부해서 진심으로는 여겨지지 않는 말이었다. 반면에 그래서 진심처럼 들리기도 했다.

스스로도 알 수 없는 말을 계속 하는 것은 순전히 김이 검은 밤의 국도 변에 홀로 서 있으며 근처에 빛을 내는 것이라고는 장례식장의 간판과 불타는 트럭뿐이기 때문인지도 몰랐다. 간판은 멀

리서도 훤히 보이도록 빛나고 있었는데 그 때문에 건물을 가리킨
다기보다는 어둠에 묻힌 도시 전체를 가리키는 것처럼 보였다.
어쩌면 모든 학생들이 정기적으로 지진에 대비한 훈련을 하고 있
으며 주민들은 지진 발생시 안전하게 집으로 돌아갈 수 있는 지
도를 부적처럼 품고 다니는 도시에 있기 때문인지도 몰랐다. 재
난에 대비한 우동과 어묵 통조림이 이 도시에서 오래 장사한 사
람도 모르는 어떤 곳에서 팔리고 있고 불분명한 재난의 위협 속
에서 누군가는 단지 노환으로 죽을 듯 죽지 않으며 계속 목숨을
부지하고 있는 도시이기 때문인지도 몰랐다. 만약 그가 사는 도
시였다면, 그런 불안과 두려움이 없었다면, 그는 여자에게 여전
히 무뚝뚝하게 굴었을 것이고, 간혹 친절하게 굴고 나서는 여자
가 오해할까봐 전전긍긍했을 것이다.

여자가 입을 열어 무슨 일이 있느냐고 물었다. 그 평이한 질문
으로는 자신의 고백이 여자를 기쁘게 했는지 들뜨게 했는지 못마
땅하게 했는지 화가 나게 했는지 도무지 짐작할 수 없었다. 김은
여자에게 그 말을 하는 내내 자신이 몹시 낯설게 느껴졌는데, 그
느낌 때문에 고백의 일부가 진심일지 모른다는 생각을 했다. 그
러나 진심과 상관없이, 여자의 마음과 상관없이, 그는 두려움이
점지해준 고백 때문에 곧 부끄러워질 것이며 어떤 말도 돌이킬
수 없어 화가 날 것이고 그 말이 야기한 상황과 감정을 얼버무리
려고 애를 쓸 것이며 그럼에도 당시 마음에 인 감정의 윤곽이 무
엇인지 헤아릴 것이었다. 그 생각에 김은 갑자기 전화를 뚝 끊어
버렸다. 여자가 먼저 전화를 걸어오지 않을까 생각했고 그러면

전화를 받아야 하나 말아야 하나 생각했지만 전화는 걸려오지 않았다. 트럭은 여전히 맹렬하게 불타오르고 있었다. 김은 땅에 박힌 듯 멈춰 서서 조등(弔燈)처럼 환히 빛나는 그 불빛을 바라보았다.

어떤 구애의 머뭇거림

   그림* 속에는 등을 보이고 선 사내와 그를 마주하고 선 여인이 있다. 두 사람 뒤로는 소실점을 향해 점점 좁아지는 길이 펼쳐져 있고, 그 길 위에 일군의 농부들이 서 있다. 아마도 하루 일과를 마치고 집으로 돌아가는 길 같다. 농부들 중 누군가 하늘을 올려다보니 구름 색이 심상치 않으니 얼른 돌아가는 게 좋겠다고 생각했을지도 모른다. 곧 비를 퍼부을 것처럼 구름은 잔뜩 흐려 있다.

   사내와 여인은 약속이 있어 만난 것이 아니라 우연히 마주친 것 같다. 소식이 뜸해진 이웃과 오랜만에 만나 어색하게 대화를 이어가는 자세이다. 다소곳이 모은 여인의 손이 꼭 그렇게 보인다. 사내의 옷차림을 보면, 그는 노동복 차림의 인부들과 달리 분

---

  * 프리스 쉬베리, 〈저녁의 구애〉.

명 좋은 옷을 골라 입고 나온 것일 텐데, 일을 끝내고 돌아가는 여인과 마주 선 순간을 내내 기다린 것일 수도 있다. 우연한 해후 이든 약속된 만남이든 두 사람은 그다지 친밀하지 않은 자세로 서서 얘기를 나누고 있다. 그 서먹한 거리감과 태연한 여인의 표정을 생각하면 두 사람은 팔려고 내놓은 말의 가격을 얼마로 매겨야 하는지 조언을 구하거나 새로 들일 인부의 평판은 어떤지 조심스럽게 묻고 있는 것만 같다.

일견 평범한 목가적 풍경으로 보이는 이 그림에 눈길을 준 것은 그림 밑에 붙은, 첫 부인을 병으로 잃은 화가가 동료 화가의 누이를 염두에 두고 그렸다는 짤막한 설명 때문이다. 그걸 읽고 나서야 그림 속의 사내가 여인에게, 말 한 필의 가격을 묻거나 인부의 평판을 구하는 게 아니라 구애의 말을 하고 있음을 알았다. 그러니까 노동을 끝낸 저물녘 길가에서의 구애.

화가는 이 그림을 구애 전에 그렸을까, 구애 이후에 그렸을까. 아마도 구애 전이었을 것이다. 구애 이후라면 다른 그림, 이를테면 사랑을 받아줌으로써 더 아름다워진 여인이나 곧고 좁은 길을 나란히 걷는 두 사람, 그게 아니라면 또다시 홀로 남은 자신을 그렸을 테니까.

화가는 구애 장면을 끊임없이 상상했을 것이다. 여인을 만나러 갈 때 무슨 옷을 입을지 어떤 모자를 쓸지, 여인과 얼마나 가까이 설지, 어색할 게 분명한 두 손은 어떻게 둘지, 기대감으로 물든 여인의 눈을 어떻게 바라볼지 생각했을 것이다. 무엇보다 무어라 말을 꺼내면 좋을지 생각했을 것이다. 그러느라 당장 여인에게 달려가 구애하는 대신 변덕스럽게 비를 퍼부을 것 같은 구름을 그리고, 영영 함께 걷고 싶지만 이내 좁고 험난해져 동행이 거북해질지도 모르는 순탄치 않은 길을 그리고, 그렇게 어색하게 서 있는 자신들을 힐끔거리며 지켜보는 이웃을 그렸을 것이다.

단지 그것뿐일까. 여인을 감동시킬 수사(修辭)를 찾으려고, 여인에게 거부될까 두려워 용기를 내느라 시간을 끈 것뿐일까. 모든 주저와 머뭇거림에는 진심이 있다. 진심은 단정적인 말이나 표현, 단호한 행동에 있는 것이 아니라 주저하고 주저하는 동안 일어난 생각들, 변덕을 부리는 동안 생겨난 다양한 마음의 결, 확신할 수 없어 자책하고 위로하는 동안 생겨난 자포자기의 심정들 사이에 놓인 것인지도 모른다. 나를 주저하게 하는 것, 변덕스럽게 하는 것, 머뭇거리다가 결국 잃게 하는 것, 그것이 진실일지도 모른다.

머뭇거리는 사내를 향한 멋대로의 애틋함은 여기서 기인한다. 사내의 주저에는 진심을 전달하기 위한 곤경과 그럼에도 진심인지 아닌지 확신할 수 없는 마음과 여인에게 하려는 말이 내 마음의 말인지 누군가의 복사된 마음인지 구분할 수 없는 난처함이 담긴 것일지도 모른다는 생각에서.

좋은 말과 표현을 고르느라 시간을 끄는 것이든, 사랑을 확신할 수 없어 붓질로 시간을 보내는 것이든, 주저하느라 시간을 끌고 이러저러한 생각 끝에 변덕을 부리고 시간이 지날수록 확신을 잃어 약해지는 마음은 나를 흔든다. 나는 명백히 단정하고 주장하고 불변을 확신하는 것 앞에서는 마음이 단단해지지만 어떤 것도 확신하지 못하는 소심하고 겁먹은 마음과 무엇보다 자신의 마음을 알 수 없어 생기는 변덕과 머뭇거림, 사소한 바람에도 쉽게 저 버리는 허약한 의지와 실패한 결심에는 늘 마음이 기운다.

물론 구애나 고백은 진실과는 상관없는 일이다. 또 진실을 아는 것과는 별개로 구애나 고백은 언제라도 가능하다. 어떤 고백은 주저와 변덕을 부리느라 허약해진 마음이 부추기고 어떤 고백은 쓸쓸하고 외로운 밤이 충동한다. 어떤 고백은 홀로 될지 모른다는 두려움이 점지한다. 죽을 듯 죽지 않고 부지되는 목숨이, 텅 빈 국도변에서 조등처럼 타들어가는 트럭의 불꽃이 고백을 부추기기도 한다. 그러고 보면 고백이나 구애는, 인생의 많은 장면들이 그렇듯, 모두가 진실인 것도 아니고 필연적인 것도 아니다.

이쯤에서 나도 고백해야겠다. 어떤 소설은 그림이 쓰기도 한다는 걸. 그림을 보게 된 것은 순전히 우연이라는 걸.

죽음과 함께 있는 것은 여기까지

권희철

  멀고도 낯선 도시의 어느 장례식장을 찾아가는 데서 이야기는
시작된다. 조문을 위한 출타이건만, 여기에 수반하는 슬픔과 애
잔함은 일상적인 수준을 벗어나지 않는다. 화원 주인 '김'이 순
전히 체면과 의무감으로 노인의 빈소를 찾아가고 있기 때문이다.
노인과 연락이 끊긴 지 십 년이 넘었으며 한때 노인에게 졌던 신
세도 김에게는 이미 청산된 채무처럼 느껴질 뿐이다. 그러므로
김은, 장례식이 시작되면 마치 배달원이라는 듯 화환만 내려두고
다시 돌아와 본래의 일상에 몰두할 것이다. 그런데 김이 친구로
부터 받은 전언은 정확히 말하자면 부고가 아니다. 친구는 다만
노인이 오늘 오후를 넘기기 어려우리라는 의사의 말을 전했을 뿐
이다. 그러므로 김은 살아 있는 사람의 죽음을 성급하게 찾아나
서는 셈이다. 김이 장례식장에서 도착했을 때, 노인은 '아직' 살

아 있었고, 김은 "아직 죽지 않았다고?", 물을 수밖에 없다. 그렇게 해서 진짜 이야기가 시작된다.

아직 도착하지 않은 죽음, 누군가가 죽기만을 기다리는 시간은 김을 초조하고 불안하게 만든다. 한편으로 김은 할 일을 해치워 버리고 어서 일상으로 복귀하기를 소망하지만, 다른 한편으로 자신의 소망이 곧 타인의 죽음을 재촉하는 일이라는 점에서 죄책감을 느낀다. 동요하는 감정 속에서, 죽음의 기운이 점차 김을 사로잡는다. 장례식장이 위치한 이 낯선 도시가 커다란 지진의 위험을 안고 있다는 것이, 그래서 모두가 언제 터질지 모를 재앙과 그에 수반되는 죽음을 의식하며 살아가고 있다는 사실이, 죽음에 대한 김의 무의식적인 몰입을 더욱 부추긴다.

만일 김이 관습적인 장례절차를 기계적으로 수행할 수 있었다면 죽음에 대한 김의 몰입은 적당한 선에서 멈췄을 것이다. 관습적인 장례절차를 따르는 가운데, 타인의 죽음이 수반하는 불가해한 충격은 어느 정도 완화되기 때문이다. 일정한 기간 동안 상징적인 복장을 하고 상징적인 제스처를 취하는 것(예컨대 진정한 슬픔이 제거된 형식적인 곡소리)만으로도, 대타자는 적절한 감정을 지불한 것으로 인정하고 일상으로 복귀할 수 있는 권리 또한 부여한다. 그러므로 우리를 대신해서 애도와 슬픔의 표정을 지어주는 상징적인 복장이 김에게는 소매를 두 번 접어야 할 만큼 형편없이 들어맞지 않는 장면을, 단순히 옷이 너무 큰 것이라고 읽는 데 멈춰서는 안 된다. 몸에 맞지 않는 검은 옷은, 타인의 죽음에 대처하는 상징적 절차들에 김이 스며들지 못하고 있다는 점을 강하게 암시하고 있기 때문이다. 아마도 그것이 김의 기질일 것이다. 그리고 어쩌면 어린 시절에 겪은 아버지의 죽음이 김의 이러한 기질을 부추겼는지도 모른다. 김은 아버지의 죽음이 불러온 충격을 육체적인 것으로 전환시켰다고 믿으면서 자신의 작은 키를 합리화시키려 했지만, 그것이 완전한 오해였음이 밝혀졌을 때 진정되지 못한 죽음의 충격은 아버지에 대한 맹렬한 비난으로 돌아왔다. 그는 이미 아버지의 죽음을 애도하는 데 한번 실패한 바 있는 것이다. 표면적으로 김은 타인의 죽음에 무심한 사람처럼 보이지만, 상징적 절차의 도움을 받을 수 없기 때문에 오히려 죽음의 충격에 지나치게 민감해지는 것이다.

자신도 모르게 점차 죽음에 몰입하게 되는 김은 노인과 자신의 죽음을 혼동하게 된다. 노인의 죽음을 기다리며 장례식 지하 주차장에 대놓은 트럭 짐칸에 누웠을 때, 김은 차고 어두운 땅 밑에 누워 트럭에 실린 근조화환의 국화꽃 냄새를 맡고 있었던 것이다. 이때 김은 마치 노인의 죽음이 도착할 자리에 자신의 죽음을 대신해서 먼저 가져다놓은 것처럼 보이지 않는가. 이제 김은, 노인의 죽음을 바라도 좋은 것인지 그렇지 않은지를 혼동할 뿐 아니라 자신이 바라는 것이 노인의 죽음인지 자기 자신의 죽음인지까지도, 은밀하게, 혼동한다. 김이 명백히 '노인'의 죽음을 소망하는 장면에서 작가가 매번 "누군가"의 죽음을 바란다고 쓰는 것은 바로 이 혼동의 여지를 강조하기 위해서일 것이다. 이러한 혼동의 한 축, 자신의 죽음에 대한 은밀한 소망은 모든 사건이 시작되기 전에 이미 암시된 바 있다. 김에게는 어떤 달콤한 향기도 불쾌감을 주며 오직 무취만이 편안함을 준다고 했을 때, 김이 소망하는 아무 냄새 없는 향기란, 생명이 빠져나간 삶, 곧 죽음과 같은 것이지 않은가.

한편 죽음을 생각할 때 가장 곤란한 점은, 죽음이 치명적이고도 필연적이라는 데에 있지 않다. 그보다 우리를 더욱 곤혹스럽게 만드는 것은 아무도 죽음을 예측할 수 없다는 것이다. 죽음이 도착하자마자 모든 것은 돌이킬 수 없이 끝장나고 그것이 꼭 한 번 반드시 찾아온다는 사실은 너무도 명확하다. 하지만 죽음이 언제 어떤 방식으로 찾아올지는 누구에게도 알려져 있지 않다. 그래서 죽음은 다만 공포스럽거나 혐오스러울 뿐 아니라, 우리를 참을 수 없는 불안과 초조함 속으로 몰아넣는다. 이 참을 수 없는 '불안과 초조함'은 일상이라는 참을 수 없는 '지루함과 진부함'으로 대체될 때 견딜 만한 것이 된다. 이러한 대체가 오늘날 우리 삶의 일반적인 조건이다. 저 지루하고 진부한 일상의 기계적 리듬과 자신의 생의 리듬을 동일시할 수 있는 능력을 보유할수록, 우리는 성숙한 어른으로 인정받는다. 하지만 김은 일상이라는 대체물로부터 떨어져나와 낯선 도시를 헤매고 있다. 이 무방비의 공간을 작가는 이렇게 요약한다. "불분명한 재난의 위협 속에서 누군가는 단지 노환으로 죽을 듯 죽지 않으며 계속 목숨을 부지하고 있는 도시".(79쪽) 이 무방비의 공간에서 죽음의 긴장감을 고스란히 견딜 수는 없는 노릇이다. 차라리 죽음이 당장 도착해서 삶과 함께 이 긴장감이 끝나는 편이 낫다. 성가신 일을 어서 해치워버리고 싶다는 심정으로 (노인의 그리고 어쩌면 자신의) 죽음이 속히 도착하기를 바랄 때, 김은 죽음에서 비롯한 저 참을 수 없는 긴장에서 벗어나기를 바라는 것이다.

그렇기 때문에, 노인과 자신의 죽음을 혼동하면서 김은 자살에 가까운 제스처를 취한다. 김이 여자에게 전화를 걸어 이별을 요구하는 것을 우리는 그렇게 읽을 수 있다. 김은 모든 연인들 사이에서 벌어지는 사소한 오해와 다툼, 화해의 과정이 이제 완전히 지겨워졌고, 그러한 지겨움이 여자와의 관계가 사랑이 아니라는 증거라고 이해하기 시작한다. 그것이 사랑이 아니므로, 우리의 삶이 반드시 죽음으로 끝나게 되어 있는 것처럼, 김과 여자의 관계는 반드시 이별을 맞이하게 될 것이다. 이별이 언제 찾아올지는 알 수 없지만, 결국 이별하게 될 것을 알면서 이런 복잡하고 지겨운 절차들을 되풀이하고 있다는 것 자체가 진저리나는 일이다. 그러므로 차라리 서둘러 이별을 맞이하는 것이 낫다. 그 사실을 깨달았을 때, 김은 비로소 (물론 한편으로는 허탈해하지만) 자살충동을 만족시켰다는 듯이 (혹은 무취 속에 있다는 듯이) 편안함을 느낀다.

그래서 김은 느닷없이 이별을 통보한다. 충분히 지속될 수 있는 관계를 서둘러서 파기하는 것으로 김은 자살을 대신하려는 것처럼 보인다. 그리고 곧이어 죽음을 가시화하는 사건들이 연달아 이어진다. 그리고 이 사건들이 이야기의 초반에 이미 흐릿하게 죽음을 암시하며 제시되었다는 점을 눈여겨보자. 시민들을 죽음으로 몰아넣을 대지진은 이야기의 중간까지 소문만 무성할 뿐 현실감을 주지 못했지만, 이별 통보 직후 덩치 큰 차가 지나가며 지표를 흔들면서 가시화된다. 김이 낯선 도시로 오는 길을 가로막았던 마라톤 경기에서 김은 통제되는 도로를 볼 뿐 실제로 달리는 마라토너는 볼 수 없었는데, 덩치 큰 차가 지나간 뒤 (마라톤 경기 구간으로부터 무려 이백오십 킬로미터나 떨어져 있는 이 도시에서, 마치 유령처럼!) 마라토너가 김을 지나쳐 달려간다(마라톤은 인생에 대한 가장 표준적인 비유라는 점에서 "김은 마라토너가 (……) 서서히 사라지는 걸 지켜보았다"고 할 때, 죽음을 떠올려도 좋지 않을까). 작품 초반에서 김은 트럭을 몰고 장례식장 근처에 왔을 때 실수로 가드레일에 부딪힐 뻔했었는데, 마라토너가 지나간 직후에 다른 트럭이 가드레일을 들이받고 불타기 시작한다(작가는 이 장면을 환상적으로 처리하면서, 그 다른 운전수가 김의 분신이라는 점을 강하게 암시한다. 사고 트럭은 김의 트럭과 같은 종류이며 다른 운전수는 운전할 때 김이 그러는 것처럼 휘파람을 길게 불고 있다. 결국 불타는 트럭을 보고 있는 김은 자신의 죽음을 목격하고 있는 것이 아닌가).

그런데 김이 기대한 것처럼 죽음(혹은 이별)의 순간 우리는 편안한 휴식을 맛볼 수 있을까? 죽음의 순간, 그간의 긴장은 아늑한 이완으로 바뀔 수 있을까? 전혀 그렇지 않다. "홀가분해지리라고 생각했던 것과 달리 그의 마음은 무겁게 내려앉았다." 언제 찾아올지 알 수 없어 불안했던 그 파국이 실제로 찾아왔을 때, 우리는 그것을 견딜 수 없다. 그러므로 죽음을 가시화시키는 사건들이 연달아 일어났을 때, 죽음이 너무 가까이 도착했다고 느껴졌을 때, 김은 여자에게 다시 전화를 건다. 이 통화가 (사고를 당한 트럭 운전사를 위해) 병원 응급센터에 거는 전화를 대신하고 있다는 점에서, 이것이 자살적 제스처를 취소하려는 시도라고 읽어도 좋을 것이다. 바로 그런 이유에서 김은 대뜸 사랑을 고백한다. 이별 통보 직후의 사랑 고백에서, 우리는 기적적으로 죽음에서 살아 돌아온 사내의 모습을 보고 있는 것이 아닌가.

그러나 여기서 고백하고 있는 사랑이 서로의 결핍을 보충해주는 충만함이 아니라는 점에 주의해야 한다. 김은 자신의 고백이 진심이 아닐 수도 있다고 생각하며 스스로의 감정을 확신하지 못한다. 오히려 자신의 고백 때문에 돌이킬 수 없이 지루하고 진부한 연인관계를 지속시켜야 한다는 점이 다시 짜증스러워지기까지 한다. 김의 사랑고백은 다만 일상으로의 복귀를 요구하고 있을 뿐이다. 그러므로 '저녁의 구애'는 사랑 고백 그 자체가 아니라 삶과 죽음을 오가는 충동의 한 변곡점으로 읽어야 할 것이다. 그런데 죽음과 삶 어느 쪽도 아니며, 죽음에서 삶으로 돌아서는 이 순간, 우리는 그 어느 쪽도 아닌 무언가의 그림자를 슬쩍 보고 있는 것이 아닐까? 김이 나중에 그것이 무엇인지 궁금해하게 될 고백의 순간 "마음에 인 감정의 윤곽"의 정체가 그 그림자일지도 모른다. 다시 말해서 그것은 일상의 지루함과 진부함도 아니면서 모든 것이 끝나버린 죽음의 안식도 아닌, 그 둘 모두의 바깥에 있는 변곡점의 시야에 비친 파노라마일지도 모른다. 우리가 「저녁의 구애」를 읽고 난 뒤에 어떤 뚜렷한 의미도 확정하지 못한 채로 깊은 동요와 평온 사이에서 진동하게 되는 것은, 우리가 김을 따라 저 바깥쪽 어딘가를 슬쩍 엿보고 돌아왔기 때문일 것이다. 그런 점에서 작품의 맨 끝에서 빛나는 조등이 의미심장하다. 그것은 누구의 죽음을 표시하고 있는가. 김의 분신인 트럭 운전사의 죽음을? 노인의 죽음을? 이 모두가 아니라면, 죽음의 안식과 지루한 일상 중 어느 한 곳에 안착하려는 우리 삶의 형식 그 자체를?

권희철
서울대 국문과 졸업. 동대학원 박사과정 졸업.
계간 『문학동네』 2008년 가을호에 평론을 발표하며 등단. 평론집 『당신의 얼굴이 되어라』 『정화된 밤』이 있다.

이장욱

변희봉

．

．

．

．

．

작가노트 프랑스 왕의 대머리에서 자라는 머리카락은

해설 강동호 암전(暗轉), 빛 속의 검은 빛

이장욱

2005년 장편소설 『칼로의 유쾌한 악마들』로 문학수첩작가상을 수상하며 등단. 소설집 『고백의 제왕』『기린이 아닌 모든 것』『에이프릴 마치의 사랑』『트로츠키와 야생란』, 장편소설 『천국보다 낯선』『캐럴』, 시집 『내 잠 속의 모래산』『정오의 희망곡』『생년월일』『영원이 아니라서 가능한』『동물입니다 무엇일까요』가 있다. 김유정문학상, 2011년, 2013년, 2015년 젊은작가상을 수상했다.

변희봉

　　—내가 을마 전에, 밴, 희봉 선생을 만났다 아이가.

　오랜만에 만난 내 친구 만기가 말했다. 동대문운동장역 근처의 포장마차에서였다. 얼마 전에 이혼한 이야기, 병석에 누워 있다 타계한 부친 이야기 끝에 꺼낸 말이었다. 말하자면 녀석을 위로하는 자리였다. 가을이었고, 밖에는 점점이 빗방울이 떨어지고 있었다. 우산을 쓰기도 뭣하고 쓰지 않기도 뭣한 비였다.

　　—밴…… 뭐?

　　—밴, 희봉 선생이라 안 카드나.

　　—밴……희봉? 기 누고?

　　—그칼 줄 알았다. 밴희봉 선생은……

　　—선생은?

　　—배우다.

나는 멀뚱히 만기의 얼굴을 쳐다보다가 말했다.

—우짜라꼬?

—마, 니보고 우짜라 카는 건 아이고,

만기는 힘없이 소주잔을 내려놓았다. 괄괄한 듯하면서도 어딘가 한구석이 비어 있는 어조였다. 억양이 강한 듯하지만 끝물에 쓸쓸한 맛을 남기는 어조랄까. 이혼한 아내를 얘기할 때도 그랬고, 세상을 뜬 부친을 얘기할 때도 그랬다. 애초에 무슨 반응을 기대한 건 아니라는 투였다. 구석의 소형 텔레비전에 가 있는 녀석의 시선이 조금 풀려 있었다. 텔레비전에서는 야구경기가 진행 중이었다. 롯데와 SK의 경기, 1대 1 동점, 7회 말. 빗방울이 타자의 헬멧에 맺혀 있는 게 클로즈업으로 보였다. 빗방울은 굴러떨어질 듯 말 듯 헬멧에 매달려 있었다. 나도 잔을 들어 마셨다.

—그 희봉 선생이……

빈 잔을 만지작거리며 녀석이 말했다.

—내 깜냥에는 말이다. 딱 배우 중에 배우 아이가.

—그란데?

—들어보긋나?

만기가 고개를 들어 나를 보았다. 녀석이 나에게 털어놓은 이야기는 대략 다음과 같은 것이었다.

만기는 그날 술에 취해 지하철 계단을 내려가고 있었다. 부친이 입원해 있는 병원을 나와 혼자 술을 마신 뒤 집으로 돌아가는 길이었다. 자정을 넘겼기 때문에 지하철에는 인적이 드물었다고 한다. 막차를 타려는 사람들이 간간이 바쁘게 달려갈 뿐이었다. 만기는 제법 비틀거리기까지 하며 계단을 내려갔다. 입에서는 흥얼흥얼 노래가 흘러나왔을 것이다. 아마도 서른 즈음에나 사랑 그 쓸쓸함에 대하여 같은 노래였겠지. 그런데 계단을 다 내려오자 저 앞쪽에서 낯익은 어른이 걸어오고 계시더라는 거였다. 만기는 이런 데서 고향 어른을 다 만나는구나 하는 생각에 넙죽 인사를 했다. 호기로운 자세였지만 목소리는 조금 풀어져 있었다.

어르신, 오래간만입니더.

마주 오던 양반은 인자한 미소를 지으며 정중하게 인사를 받았다. 하지만 별다른 말 없이 만기를 지나쳐 걸어갔다. 자연스러운 자세였다고 한다. 그런데 몇 발짝 걷던 만기는 불현듯 뒤를 돌아보았다. 술이 다 깨는 느낌이었다. 자기가 방금 인사한 사람이 고향 어르신이 아니라는 걸 깨달았던 것이다.

변희봉.

변희봉이라는 이름이 순간 만기의 뇌리를 스쳐갔다. 연기자 변희봉. 탤런트 변희봉. 명배우 변희봉. 나로서는 처음 듣는 이름이었지만, 어쨌든 만기의 머릿속에서는 변희봉이라는 세 글자가 금도금이라도 한 것처럼 빛났다.

만기에 의하면, 변희봉이라는 배우가 연기를 시작한 것은 70년대였다. 성우로 데뷔한 이후 텔레비전과 영화에 출연했으나 주로 조연을 맡았고 2000년대에 들어서야 배우로 각광을 받았다고 한다. 만년에 만개한 배우였다. 어떤 역을 맡더라도 그만의 캐릭터로 만들어내는 개성적인 연기가 특징이라고 만기는 설명했다. 대본에 몇 개의 단어로 설정돼 있는 가상의 인물을 활활 살아 있는, 이 세상에 유일하게 존재하는, 그런 풍요로운 인간으로 만드는 몇 안 되는 배우라고 했다. 차라리 개성이 너무 강한 게 문제라면 문제인 분이라고도 했다. 변희봉이라는 배우가 출연했다는 영화들 중에는 내가 본 것들도 꽤 있었다. 〈플란다스의 개〉나 〈괴물〉 같은 봉준호의 영화들에도 나왔다고 하는데 그런 이름의 배우가 있었는지는 기억나지 않았다.

　―니, 쫌 잘못 알고 있는갑네. 그런 배우가 다 있나?

　나는 나무젓가락으로 산낙지를 집으며 말도 안 된다는 표정을 지어 보였다. 봉준호의 영화라면 주연뿐 아니라 조연배우들 이름까지 읊어낼 수 있는 나로서는 당연한 반응이었다. 만기는 변희봉이라는 사람이 〈플란다스의 개〉에서 경비원 역을 한 배우라고 했지만 그 역을 한 사람은 분명 장항선이었다. 또 〈괴물〉에서 송강호의 아버지 역으로 나온 배우 역시 만기가 말한 변 뭐라는 배우가 아니라 김인문이었다. 희극과 비극을 절묘하게 뒤섞은 김인문의 연기가 탁월했기 때문에 정확하게 기억하고 있다.

　말이 나왔으니 말이지만, 영화라면 나도 제법 보는 축에 속한다. 고등학교 때 연극반 활동까지 해봤기 때문이다. 일주일에 두어 번씩 자정 무렵까지 DVD를 돌려놓고 푸르스름한 화면을 흘러가는 다른 인생들을 관람하는 건 내 유일한 낙이었다. 브라운관 속의 가짜 인생들은 진짜 인생들보다 더 진짜 같았으니, 감동이 있고 눈물이 있고 웃음이 있는 시네마 천국을 뺀다면 나 같은 평범한 회사원의 인생이란 최소한 삼십 퍼센트 정도는 빈곤해지지 않 겠는가. 하지만 만기는 확신에 찬 내 말을 무시하고 말을 이었다.

만기는 두근거리는 가슴을 안고 다시 계단을 뛰어올라갔다고 한다. 변희봉 선생—만기는 매번 '선생'이라는 호칭을 잊지 않 았다—을 만났는데 이렇게 그냥 지나칠 수는 없다고 생각했기 때문이다. 하지만 계단을 올라가보니 선생은 이미 사라지고 없 었다.

—내가 밴희봉 선생 같은 유명인사를 본 건 그기 처음인 기라. 그런 유명한 배우를 바로 앞에서 만났다꼬 생각해봐라.

아무려나. 만기는 사인을 받지 못한 것이 못내 아쉬웠다. 가로 등 불빛이 텅 빈 거리를 비추고 있을 뿐이었다. 만기는 밤하늘을 쳐다보았다. 가로등을 배경으로 빗방울이 그림처럼 흩어지고, 그 너머에 밤구름들이 희끄무레하게 떠 있었다. 만기는 그런 풍 경 속에서 자못 가난하고 고독한 연극배우의 자세로 오래 서 있 었다.

정말이지 만기가 갑자기 연극을 하겠다고 나섰을 때, 나를 포 함한 고향 친구들의 반응은 싸늘했다. 니, 소설 쓰나? 니, 진짜로 연극하는 기제? 인생을 바꾸는 기 소설같이 멋있어 보이나? 그 바닥에서는 땅 짚고 헤엄만 치믄 되는 줄 아나?

우리들의 속사포 같은 비아냥에 만기는 침묵으로 대응했다. 고 등학교 시절 연극반에서 회장까지 맡았던 적이 있다지만 만기에 게 재능이 없다는 것은 우리 모두가 알고 있는 바였다. 아마 만기

자신도 알고 있었을 것이다. 결국 누군가 핵심을 찔렀다. 니는 사투리도 사투리지만, 배우를 하기에는 재능이 안 된다, 재능이. 그러다가 자못 훈계조로 이렇게 마무리가 되곤 했다. 느그 아부지 편찮으시제, 일이나 잘해라.

벌써 일 년째 병석에 누워 있는 만기의 부친을 두고 하는 말이었다. 만기의 부친은 우리 친구들의 초등학교 시절 선생님이기도 했기 때문에 남 일 같지 않았다. 뇌의 신경세포에 문제가 생겨 움직임이 무디어지다가 결국 온몸의 신경과 근육 들이 굳어가는 병이었다. 병원비를 감당하지 못해 빚까지 지고 있다고 했다.

그때까지 만기는 소규모 건설업체의 말단 관리직으로 일하고 있었다. 하청을 얻어서 주로 다세대 주택과 빌라의 배관공사를 맡아 하는 회사였다. 집이라 카는 기는 수많은 선과 관 들로 얽히고설켜 안 있나. 번드르르한 벽을 뜯어내고 보믄 거기가 진경인 기라. 니 몸도 피부를 뜯어내고 보믄 똑같을 기다. 만기는 그렇게 말하다가 입을 다물곤 했다. 아마 혈관이며 신경줄이 정상이 아닌 부친이 생각났기 때문일 것이다.

그런 녀석이 대학로에서 연극을 한 편 관람한 후 갑자기 사표를 제출했다는 것은 농담 아니면 거의 자포자기에 가까웠다. 회사에서 고문관 취급을 받는데다 막 구조조정이 시작되었다고는 해도 그럴 계제는 아니었다. 게다가 뭔가 놀라운 작품을 보고 충격을 받았다면 모르겠다. 녀석이 본 연극은 우리가 고등학교 시절 공연하던 바로 그 작품, 〈인형의 집〉이었다. 어쩐지 우리는 분개했다. 부친은 병석에 누워 있고, 아내는 떠나고. 아내는 떠나고, 부친은 병석에 누워 있고. 인생 자체가 그렇게 찌들 대로 찌든 통속 드라마 같은 주제에 고등학교 때 공연했던 19세기 연극을 보고 배우가 되겠다니, 모두들 어이가 없을 수밖에 없었다.

만기가 연극을 하겠다며 대학로에 드나든 지 벌써 반년이 지나고 있었다. 당연하게도 단역으로 두어 번 출연한 것이 이력의 전부였다. 그것도 대사가 없는 역이었다. 처음 맡은 것은 주인공이 스포트라이트를 받으며 독백을 하는 동안 그의 뒤를 걸어다니는 행인 역이었다. 하지만 스텝이 엉켜서 비틀거리는 바람에 관객들의 시선을 한 몸에 받은 후 다른 배우로 교체되었다. 이후에 만기는 나무가 되기도 하고 스티로폼 벽이 되기도 했다. 대사는 주어지지 않았다. 그래도 만기에게 위안이 되는 역할이 있긴 했다. 막이 바뀌는 동안 캄캄한 무대 위에 세트를 설치하는 일이었다. 소품들의 위치를 정확하게 외우고 이동선을 계산해서 움직여야 했다. 바닥에 붙여둔 야광 스티커 몇 개가 푸르스름하게 빛나는 어둠 속에서 만기는 몇 개의 소품을 바꾸어 다른 공간을 만들어냈다. 말하자면 아무도 볼 수 없는, 보여서는 안 되는, 그런 역할이었다. 만기는 묘하게도 그게 좋았다.

─그리고 뱀, 희봉 선생을 본 다음날 말이다.

만기가 말을 이었다.

─내가 시장통엘 안 갔나.

재래시장을 돌아다니는 건 만기의 취미라고 할 만했다. 아내와 이혼한 후에는 어쩐 일인지 재래시장이 산책의 필수 코스가 되었다고 했다. 생선 비린내가 인생의 향기처럼 느껴진다는 말도 덧붙였다.

재래시장 골목이 끝나갈 무렵 만기는 놀라운 장면을 목격했다. 예의 그 변희봉 선생이 좌판을 벌이고 있었던 것이다. 생선 좌판이었다. 고등어, 삼치, 갈치를 포함한 온갖 생선들이 얼음 위에 진열돼 있었다. 싱싱한 물고기들이 선생의 번뜩이는 식칼 아래서 동강나고 도마 위는 내장과 피로 홍건했다. 선생은 도마에 고무호스를 대고 물을 뿌렸다. 순간 만기의 머릿속을 스쳐가는 생각이 있었다.

이기 이기, 영화 아이믄 드라마 촬영 아이가.

만기는 주위를 둘레둘레 살펴보았다. 하지만 좌판 주위에는 특별하달 게 없었다. 모자를 깊게 눌러쓰고 선글라스를 낀 영화감독도 없었고, 번쩍이는 조명기구를 들이대거나 선생을 향해 마이크를 늘어뜨리는 스태프들도 없었다. 미모의 여배우는커녕 구경꾼조차 없었다. 몇몇 낯익은 할머니들이 벌건 다라이에 나물이며 상추 등속을 담아놓고 팔고 있을 뿐이었다. 만기는 잠시 생각한 후 중얼거렸다.

그래. '체험 삶의 핸장'이라는 거, 그기구만.

틀림없었다. 카메라는 마치 몰래카메라처럼 거리를 두고 배치돼 있을 것이다. 만기는 잠시 망설이다 헛기침을 한번 한 후 변희봉 선생을 향해 똑바로 걸어갔다. 자연스러운 자세로 보이도록 노력했다. 선생을 보고 놀란 표정을 짓는 건 어색할 것이다. 만기는 선생의 이마에 팬 주름을 경외에 찬 눈으로 바라보면서, 자반 고등어 한 손과 삼치 한 마리를 청했다. 선생이 특유의 인자한 미소를 지으며 물었다. 삼치는 어떻게 드릴깝쇼? 만기는 대답했다. 네, 네, 구이용…… 아니 조림용으로 주이소. 선생의 손이 빠르게 움직이기 시작했다.

만기는 놀랐다. 생선을 다듬는 선생의 솜씨가 대단히 능란했기 때문이다. 커다란 나무도마 위에 놓인 삼치는 선생의 칼이 닿자마자 자연스럽게 해체되었다. 머리를 쳐내고 지느러미를 발라내고 배를 가르고 내장을 들어내고 두 동강을 낸 후 고무호스에서 뿜어져나오는 물로 씻어내기까지 걸린 시간은 겨우 십오 초 안팎이었다. 만기는 스티로폼 용기에 포장해놓은 갈치도 샀다. 바지락은 단돈 오백원이었기 때문에 네 봉이나 샀다.

만기는 생선을 다듬는 변희봉 선생의 손을 바라보며 슬쩍 말을 건넸다. 마이크가 있더라도 잘 들리지 않을 만큼, 수줍은 목소리였다.

지가…… 선상님 팬입니더.

들었는지 못 들었는지 선생은 다듬은 생선을 검은 비닐봉지에 넣으면서 만기를 바라보았다. 웃음이 활짝 깃든 얼굴이었다.

네에. 맛있게 잡수십시오. 감ㅡ사합니다.

만기는 조금 얼굴을 붉힌 채 비닐봉지를 받아들고 돌아섰다. 하지만 이대로 돌아갈 수는 없었다. 더이상 견딜 수 없다는 듯 만기는 선생을 향해 돌아서며 큰 목소리로 말했다. 거의 외친다고 해도 좋을 정도였다.

즈이 아부지도…… 선상님 팬입니더!

만기는 순간 눈에 눈물이 맺혔다고 한다. 하지만 이런 데서 상황에 맞지 않는 장면을 연출할 수는 없었다. 어느 경우든 카메라 앞에서는 자연스러움이 생명이다. 자신도 배우라면 배우가 아닌가. 만기는 어쩐지 어리둥절한 표정을 짓고 있는 선생을 떠나 재빨리 자리를 떴다. 멀찌감치 자리를 옮긴 만기는 민망함을 추스른 뒤 촬영 장면을 더 지켜보기 위해 선생의 좌판을 주시했다. 하지만 선생은 만기의 말에서 별다른 감흥을 얻지 못한 듯했다. 간간이 들르는 손님들에게 웃으며 생선을 팔았을 뿐이었다.

약간의 실망을 느끼긴 했지만 선생의 변신은 역시 놀라웠다. 연기자들은 자기가 맡은 배역에 충실하다더니 이런 프로그램에서도 전문가 못지않은 솜씨를 연마해서 출연하는 것이다. 어쩌면 이것은 〈체험 삶의 현장〉이 아니라 연기 변신을 위한 실전 연습인지도 모른다는 생각이 들었다. 영화배우들은 배역을 위해서라면 몸무게까지 십 킬로 이십 킬로를 예사로 줄였다 늘렸다 한다지 않는가. 운동선수 배역을 위해서 실제 운동선수처럼 연습하는 식으로 말이다. 만기는 선생에 대한 존경의 염이 커지는 것을 느꼈다. 이상한 것은 선생 주위에 선생 말고는 아무도 나타나지 않았다는 점이다. 방송국 스태프들은 물론이고 심지어 매니저조차도 볼 수 없었다. 선생은 저녁시간이 한참 지나자 좌판에 남은 생선들을 떨이로 해치우더니 바로 판을 정리해서 자리를 떴다. 여전히 주위를 둘레둘레 둘러보면서, 만기는 중얼거렸다.

이거이, 진정한 프로의 자세인 기라.

다음날, 만기는 극단 막내와 함께 연극 홍보 포스터를 붙이러 다녔다. 포스터는 잘 붙지 않았다. 전봇대에는 붙임방지 요철이 설치돼 있었다. 만기는 요철을 매만지면서 막내에게 말했다. 키가 훤칠한 이십대 중반에 생김새가 좋은 녀석이었다. 만기와는 종자가 달랐다.

내가, 밴희봉 선생을 봤다 아이가.

네? 누구요?

밴, 희봉, 선생 말이다.

배니……봉이요?

아니, 밴희봉. 밴소 할 때 밴.

막내는 잠깐 생각하는 듯하더니 고개를 끄덕였다.

아, 변희봉이요?

그래, 밴희봉. 지하철 계단을 내리가고 있는데, 그분이 나를 스치간 기라.

막내는 무심하게 고개를 끄덕였다.

네에.

시장통에서는 생선 좌판을 벌이고 있는 것도 봤다 아이가.

네에.

막내는 기를 쓰고 붙임방지 요철 위에 포스터를 붙이고 있었다. 그러다가 거의 건성인 목소리로 이렇게 물었다.

그런데…… 그 사람이 누군데요?

만기는 막내를 물끄러미 바라보았다. 간신히 붙여놓은 포스터가 툭, 하고 떨어졌다. 변희봉을 모르는 배우 지망생이라니. 이건

서정주라는 이름을 처음 들어본 시인 지망생과 똑같지 않은가. 아니, 김연아가 누군지 모르는 피겨스케이터가 아닌가. 만기는 혀를 찼다고 한다. 하지만 그런 식으로 따지자면, 나 역시 윤동주도 박지성도 모르는 셈이었다. 대체 변희봉이 누구란 말인가?

아무려나. 밤은 깊고 비는 내렸다. 만기는 텔레비전에 멍한 눈을 두고 있었다. 여전히 동점 상황이었다. 1대 1, 경기는 정규 이닝이 끝나고 연장전으로 접어드는 중이었다. 마무리 투수가 약한 롯데로서는 위태로운 경기였다. 나는 중얼거렸다.

—지랄, 또 지나?

롯데는 올 시즌 내내 하위권을 맴돌았다. 투타에 벤치까지 모두 엇박자였으니 당연했다. 텔레비전은 녹색 플라스틱 탁자 위에 위태롭게 놓여 있었다. 텔레비전에 눈을 둔 채, 텅 빈 어조로 만기가 입을 열었다.

—이상하데이. 밴희봉 선생을 자꾸 만난다는 기.

—자꾸? 뭔 소리고?

—그기, 참 묘하다 아이가.

만기는 술잔을 들어 반쯤 마신 후 내려놓았다.

녀석이 변희봉 선생을 세번째로 만난 것은 어느 일요일이었다고 한다. 장례식과 결혼식이 동시에 열린 주말이었다. 극단 동료의 모친이 돌아가셨고, 예전 회사에서 알고 지내던 후배의 결혼식이 있었다.

—겔혼식이라 카는 기는, 주말에 하는 긴데……

106

우짜라고, 하는 표정으로 나는 만기를 바라보았다. 그란데 죽는다 카는 기는, 만기가 고개를 쳐들고는 멀거니 말했다.

—시도 읎고, 때도 읎고.

나는 만기의 벌어진 입을 바라보았다.

—정해진 기 없다 아이가. 꼭 뭔가에 홀린 것메이로 말이다. 사람의 정신이 스윽, 시커먼 구멍 속으로 사라지는 기……

겨우 그런 것을 깨달음이라고 말하고 있으니 만기가 진정한 배우가 되기는 틀렸다. 어쨌든 그날도 만기는 신랑 신부를 진심으로 축하해주기 위해 식장에 들어섰다고 한다. 그런데 단상에서 주례사를 하고 있는 양반의 얼굴이 낯익었다. 주례는 신랑 신부를 향해 인자한 표정을 짓고 있었다. 만기의 얼굴에 환한 미소가 피어올랐다. 바로 변희봉 선생이었기 때문이다. 선생은 사뭇 진지한 목소리와 편안한 표정으로 신랑 신부를 축복하는 중이었다.

인생이란 영화라든가 드라마와는 다른 것입니다. 인생은 발단과 전개와 클라이막스를 거쳐 해피엔딩으로 끝나는 홈드라마가 아닙니다. 수많은 발난과 시시한 절정과 잉뚱한 결말이 무수히게 교차하는 게 인생입니다. 어디서부터 어디까지가 하나의 스토리인지 알 수가 없으며, 그렇기 때문에 아름다운 게 또 인생입니다. 그러다가 중간에서 필름이 끊기듯 갑자기 끝나기도 하는 거지요. 부부는 이 인생의 우여곡절을 함께해야 할 일심동체로서……

만기는 변희봉 선생의 주례를 감명깊게 들었다. 어떤 부분에서는 눈물이 어릴 정도였다고 한다. 나는 속으로 혀를 찼다. 일마, 일마가, 진짜 미치뻤나. 쯧쯧, 부친을 여의고 이혼까지 했으니,

차라리 솔직하게 괴로움을 토로하면 진심으로 위로해줄 마음이 들었을 것이다. 얼근해지면 아가씨들이 나오는 싸롱이라도 데려 갈 생각이었다. 그런데 처음 들어보는 배우 타령이나 하고 있으니 요령부득이랄까. 차라리 야구경기나 보는 게 나을 듯했다. 나는 텔레비전으로 시선을 돌렸다. 1대 1 동점 상황에서 SK의 11회 초 공격이 시작되고 있었다.

만기는 이번에는 기필코 선생의 사인을 받을 요량이었다고 한다. 사진촬영이 끝나자마자 만기는 선생을 따라나섰다. 하지만 하객은 많았고 예식장은 어지러웠다. 어수선한 와중에 만기는 선생을 놓치고 말았다. 두리번거리던 만기는 다시 식장으로 돌아와서 사회자를 찾았다. 주례를 맡았던 변희봉 선생이 어디로 가신 것인지 묻자 신랑의 친구임에 분명한 사회자가 의아한 표정으로 만기를 바라보았다. 주례요? 그분, 나가셨는데? 사회자가 흰 장갑을 낀 손을 들어 단상 왼쪽으로 난 문을 가리켰다. 그는 손을 천천히 내리면서 심상한 어조로 덧붙였다. 수고비는 벌써 지불했는데요?

수고비예? 수고비라니 먼 말입니꺼?

주례분은 우리가 예식장측에서 산 거거든요.

사예?

사회자는 귀찮다는 투로 대답했다.

그게, 주례 선생님이 갑자기 입원을 하시는 바람에 예식장에서 샀어요.

먼가 잘못 알고 있네예, 라고 만기는 한껏 얼굴을 찌푸리면서 항의조로 말했다.

지금 주례 선 분이 밴희봉 선생 아입니꺼?

네? 누구요?

밴희봉 선생. 밴소할 때 밴.

밴소할 때 밴? 밴희봉? 그게 누굽니까?

사회자는 만기를 바라보며 반문했다. 만기는 얼굴이 붉어지는 것을 느꼈다. 알 수 없는 열기가 만기를 휘어잡았다. 목소리가 높아졌다.

밴희봉 선생 같은 대배우가, 주례를 서고 수고비를 받아? 지금 그걸 말이라고 합니꺼?

사회자는 주춤주춤 뒤로 물러서며 만기를 바라보았다. 만기의 눈에 돈은 핏발을 본 모양이었다. 일마가, 일마가, 지금 머라 카노? 밴희봉 같은 대배우가 주례를 서고 수고비를 받다니 말이 되나? 만기는 화가 풀리지 않았다. 황당해하는 사회자의 표정이 만기를 더 자극했다. 일마야, 이 상놈의 새끼야, 니가 밴희봉 선생을 욕보이나? 응?

사회자의 멱살을 잡으려는 만기를 간신히 떼어놓은 건 옛 직장 동료들이었다. 한때 만기의 상사였던 중년은 불쾌감을 숨기지 않았다. 아니 자네, 남 결혼식에 와서 이게 뭐 하는 짓인가, 응? 그렇게 안 봤더니 아주 안 되겠구만.

만기는 식장 밖으로 쫓겨나면서도 옛 직장동료들에게 필사적으로 물었다. 변희봉 선생을 분명히 보지 않았느냐, 주례를 한 그 명배우를 정말 모른단 말이냐. 애절한 목소리였다. 하지만 옛 동료들은 서로의 얼굴을 바라보며 고개를 저었다. 누군가 짜증 섞인 목소리로 만기에게 되물었다.

아니, 그게 대체 누군데 이러는 거야?

하긴 나름대로 영화 애호가라는 나조차도 처음 들어보는 배우를 사람들이 어찌 알겠는가? 동료들과 헤어진 뒤 만기는 답답한 마음에 전처에게 전화를 걸었다고 한다.

니, 밴, 희봉이라고 알제?

응? ……변희봉?

그래. 금방 아네.

만기는 아내가 변희봉이라는 이름을 쉽게 입에 올리는 게 반가웠다. 역시 아내는 아내였다. 만기의 목소리가 밝아졌다.

내가 밴희봉, 그분을 만났다 아이가.

그런데?

수화기 저편에서 만기의 아내가 심상한 어조로 대꾸했다.

니, 안 궁금하나? 어데서 만났는지? 우째 됐는지?

만기가 화급히 되묻자 차분하게 가라앉은 목소리가 되돌아왔다.

안 궁금해. 그 사람이 누군지 알아야 궁금할 거 아냐.

만기는 맥이 풀렸다. 방송작가라는 사람이 변희봉을 모르다니. 만기도, 만기의 전처도 침묵을 지켰다. 당연한 일이었다. 아무리 방송작가라고 해도 배우 이름을 다 알아야 한다는 법은 없으니까. 게다가, 이혼한 처지에 전남편이 전화를 걸어와서 듣도 보도

못 한 배우 이름을 대면서 왜 모르느냐고 으름장을 놓는 상황이
그리 유쾌하지는 않았을 것이다. 지푸라기라도 잡으려는 듯 만기
의 목소리가 이어졌다.

예전에 〈수사반장〉에 나오던 그분 말이다. 아니 〈조선왕조 오백
년〉에서 유자광 모르나, 유자광? 아니 다 때리치우고, 〈괴물〉에서
송강호 아부지 안 있나, 송강호 아부지, 응?

만기의 처가 잠시 후에 반문했다.

송강호 아버지? 김인문씨 말야?

이번에는 만기의 입이 닫혔다.

만기는 멍한 눈빛으로 포장마차 바깥에 점점이 떨어지는 빗방
울을 바라보고 있었다. 나는 잔을 들어 목을 축였다. 만기도 술잔
을 들어 마셨다. 텔레비전에서 흥분한 아나운서의 목소리가 새어
나왔다. SK가 연장 11회 초에 득점에 성공한 것이다. 그것도 두
점씩이나. 말하자면, 3대 1이었다. 롯데로서는 패색이 짙은 경기
였다. 문디 자슥들. 내, 그럴 줄 알았다.

내가 알고 있는 바로는, 만기에게는 선택의 여지가 없었다. 아
내에게까지 빚 독촉이 가고 있었다. 눈이 날리던 어느 날 아침,
만기의 아내는 된장국에 파를 썰어넣다가 문득 창밖을 바라보며
말했다고 한다. 이혼하자, 우리. 만기는 침묵했다. 여러모로 패색
이 짙은 인생이었다. 병원비에 사채가 포함된 빚까지 아들에게
떠넘긴 아버지는 정작 딴 세상에 가 있었다. 의사는 컴퓨터 화면
의 MRI 사진을 들여다보면서 그렇게 말했다. 쉽게 말하자면, 뇌

세포 하단에 문제가 생겨 작은 구멍이 나는 거지요. 그리고 조금씩 뇌 신경세포가 잡아먹히는 겁니다. 만기는 사진 아래쪽의 검은빛을 바라보았다. 저곳에 만기로서는 알 수 없는 정체불명의 세포들이 엉켜 있을 것이다. 정상적인 뇌세포들이 사라진 곳에 알 수 없는 무언가가 자리를 차지하고 있을 것이다. 만기는 그 검은 부분을 노려보았다.

—하지만, 이혼하자 카는 이유는 그기 아인갑드라.

만기의 엉뚱한 얘기에 내가 반문했다.

—뭔 소리고?

—마누라한테는, 내가 알 수 읎는, 마누라의 인생이 있었던 기라.

빚이나 오랜 병치레 때문에 헤어진 게 아니라는 얘기였다. 나는 말없이 술잔을 들어 마셨다. 취기가 올라왔다.

—오타루로 간다 카드라.

—오타루?

—응, 오타루.

—기 뭐고? 일본이가?

—그래, 일본.

만기의 처는 홋카이도의 오타루에 가서 오르골을 만들면서 일생을 보내기로 결심했다고 한다. 오르골에 대한 교양 프로그램 작가로 오타루에 갔다가 인생이 바뀌어버린 것이다. 나는 침묵했다. 만기의 전처에게는 만기가 모르는 전처의 인생이 있을 것이다. 그건 당연하다. 누구나 그런 법이니까. 하지만 오타루라니.

오르골이라니. 그건 너무하지 않은가. 게다가 만기의 불행 따위는 안중에도 없다는 말인가.

　─말하자면, 착한 사람이었든 기라. 그 친구가.

　그녀는 오르골의 작고 맑은 소리에 반했다. 오타루의 겨울에 내리는 눈송이들과 함께 인생을 보내고 싶었다. 눈을 치운 뒤 앞치마를 두르고 탁자에 앉아 조물조물 오르골을 만드는 것만으로도 삶이 될 수 있는 곳이라고 했다. 앞으로 일하게 될 오타루의 상점까지 알아두었다는 것이다. 만기의 말에 나는 진심으로 화가 나서 쏘아붙였다.

　─지랄한다. 미친년이네. 씨발년이고. 확 지박아뿔라.

　만기가 잔을 내려놓으며 고개를 저었다. 그녀는 자신이 모은 돈 대부분을 만기에게 주고 떠나는 것이며, 이혼은 오랜 고민 끝에 내린 결정이라는 것이었다. 만기가 심상한 표정으로 덧붙였다.

　─그래서 내가, 마누라한테 전화로 물어봤다 아이가.

　─뭐라고 물었는데? 오타룬지 육타룬지 같이 가자고? 맞제?

　그기 이이디. 내 이렇게 물이봤디 아이기.

　나는 물끄러미 만기를 바라보았다.

　─니, 진짜 밴희봉 선생을 모르나?

　만기의 처는 수화기 저편에서 오래 침묵을 지켰다고 한다.

　만기는 변희봉 선생이 은퇴했는지도 모른다는 데 생각이 미쳤다. 그러고 보니 최근 얼마 동안은 스크린에서 선생을 본 적이 없는 것 같았다. 텔레비전 드라마를 본 지도 오래됐으니 그러지 말란 법도 없었다. 뭐든 빨리 잊는 데 일가견이 있는 우리나라 사람들에게 벌써 잊혀진 게 아닐까? 이런 명배우를 벌써 잊다니, 싫다 싫어. 만기는 고개를 흔들었다. 그러고도 백치 같은 신인배우가 하나 나타나면 벌떼처럼 카메라가 몰려들겠지. 만기는 한숨을 내쉬었다.

만기는 알 수 없는 사명감에 불타올랐다. 선생이 얼마나 위대한 배우인지를 알려야겠다는 생각이 머릿속에 떠오른 것이다. 자신이 연기를 하지 못하게 되더라도, 이런 배우의 진면목을 알리는 것은 의미가 있지 않겠나. 우선 인터넷을 뒤져 변희봉 선생의 근황을 알아본 후 앞으로의 활동계획을 생각하기로 하자. 만기는 주먹을 꼭 쥐었다.

하지만 검색엔진에 문제가 있는 게 틀림없었다. '변희봉'을 검색하자 '변희봉'에 대한 검색결과가 없습니다, 라는 메시지가 화면에 떴다. 만기는 화면을 바라보았다. 혹시 실수로 '밴희봉'이라고 친 건 아닌가 싶어 다시 '변희봉'이라는 세 글자를 확인했다. 틀림없었다. '변희봉'.

가끔 검색 사이트에 오류가 있을 때도 있지. 만기는 중얼거리며 다른 검색 사이트로 가서 '변희봉'을 넣어보았다. 몇 개의 결과 메시지가 떴다. 하지만 그 메시지들은 무슨 물산 과장, 무슨 고등학교 교사 등에 대한 것이었다. 배우 변희봉은 검색되지 않았다. 사진 한 장 뜨지 않았다. 만기는 어리둥절했다. 아아, 이것참. 정말이지 내가 그분 이름을 잘못 알고 있었구만. 만기는 생각했다. 혹시 변희봉이 아니라 최희봉이었나. 만기는 고개를 설레 설레 저었다. 말이 안 돼. 박희봉이나 최희봉이나 곽희봉이라는 이름은 아무래도 낯설지 않은가. 어떻게 변희봉이라는 이름을 잘 못 기억할 수가 있다는 말인가. 만기는 잠시 생각하다가 '플란다스의 개'와 '괴물'을 검색창에 넣었다. 그리고 배우들의 명단을 확인했다. 뭐라고 적혀 있었는지는 뻔한 노릇이었다. 만기는 '장항선'과 '김인문'이라는 이름을 골똘히 바라보았다.

─일마야, 너무 실망하지 말그래이. 니 기억력 원래 안 후지나, 응? 잘못 기억한 이름이 대가리 속에서는 그대로 굳어지기도 하는 법이데이. 틀림없다.

나는 얼근히 취해가고 있었다. 만기도 마찬가지였다. 눈이 쓸쓸하게 풀려 있었다. 내가 놀리듯 말했다.

─니, 우리 초등학교 때 그아, 안 있나. 앞에서 두번째 앉았던 아 이름을 박봉팔이로 알고 있다가 망신당한 적도 안 있나. 알고 보이 실제 이름은 박봉칠이었제, 그쟈? 박봉구가 담임이었을 때 이끼니 이해가 안 가는 바는 아이다. 박봉칠이가 박봉구의 아들인데 박봉팔이 스그 형일 거라는 씰렁한 농담을 만들어낸 기 바로 만기, 니 아이가? 박봉육이 동생이고 박봉삼이 사촌일 끼라고? 응?

나는 만담식으로 횡설수설하며 호기롭게 잔을 내려놓았다. 만기는 웃지 않았다. 나는 맥이 풀려 멀거니 텔레비전으로 시선을 돌렸다. 그 순간 텔레비전에서 함성이 터져나왔다. 3번 타자가 볼넷을 얻어 진루한 것이다. 파도타기 응원이 펼쳐지기 시작했다. 이대호가 타석에 들어섰고 투수는 김광현이었다. 연장 11회

말 2사 주자 만루 상황. 스코어는 3대 1 SK 리드. 롯데로서는 마지막 찬스였다. 말하자면, 손에 땀을 쥘 만한 순간이라고나 할까. 나로서는 변희봉이고 뭐고 술이 다 깨는 기분이었다. 김광현이 와인드업을 하는 순간, 만기가 입을 열었다. 눈은 텔레비전에 둔 채였다.

—결국 말이다……

약간은 비틀거리는 어조였다. 하지만 감정이 실려 있지 않았다.

—……밴희봉이라는 사람은 정말 읎는 게 아인가…… 그런 생각이 들었다. 내 마음이 어딘지 삐끗해서 쪼매 다른 세상으로 빠지들어간 기 아인가…… 그런 생각이 들었다.

김광현의 손을 떠난 공이 포수 박경완의 미트를 향해 날아갔다. 몸 쪽 직구였고, 이대호는 그 코스를 노리고 있었던 게 틀림없었다. 이대호의 방망이가 허공을 갈랐다.

딱.

내가 벌떡, 상체를 일으켰다. 만기는 앉은 채로 혼자 중얼거리듯 말했다.

—하지만 이상한 거는…… 시간이 갈수록 그분이 자꾸 눈에 보이는 기라.

이대호가 친 공이 까마득하게 날아갔다. 펜스를 향해 둥근 궤적이 그려졌다. 만기도 말을 멈추고 화면을 바라보았다. 야간조명이 환하게 켜져 있었다. 조명 너머로 검은 하늘이 보였다. 빗줄기가 거세지고 있었다. 날아가던 공이 포물선의 정점에 오르는 순간, 화면 중앙으로 몰려든 불빛들이 허공에서 부딪쳤다. 나는 눈을 깜빡였다. 공이 보이지 않았다. 카메라 역시 공을 놓친 모양이었다. 아나운서가 말했다. 아, 아, 공이 어디로 갔나요? 조명 속으로 들어갔나요?

　─새벽에는 지하철역에 신문지 깔고 앉아가꼬 소주를 드시고…… 낮에는 백화점 앞 길거리에 서서 혼자 두 팔을 이래 들고 기도문을 외우시고……

　만기가 손바닥을 위로 한 채 두 팔을 치켜들었다. 텔레비전 카메라는 허공을 비추고 있다가 천천히 각도를 낮추어 필드의 외야수를 향했다. 외야수도 허공을 멍하니 바라보고 있었다. 조명등 불빛 때문에 공을 시야에서 놓친 거죠? 해설자가 이어서 말했다. 네, 이런 일은 주로 야수가 뜬공을 잡을 때 일어나는데요. 어쨌든 야간경기에서는 이런 일이 종종 일어납니다. 관중들이 웅성거렸다. 약간 흥분한 목소리로 해설자가 덧붙였다. 외야에는 이천 럭스가 넘는 조명이 쏟아지거든요? 그래서 공이 조명등 불빛이 교차하는 한가운데로 들어가면 순간적으로 그렇게 돼요. 게다가 지금은 비가 오지 않습니까? 해설자의 말은 조리가 없었다. 아나운서가 말을 받았다. 시선과 불빛과 공이 일직선을 이루는 순간에 말씀이시죠? 아나운서가 주저하며 덧붙였다. 그건 그렇고…… 공이 어디로 갔나요?

　당황한 심판이 두 손을 치켜들고 엑스자를 만들며 흔들었다. 파울을 선언한 모양이었다. 감독이 뛰쳐나와 심판에게 항의했다. 파울인지 아닌지 정확하게 모니터링을 하라는 요구였다. 화면에는 슬로비디오가 나오고 있었다. 공이 아주 느린 속도로 좌익수

방면의 검은 하늘을 향해 날아갔다. 포물선의 정점에 오르는 순간, 환한 빛 속으로 내리는 비가 화면에 가득 찼다. 나는 흥분해서 소리쳤다. 그기, 그기, 우째 파울이고. 응? 심판 미쳤나?

나는 만기를 힐끗 쳐다보았다. 만기는 들어올렸던 두 팔을 그제서야 천천히 내렸다. 다른 세상에 가 있는 인간 같았다. 여전히 변희봉이라는 사람 생각을 하고 있는 게 틀림없었다. 아니면 눈 내리는 오타루에 가 있거나. 에이, 씨발. 나는 욕설을 흘리며 주저앉아 산낙지를 집어들었다. 나무젓가락이 부러지면서 산낙지가 바닥에 떨어졌다. 낙지 다리가 스스로 꿈틀거리며 제 몸에 흙을 묻혔다. 뭔가 참을 수 없이 화가 나는 느낌이었다.

―아무래도 니, 느그 아부지 닮아서 머리에 벵이 든 기 틀림없다.

말하고 보니 적절한 멘트는 아니었다. 막말에 가까웠다. 만기의 부친은 이미 이 세상 사람이 아니지 않은가.

―내 말은, 젊은 놈이 사람 이름 하나 딱딱 기억을 몬 하나, 이 말이데이.

나는 거친 어투로 눙치고 들어갔다. 술잔을 들어 입에 털어넣었다.

―맞다. 그란지도 모른다.

만기가 갈라진 목소리로 말했다.

―대가리에 쪼매 구멍이 난 긴지도.

만기가 잔을 내려놓았다.

―그래서 그란 것인지도 모른다…… 그 말이지.

118

나는 만기를 바라보았다. 만기의 이야기는 아직 끝난 것이 아니었다.

그날 만기는 공연이 끝난 후 배우 대기실을 청소하고 나와 혼자 늦저녁을 먹었다. 순댓국밥을 시켜놓고 앉아 소주를 마셨다. 신문을 펼쳐놓고 보면서 당면을 씹고 날파리를 손으로 쫓으면서 소주를 입에 털어넣었다. 그리고 습관처럼 병원에 갔다. 만기의 부친은 호스피스 병동에 누워 있었다.

호스피스 병동은 회전이 빨랐다. 그날 오후에도 병상 하나가 비었다. 사인실에 환자는 부친뿐이었다. 만기는 어둠 속에 누워 있는 부친을 바라보았다. 생명유지장치에서 나는 전자음이 희미하게 병실을 채우고 있었다. 창문에서 흐릿하게 빛이 새어들어왔다. 자정이 가까운 바깥은 고요했다. 창문가로 다가가자 병원 주차장에 매여 있는 개 한 마리가 눈에 띄었다. 개는 고개를 앞발 사이에 처박고 잠들어 있었다. 가로등 불빛이 개의 윤곽을 하얗게 비추고 있었다. 세상에서 가장 이기적인 존재란, 아마도 잠든 개가 아닐까. 만기는 그렇게 중얼거렸다. 그리고 문득 병실 바닥을 물끄러미 바라보다가 천천히 그 자리에 누웠다. 개처럼 몸을 말고 보니 시멘트 바닥에 깔린 먼지들이 창문으로 흘러든 희미한 빛에 소슬소슬 일어났다. 보호자용 침상에 달린 바퀴가 어둠 속에서 금속성으로 반짝이고 있었다. 만기는 눈을 감았다. 약간의 시간이 지나자 어쩐지 물속처럼 평화로운 느낌이 들었다. 만기는 몸을 일으키며 중얼거렸다.

인생은 왜 빛이며 죽음은 왜 어둠인가. 삶은 오히려 어둠의 편에서 오는 것은 아닌가.

〈인형의 집〉에 나오는 대사였다. 각색자가 셰익스피어를 어설프게 흉내내서 바꾼 문장이었다. 극 전체가 이상하게 셰익스피어 풍이었다고 했다. 언론에서는 혹평이 쏟아졌다. 지금 시대가 어느 시대인데 19세기 작품을 17세기 식으로 연출하느냐는 게 요점이었다. 하지만 만기는 그게 마음에 들었다. 트렁크를 들고 영원히 집을 떠나면서 주인공 노라는 중얼거린다. 인생은 왜 빛이며 죽음은 왜 어둠인가. 삶은 오히려 어둠의 편에서 오는 것은 아닌가.

만기는 어둠 속에서 희끄무레한 실루엣으로 얼비치는 부친을 바라보았다. 유령 같았다. 만기는 말없이 어둠 속의 실루엣 곁에 앉았다. 한참의 시간이 흐른 후, 만기는 산소공급기의 전원장치를 향해 손을 뻗었다. 자연스러운 자세였다. on/off 버튼이 빨갛게 빛을 발하고 있었다. 깊고깊은 침묵이 병실에 가득 찼다.

나는 숨을 멈췄다. 지금 녀석이 무슨 말을 하고 있는 것인가. 참았던 숨을 뱉어내며 내가 말했다.

—일마가, 지금 먼 소리고. 니, 니, 설마……

만기는 침묵을 지켰다. 나는 손을 휘휘 저으며 황급히 덧붙였다.

—아이다, 아이다. 내는 몬 들은 기다. 일마가 미쳤나? 그딴 농담을 하게?

나는 술잔을 내려놓았다. 나는 정말 아무것도 들은 것이 없었다. 나는 텔레비전으로 시선을 돌렸다. 이대호는 결국 삼진으로 물러났다. 롯데는 3대 1로 패했다. 부산 관중들은 야유를 보내고 있었다. 화면으로는 확인이 안 되지만 공은 폴대의 상단을 지나 펜스를 넘어갔을 거라는 아나운서의 멘트가 들렸다. 네, 파울인지 홈런인지는 심판이 잘 판단했겠죠. 텔레비전에 시선을 두고 있던 만기가 말했다.

—그란데. 전원을 끌라 카는디 말이다.

나는 만기를 바라보았다. 그 순간 만기는 어둠 속에서 희끄무레하게 빛나는 두 개의 눈을 보았다고 한다. 인공호흡기를 끼고 있는 만기의 부친이 눈을 뜨고 있었던 것이다. 그 눈은 만기를 향하고 있었다. 양쪽 눈동자의 위치가 미세하게 어긋나 있었기 때문에 만기를 바라보고 있다고는 할 수 없었다. 하지만 어둠 속에서 희미하게 빛나는, 초점이 맞지 않는, 그러나 분명히 만기를 향하고 있는 그 두 눈은, 순간적으로 만기의 영혼을 관통해 머릿속을 하얗게 비워놓았다. 부친의 입가에는 평화로워 보이는 미소가 떠올라 있었다. 긴 시간이 흘러갔나. 겨우 일이 초였을지도 모르지만 만기에게는 그렇게 느껴졌다.

만기는 생명유지장치에 가 있던 손을 힘없이 떨어뜨렸다. 그와 함께 아버지의 눈이 다시 스르르 감겼다. 입가의 미소도 사라졌다. 만기는 호스피스 병동의 어둠 속에 앉은 채 어깨를 들먹였다. 나는 얼굴을 일그러뜨리고 만기의 얘기를 들었다. 무슨 얘기를 하고 싶은 것인가. 더 할 이야기가 남아 있다는 말인가. 나는 어쩐지 참을 수 없는 기분이 되어가고 있었다.

— 니, 진짜 씨발놈이다.

내 말에는 아랑곳없이 만기가 고개를 숙인 채 말했다.

— 그다음날, 의사가 내를 불렀다.

— 와?

— 그날 밤을 넘기기 힘드니께네, 임종 준비하라꼬.

나는 술잔을 비웠다. 다음날 자정이 가까워오자 만기의 부친은 숨이 조금씩 약해졌다고 한다. 마치 자정이 되기를 기다리는 사람처럼.

— 그란데, 자정이 되니께네 노인네가 입을 희미하게 벌리지 않았겠나.

나는 멍하니 만기를 바라보았다. 만기는 잔을 든 채 마치 연기를 하듯이 포장마차의 백열등에 시선을 두고 있었다.

부친의 벌어진 입을 바라보던 만기는 자신도 모르게 인공호흡기에 귀를 갖다댔다고 한다. 부친의 입이 달싹였다. 놀랍게도 인공호흡기 틈으로 아주 희미한 공기가 새어나왔다. 목구멍 깊은 곳에서 흘러나온, 바람이 든, 그런 목소리였다.

— 뭐라 카시드노?

만기는 잔을 들어 비웠다. 나도 잔을 들어 비웠다. 만기는 멍한 표정으로 부친의 얼굴을 바라보았다. 숨은 정지해 있었다. 눈과 입은 닫혀 있었다. 평화로운 표정이었다. 심전계의 그래프가 가로로 누워 직선을 그리고 있었다. 전자음이 일정한 톤을 유지했다. 그 순간에도 만기의 귀에는 부친의 입에서 흘러나온 마지막 음절들이 떠돌고 있었다. 따뜻한 숨이 서려 있는 느낌이었다.

만기야…… 니 밴……희봉이라고…… 아나?

만기는 자기도 모르게 고개를 끄덕였다. 열심히 끄덕였다. 멈추지 않고 끄덕였다. 당직 간호사가 달려와 환자의 상태를 확인하고는 의사를 부르러 뛰어나갔다. 만기는 부친의 고요한 몸 앞에서 그렇게 오래 고개를 끄덕이고 있었다.

주인은 간간이 포장마차의 천장에 고여 있던 빗물을 막대기로 밀어냈다. 고인 빗물이 후두둑 보도블록에 떨어졌다. 우리는 포장마차를 나왔다. 가느다란 빗방울이 눈처럼 흩날리고 있었다. 거리는 정적에 휩싸여 있었다. 그때였다. 동대문운동장 쪽의 하늘에서 무언가가 우리 쪽으로 날아온 것은.

그것은 야구공이었다.

밤하늘을 날아온 야구공이 탁, 탁, 보도블록을 때렸다. 우리는 멈추어 섰다. 내가 멍청해진 목소리로 말했다.

—이기, 웬 공이고?

야구공은 우리 쪽으로 굴러오너니 우리의 빌 앞에서 정지했다. 보도블록이 깨져 생긴 작은 진창에 빠진 것이다. 우리는 야밤에 길바닥에 떨어진 야구공을 물끄러미 바라보다가 서로를 마주 보았다. 그리고 당연하다는 듯이 고개를 들어 공이 날아온 방향의 하늘을 바라보았다. 밤하늘에는 아무것도 보이지 않았다. 의류상가 쪽에서 몰려온 불빛들이 동대문운동장 상공에 어지럽게 뒤엉켜 있을 뿐이었다.

—뭐고? 동대문운동장이 아직 철거가 안 됐나?

내가 멍청하게 중얼거렸다. 동대문운동장이 있던 자리는 텅 비어 있었다. 거대한 구덩이가 파인 채 공사중 안내문이 비에 젖고 있을 뿐이었다. 쇼핑몰이 들어선다는 얘기를 들은 적이 있었다. 문득 빗줄기가 굵어졌다. 우리는 점퍼를 머리 위까지 뒤집어썼다. 내가 외쳤다.

　—뭐 하노. 뛰자.

　우리는 동대문운동장역을 향해 힘껏 달려갔다.

프랑스 왕의 대머리에서 자라는 머리카락은

1

프랑스 왕은 대머리다.

누군가 이렇게 말한다면, 이건 거짓말일까? 진위를 판정할 수 없으니 저 문장은 최소한 거짓은 아니다. 하지만 거짓이 아니라고 해서 곧바로 참이 되는 건 아니다. 프랑스에는 왕이 없으니까. 전제 자체가 헛것인 셈이다. 한 언어학자는 이걸 '무효'인 문장이라고 했다.

때로는 소설을 쓰는 일도 비슷한 느낌을 준다. 끊임없이 무효인 문장을 생산하는 일. 무효인 인물, 무효인 언어, 무효인 이야기들. 현실을 참조해 참과 거짓을 확정할 수 없는 세계, 혹은 전제 자체가 어긋나 있는 시공간들. 그런데 왜 쓰는 것일까? 프랑스 왕의 대머리에서 자라는 머리카락에 관한 이야기들을.

아무도 변희봉 선생을 모르는 세계에 대한 이야기들을.

그 쓸쓸한 이야기들을.

2

1977년 영국 〈가디언〉지는 산셰리페의 건국 십 주년 특별기사를 일곱 쪽에 걸쳐 실었다. 산셰리페는 인도양의 작은 섬나라로, 기사는 이 나라를 세심한 시선으로 그리고 있었다. 산셰리페의 바다, 산셰리페의 하늘, 산셰리페의 거리, 산셰리페의 평화로운 주민들. 이날 가디언사에는 이 목가적인 나라를 여행하려는 독자들의 전화문의가 빗발쳤다고 한다.

하지만 산셰리페는 존재하지 않는 나라였다. 만우절을 기념하기 위한 〈가디언〉지의 조크였기 때문이다. 기사에 나오는 고유명사는 모두 인쇄업자들 사이에 쓰이는 전문용어인 것으로 밝혀졌다. 이런 이야기를 들으면, 만우절을 만든 사람이 누구인지는 모르지만 인생이란 걸 아는 사람이라는 느낌이 든다. 산셰리페라는 섬은 여전히 수평선 어딘가에 떠 있을 것 같다. 텅 빈 채, 바다 위의 평화로운 공백처럼.

하지만 모든 거짓말이 산셰리페처럼 로맨틱하고 위트가 있는 것은 아니다. 내게 인상적이었던 거짓말 중 하나는 잔혹한 농담에 가까운 것이다. 1849년 12월의 어느 날, 도스토옙스키는 페테

르부르크의 한 연병장에서 얼굴에 두건을 뒤집어쓴 채 서 있었다. 그는 총알이 가슴에 박히는 순간을 기다리고 있었다. 사형집행 순간이었다. 푸리에적 공동체주의를 모토로 삼던 반정부 사회주의 그룹에서 문건을 낭독한 죄였다.

하지만 총살 명령이 내려지기 직전 사형수들은 한꺼번에 '구원'된다. 황제의 은사로 유배형으로 감형되었다는 선언문이 낭독된 것이다. 그 순간의 도스토옙스키가 어떤 느낌이었을지는 상상하기 어렵다. 환희였을까, 배신감이었을까. 아마 그 자신도 온전히 기억을 복원하기는 어려웠을 것 같다. 이미 삶의 감각이 소진된 상태였을 테니까.

봉건 러시아의 황제 니콜라이 1세는 애초부터 총살형을 집행할 생각이 없었다. 그는 도스토옙스키를 비롯한 지하서클 멤버들을 놀라게 할 목적으로 연극을 연출한 것이다. 확실히 이 트릭에는 '유머'가 없다. 이건 권력자가 자신의 권력을 과시하기 위해 고안해낸 가학적인 퍼포먼스일 뿐이다. 여기에는 사디스트의 쾌감, 정치적이면서 동시에 냉리직인 익취기 느껴진다.

결과는 역설적이었다. 이 잔혹한 거짓말, 혹은 가학적인 농담이 어떤 면에서는 작가 도스토옙스키를 만들었기 때문이다. 도스토옙스키는 죽음에 대한 이 기이한 '체험'을 『백치』를 비롯한 몇몇 작품에서 언급하고 있다. 도스토옙스키는 일생 동안 죽음에 가장 가까이 갔던 그 순간을 마음에 품고 글을 썼다. 죽음은 그의 삶 어딘가에 자리잡았다. 그것은 삶 속에 개입된 어떤 '외부'와도 같았다.

그 공백, 삶 속에 똬리를 틀고 있으나 완강하게 삶으로 통합되지 않는 어떤 것, 삶이 아니면서 삶을 지탱하는 텅 빈 그것. 안전해 보이는 삶 속에 치명적으로 잠복해 있는 외부. 도스토옙스키에게 글쓰기라는 여행은 거기서부터 시작되었는지도 모른다.

3

그날 밤 나는 동대문운동장 주변을 걷고 있었다. 같은 곳을 빙빙 돌고 있다는 것을 깨달은 것은 한참 뒤였다. 비가 내렸고, 혼자였다. 여긴 어디지? 사람들, 건물들, 소음과 불빛, 작고 사소한 빗방울들. 도시는 나에게 이중적인 감정을 가져다준다. 혐오와 애정. 오래전의 한때, 나는 기회가 주어진다면 이 도시를 끝까지 비관하는 글을 쓰고 싶었다. 파리의 아케이드를 소요하는 벤야민의 사색적인 얼굴보다는, 학교에서 퇴학당한 채 거리를 헤매던 홀든 콜필드의 표정으로 말이다. 하지만 그것은 실패했다. 이곳에서 태어나 자란 나는, 이미 애증의 형식을 떠나서는 이 공간을 말할 수 없는 것이다. 내 주위에는 익명의 동족들이 무수히 걷고 있었다. 모두들 자신의 삶이 유일하다는 것을 잘 알고 있는 듯했다. 빗방울은 공정하게 모두의 머리 위에 떨어졌다.

나는 '공사중' 표지판 뒤로 들어가 쭈그려 앉았다. 동대문운동장이 있던 자리가 거기 있었다. 거대한, 빈 터였다. 흙이 있고 포클레인이 있었다. 낮이 되면 쇼핑몰과 박물관을 세우기 위한 공사가 재개될 것이다. 텅 빈 공사장 상공에는 주변 상가에서 흘러 나온 불빛들이 교차하고 있었다. 그 허공 어디선가, 홀연히 야구 공이 날아왔다. 흰 야구공은 내가 서 있는 보도블록에 떨어져 작은 진창 속으로 굴러갔다. 나는 휴대전화를 꺼내 몇 개의 짧은 문 장을 메모했다. 나는 취해 있었다.

  그때 뭐라고 적었는지는 잊었다. 산세리페는 아름다웠다고 적 었는지도 모른다. 가학적인 권력자의 과시욕에 대해 적었는지도 모른다. 혹은 프랑스 왕의 대머리에서 자라는 무수한 머리카락에 대해 적었는지도.

암전(暗轉), 빛 속의 검은 빛

강동호

　그런 순간이 있다. 내가 굳건하게 믿고 있던 하나의 진실이 순전히 망념(妄念)에 불과하다는 판정이 내려져, 그간 축적해온 삶의 집념이 급격하게 와해되는 순간 말이다. 웬만하면 이 어그러진 생활의 편린들을 얼추 추스르고 다시 일상의 궤도에 오를 수도 있으련만, 여전히 그 진실 아닌 진실이 자신의 삶을 이끌어줄 단 하나의 부표(浮標)라 완강하게 주장하는 이들이 있다면, 그네의 삶은 소망과 현실 사이의 헛갈림으로 정처없을 수밖에, 다른 도리가 없을 것이다.

　이를테면 현실에 존재하지 않는 배우('변희봉')를 흠모한 나머지 끝끝내 "내가, 밴희봉 선생을 봤다 아이가"(105쪽)라 강변하며, 듣는 이들로 하여금 헛헛함을 느끼게 만드는 주인공 '만기'의 삶이 그러하지 않은가. 만기의 주장에 따르면 '변희봉'은 "주로

조연을 맡"다가 "2000년대에 들어서야 배우로 각광을 받"게 된
인물이다. 한마디로 재능은 있으되 뒤늦게 인정받은 "만년에 만
개한 배우"(97쪽)의 상징인 셈인 터. 짐작건대, 말단 관리에서 연
극배우로의 변신을 감행했으나 암전(暗轉)된 무대에서 겨우 세
트의 배치나 바꾸는, "말하자면 아무도 볼 수 없는, 보여서는 안
되는, 그런 역할"(101쪽)만을 맡는 만기 같은 이에게 '변희봉'은
실로 배우의 표본("딱 배우 중에 배우")이자 존경의 대상("만기는
매번 '선생'이라는 호칭을 잊지 않았다")으로 여겨졌을 것이다. 또
한 같은 이유에서, 만기는 주위 사람들에게 "내가, 밴희봉 선생을
봤다 아이가"라고 거듭 말하며 타인으로부터 자신의 어긋난 삶
을 간접적으로나마 승인받고자 했을 것이다. 그런데 이 욕망의
회로에 오작동이 발생했다. 만기의 주변 인물들 중 그 누구도 명
배우 '변희봉'을 인지하지 못하기 때문이다.

  그런데 흥미롭게도 오작동이 하나 더 발생한다. '변희봉'이라
는 이름이 걸쳐 있는 현실세계에서의 의미망 때문에, 독자가 소
설을 읽어나가는 데 있어 미묘한 작시현성을 경험하는 것이다.
허구적 인물과 사건을 유기적으로 결합시킴으로써 서사적 설득
력을 확보하고 마침내 가공의 세계를 건설하는 것이 소설이 대개
택하는 방법일 텐데, 이 소설에서 이장욱은 실재하는 현실의 기
표 하나를 공제(控除)함으로써, 더 정확히 말하면 '변희봉'이라
는 기표만을 공백으로 남겨둔 채 현실의 세계를 그대로 복제하면
서, 불가사의하게 존재하는 가상적 세계를 창안해낸다. 가령 작
품에 등장하는 '롯데' 'SK' '김인문' '장항선' '봉준호' 등의 표

지들은 만기가 살아가고 있는 세계와 독자의 현실이 거의 흡사하다는 심증을 자아내는 반면, '변희봉'이라는 단 하나의 결여로 인해 독자와 심증이 돌연 착각으로 귀결되지 않는가. 이쪽 편에서 완강한 현실이라 믿어지는 사태가 한순간 판타지로 귀착되니, 이 급격한 차원 이동에 의해 발생한 현기증 때문에 독자는 '만기'처럼 읊조릴 수밖에 없는 것이다.

밴희봉이라는 사람은 정말 없는 게 아인가…… 그런 생각이 들었다. 내 마음이 어딘지 삐끗해서 쪼매 다른 세상으로 빠지들어간 기 아인가…… 그런 생각이 들었다.(116쪽)

물론 그 "쪼매 다른 세상"은 독자의 입장에서는 텍스트 안의 세계이지만, 만기의 편에서는 텍스트 바깥의 세계일 것이다. '변희봉'의 부재가 소설을 읽는 독자로 하여금 텍스트 안으로 들어가게 만드는 통로라면, '변희봉'의 현존은 만기가 텍스트 너머 존재한다고 여겨지는 어떤 다른 삶으로 나아갈 수 있게 만드는 출구이다. 그러니 '변희봉'은 이 두 방향의 벡터가 교차하고 있는, 일종의 '작은 구멍' 같은 것이 아니겠는가. 문제는 이 '작은 구멍'에서, 혹은 그 구멍 때문에 무슨 일이 실제로 발생할 수 있다는 사실이다.

병원비에 사채가 포함된 빚까지 아들에게 떠넘긴 아버지는 정작 **딴** 세상에 가 있었다. 의사는 컴퓨터 화면의 MRI 사진을 들여다보면서 그렇게 말했다. 쉽게 말하자면, 뇌세포 하단에 문제가 생겨 작은 구멍이 나는 거지요. 그리고 조금씩 뇌 신경세포가 잡아 먹히는 겁니다. 만기는 사진 아래쪽의 검은 빛을 바라보았다. 저곳에 만기로서는 알 수 없는 정체불명의 세포들이 엉켜 있을 것이다. 정상적인 뇌세포들이 사라진 곳에 알 수 없는 무언가가 자리를 차지하고 있을 것이다. 만기는 그 검은 부분을 노려보았다.(111~112쪽, 강조는 인용자)

쉽게 지나칠 수도 있겠지만, 위 장면에는 소설의 기조적인 세계관을 아우를 만한 어떤 핵심적 이미지가 담겨 있다. 아버지의 뇌를 촬영한 사진의 "검은 부분"에 "알 수 없는 무언가"가 있을 것이라는 만기의 예감에는, 아울러 그 "검은 빛"으로부터 무엇인가를 포착하기 위해 담담히 "노려보"는 만기의 자세에는 이 소설의 모든 착각과 망상의 사태가 발생하게 된 계기가 암시되어 있기 때문이다. 그렇다면 과연, "사진 아래쪽의 검은 빛"을 바라보는 만기의 눈앞에 어른거리고 있는 것은 무엇이었을까.

그런 의미에서 〈인형의 집〉에 나오는 대사 "인생은 왜 빛이며 죽음은 왜 어둠인가. 삶은 오히려 어둠의 편에서 오는 것은 아닌가"(120쪽)는 의미심장하다. 이것이 만기의 삶을 되비추는, 아울러 그의 삶을 되살리는 거울과 같은 기능을 하기 때문이다. 어쩌면, 만기가 그토록 응시하고 있는 것은 자신의 삶이었는지도 모른다. 만기 자신이 조명이 꺼진 무대 위에서 살아가는, 다시 말해 밝음의 세계 이면에 존재하는 어떤 검은 부분을 구성하는 존재가 아니던가. 대개 그 검게 처리된 세계의 국부는 곧잘 '무(無)'의 지평으로 귀속되거나, 일상의 가시권 바깥에서 망각되는 것이 대부분일 터. 하지만 어찌 인생이 "빛"이며 죽음은 한갓 "어둠"에 불과하겠는가. 이러한 이분화된 의식구조로는 어둠의 경계 안에서 몸을 드러내지 않는, 그러나 실제로 세계의 일부를 구성하고 있는 삶의 형식들을 끝내 포착할 수 없을 것이다. 이 삶의 형식들은 '변희봉'이 출몰하는 행색처럼(시장에서 생선좌판을 벌이거나, 새벽에 지하철역에서 소주를 마시거나, 백화점 앞 길거리에서 두 팔을 벌려 기도문을 외우는 등) 우리의 일상화된 풍경을 미미한 방식으로 채워나갈 뿐이지만 이 미미한 어둠 안의 삶, 즉 어둠 안의 빛을 응시할 필요가 있다. 왜 그런가?

만기의 편에서 보자면 "삶은 오히려 어둠의 편에서 오는 것"이라고도 할 수 있기 때문이다. 그런 맥락에서 "사람의 정신이 스윽, 시커먼 구멍 속으로 사라지는"(107쪽) 것이라는 죽음에 대한 만기의 깨달음을 두고 "겨우 그런 것을 깨달음이라고 말하고 있으니 만기가 진정한 배우가 되기는 틀렸다"(107쪽)고 판단하는 '나'는 오히려 만기의 진의를 오해한 것인지도 모른다. 왜냐하면 이 '시커먼 구멍'이 어느새 우리로 하여금 기시감을 느끼게 만들면서 일상화된 삶의 경로를 순간적으로 흔들어버릴 수 있기 때문이다. 과연, 소설의 마지막에 이르러 그 어둠의 편에서 타전된 메시지가 있었으니, 그 내용이 다음과 같다.

그 순간에도 만기의 귀에는 부친의 입에서 흘러나온 마지막 음절들이 떠돌고 있었다. 따뜻한 숨이 서려 있는 느낌이었다.

만기야…… 니 밴……희봉이라고…… 아나?

만기는 자기도 모르게 고개를 끄덕였다. 열심히 끄덕였다. 멈추지 않고 끄덕였다.(123쪽)

여기서 독자는 다시 한번 당혹스러워진다. 기껏 '변희봉'이라는 존재가 만기가 불러낸 환영에 불과하다고 결론 내렸는데, 그 '변희봉'이 부친에 의해 회생되고 있으니 말이다. 혹 부친의 입에서 흘러나온 저 마지막 말이 만기가 빚어낸 망상이 아닐까 의심해볼 수 있을 것이다. 하지만 이러한 의혹은 아버지의 물음에 열심히 화답함으로써 자신의 삶뿐만 아니라, 그 스스로가 이해할 수 없는 타인의 다른 삶(가령, 오르골을 만들면서 일생을 보내기로 결심한 전처의 인생)까지도 받아들이려는 만기의 윤리적 의지 앞에서 무력하다. 변희봉이 실재하는가에 대한 물음이 더이상 중요하지 않기 때문이다. 그러니까, 이 모든 의심과 회의의 늪을 건너는 과정에서 '변희봉'은 만기에게 있이 "데가리에 쪼매" 난 "구멍"(118쪽)처럼 어느새 삶의 일부가 된 것이다. 그가 소설의 첫 부분에서 "내 깜냥에는 말이다. 딱 배우 중에 배우 아이가"(96쪽)라고 자신있게 단언할 수 있게 된 경위 역시 그와 같다.

이처럼 이장욱은 이른바 빛과 어둠이라는 이분법적인 구도가 무너지는 지대, 즉 환상과 현실, 삶과 죽음, 텍스트 안과 텍스트 바깥 사이의 교번(交番)이 발생하는 순간 나타나는 기이한 공간을 탁월하게 묘사하고 있다. 이 양자의 세계를 구분하는 굳건한

의식 안쪽으로부터 어떤 허물어짐의 사태가 발생하고, "작은 구멍"('변희봉') 하나가 생길지도 모른다. 그렇게 나타난 "작은 구멍"을 통해 그간 우리가 감지할 수조차 없었던 타자들의 삶, 인생이라는 빛 안쪽에 기거하고 있는 검은 빛들을 감각해 볼 수 있을 것이다. 소설의 말미 동대문운동장 쪽의 검은 하늘에서 돌연 날아온 "야구공"은 어쩌면 이러한 삶을 살고자 하는 '만기'와 '독자'에게 작가가 건네는 기묘한 방식의 응원이 아닐까.

강동호
연세대 국문과 박사과정 졸업.
2006년 대산대학문학상, 2009년 조선일보 신춘문예에 평론이 당선되어 등단. 비평집 『지나간 시간들의 광장』이 있다.

배명훈

안녕, 인공존재!

.
.
.
.
.

작가노트 출고 전 품질검사에서
해설 송종원 당신의 당신과 만나기를!

배명훈

2005년 과학기술창작문예공모에 단편소설이 당선되며 작품활동을 시작했다. 연작소설
집 『타워』『총통각하』, 소설집 『안녕, 인공존재!』『예술과 중력가속도』『미래과거시제』,
장편소설 『신의 궤도』『은닉』『청혼』『가마틀 스타일』『맛집 폭격』『첫숨』『고고심령학
자』, 산문집 『SF 작가입니다』, 동화 『끼익끼익의 아주 중대한 임무』가 있다.

안녕, 인공존재!

이경수 선생님,

신우정 박사님 장례식장에서 선생님을 뵈었습니다. 인사를 드릴까 했지만 슬퍼하시는 모습이 너무 안타까워서 뒤에서 지켜만 봤습니다. 언제 한번 직접 만나뵙고 인사를 드려야겠다고 생각했는데, 마침 선생님께 전해드릴 물건이 있어서 이렇게 연락드립니다.

신우정 박사님께서 선생님께 남기신 물건이 있습니다. 신박사님 물건을 정리하다가 발견했는데요. 회사에서는 이 물건을 선생님께 전해드려도 될지를 놓고 며칠간 의견이 분분했습니다. 회사 내부 기획 프로젝트와 관련된 물건이었거든요. 결국은 전해드리는 편이 낫다는 결론이 났습니다. 신박사님 뜻이 그렇다면 전하는 게 옳다는 게 회사 분들 생각입니다. 저도 그렇게 생각합니다.

바쁘신 줄은 알지만 언제 한번 시간 내서서 회사에 들러주시기 바랍니다. 언제쯤 가능하실지 미리 연락주시면, 제가 전해드릴 물건이나 출입절차 등을 모두 준비해놓고 기다리겠습니다. 아무쪼록 건강하시기 바랍니다.

백선영 드림

발사가 무기한 연기되었다. 발사체 에네르기야에서 결정적인 결함이 발견되었다. 핵심부품을 러시아 공장으로 돌려보내야 할지도 모르는 상황이었다. 나는 대기상태에 들어갔다가 결국 훈련을 잠정 중단하고 집으로 돌아갔다.

그 기간에 신우정이 죽었다. 자살이었다. 마음만 먹으면 좀더 깨끗하게 목숨을 끊을 방법을 찾을 수 있었을 텐데, 목을 매고 치열하게 죽음을 맞이했다. 허공에 대롱대롱 매달린 신우정의 시신이 이따금 꿈에 보였다. 존재감 가득한 죽음이었다.

장례식날은 날씨가 화창했다. 약간 더웠지만, 습기 없는 바람이 불어서 쾌적한 날이었다. 그늘에 기대서서 아는 얼굴들이 지나쳐가는 것을 보다가 옛 기억이 떠올랐다. 선크림을 허옇게 바르고 소리를 지르며 함께 뛰쳐나갔던 바닷가. 저녁에는 빨갛게 익어버린 그녀의 어깨에 오이를 썰어 붙였다. 둘이서 떠난 첫 여행이었다. 다른 사람들이 눈치채지 못하도록, 돌아온 뒤에도 내색을 하지 못했다. 같은 주말에 둘 다 얼굴이 까매져서 나타나면 모두가 이상하게 생각할 것 같아서 한동안 친구들도 만나지 않았다. 부끄러워서가 아니라 소중했기 때문에 아무에게도 알리지 않았다. 장례식을 찾은 사람들을 보니 자꾸 그 시절이 떠올랐다. 첫 사랑이었다. 얼마 안 갔지만.

장례식에는 사람이 많았다. 신우정이 알고 지내는 사람이 이렇게 많았나 싶었다. 신우정이 살아 있었다면 어떤 이유로든 이렇게 많은 사람을 부르지는 않았을 것이다. 결혼식에도 겨우 열 명 정도만 불렀으니까. 나는 초대를 받고도 결혼식에 참석하지 못했다. 결국 연기되기는 했지만, 생애 첫 궤도비행을 위한 대기상태였기 때문이다. 나중에 신우정은 전화로 이렇게 말했다.

"안 온 거야, 못 온 거야? 너 때문에 신부측 하객 십 퍼센트가 줄었잖아."

"축의금 보냈잖아. 그럼 됐지."

"말 잘했다, 축의금. 니가 나한테 달랑 십만원으로 돼? 백만원은 냈어야지. 완전 실망이야."

"뻔뻔하기는. 다음 결혼식 때 백만원 줄게."

"미친놈."

그녀의 남편은 착한 사람이었다. 아내의 가장 절친한 친구가 첫사랑 남자였다는 사실을 알고도 아무 소리 하지 않았다. 미국 사람이어서 그런가보다 했다. 그때는 미국 사람이면 다 그런 줄 알았다.

그날 앤디는 정신이 반쯤 나간 사람 같았다. 아내가 왜 목숨을 끊었는지 이해할 수 없다고 했다. 그는 나에게 혹시 짚이는 게 없냐고 물었다. 네가 모르는데 내가 알 리가 있겠냐고 반문했다.

"그렇겠지."

그가 힘없이 대답했다. 한국말이었다. 그는 한국말을 꽤 잘했지만, 조사(弔詞)는 미리 준비해온 것을 읽었다. 하지만 끝을 맺지 못했다. 눈물을 참지 못해서였다. 나는 울지 않았다. 그가 대신 울었다. 물론 대신 울었다는 건 내 생각일 뿐이다. 그에게는 울 자격이 있었다. 나는 그 사람보다 더 많이 울 자격은 없었다.

장례식이 끝날 무렵에 나는 그가 쓴 조사 원고를 주웠다. 나중에 돌려줄 생각이었지만 그럴 경황이 없었다.

……완전한 사람은 아무도 없습니다. 아내도 그랬습니다. 아내는 제멋대로이고, 까탈스럽고, 게을렀습니다. 세상이 옳지 않은 일을 강요하면 타협하기도 했습니다. 솔직히 그런 모습을 본 게 한두 번이 아닙니다. 하지만 아내가 잘못했다고 생각한 적은 한 번도 없었습니다. 아내가 타협했다면, 그것은 아내가 비굴해서가 아니라 세상이 그만큼 말도 안 되게 잘못됐기 때문이라고 믿었습니다. 믿어 의심치 않았습니다. 아내는 그런 사람이었으니까요.

아내가 세상을 떠났습니다. 스스로 목숨을 끊었습니다. 아내가 최근에 이상한 행동을 하지 않았냐고 묻는 사람들이 있습니다. 나는 아내에게 문제가 있었다고 생각하지는 않습니다. 아내가 외로워했다면 그건 그 사람 잘못이 아니라 우리 잘못입니다. 제 잘못입니다. 아내는 무조건 옳았습니다. 세상이 다 틀렸습니다. 저에게 아내는 그런 사람이었으니까요. 그런데 이제

아내가 없습니다.

아내 차를 빌려 타고 신우정이 다니던 회사 연구소로 갔다. 보안이 너무 철저해서 평소에는 가기가 꺼려지던 곳이었다.

"번거로우셨죠? 요즘 출입절차가 좀 까다로워졌어요."

"전에 와본 적 있어요. 그때도 벌써 출입절차가 우주센터만큼 까다로웠던 것 같은데요."

"네에, 근데 최근에 사고가 있어서 더 심해졌어요. 먼 길 오시느라 수고 많으셨어요. 저희가 가서 찾아봬야 하는 건데, 민감한 사안이라 바쁘신 분을 오라 가라 하게 됐어요."

백선영씨는 진심으로 미안해하며 말했다.

"너무 어려워 마세요."

우리는 엘리베이터를 타고 지하로 내려갔다.

"반출절차는 다 해놨어요. 몇 군데 사인만 하시면 되고요. 서약서 같은 게 있는데요, 잘 아시겠지만……"

"딴 데 가서 팔아먹지 말라는 거죠? 뭘 가져가게 될지는 아직 모르겠지만."

"네."

나에게 신우정은, 어디 가서 팔아먹을 수 있는 사람이 아니었다. 백선영씨도 물론 그 사실을 잘 알고 있었다.

"신박사님 프로젝트 시제품이에요."

"그렇군요. 역시 유작이군요."

"네, 유작이죠."

"그런데요, 그걸 왜 저한테 주라고 했을까요? 그 친구 남편한 테는?"

"글쎄요. 두 분 일이니 저희는 알 길이 없죠. 신박사님이 이런 메모를 남기셨어요."

선영씨, 나 이거 드디어 완성했잖아. 확실히 제대로 만들었 거든. 근데 증명하기가 까다롭네. 품질검사가 어려울 거야. 항 공우주국 이경수씨한테 부탁하세요. 경수씨 누군지 알지? 내 세컨드.

피식 웃음이 났다.

"누구 마음대로 내가 당신 세컨드야?"

그러자 백선영씨가 웃으며 사전만한 상자 하나를 건넸다.

"아시잖아요. 맨날 장난치시는 거. 여기 이거예요."

상자를 받아들었다. 뚜껑을 열었다. 그 안에는 한 손에 쥘 수 있을 만한 크기의 동그란 돌멩이 하나와, 충전기 따위의 부속품 들이 들어 있었다.

"이게 뭐죠? 그러니까, 제품 종류가?"

"신제품이에요. 브랜드명이 '조약'인데요, 약속이라는 뜻도 되 고, 보시는 것처럼 조약돌이라는 뜻도 되고요."

"뭐 하는 기곈데요?"

"그게요, 설명서를 첨부했는데요, 한마디로 기능을 말하기가 까다로운 게, 기능이 없어요. 이 프로젝트는 기능성 제품이 아니고, 말하자면 존재성 제품이었어요. 뭘 하는 제품이 아니라, 그냥 존재하는 제품인데요, 사실 회사에서도 제품 컨셉을 확정하지 못했어요. 그래서 여러모로 복잡해요."

설명하기가 까다로운 모양이었다. 설명서를 대충 훑어보았다. 설명서라기보다는 철학책 같았다. 그중에서도 유난히 눈에 걸리는 단어가 있었다. '존재'라는 단어였다. 설명서를 덮고 백선영 씨에게 물었다.

"그럼 신우정은 제가 도대체 뭘 증명하기를 바란 거죠?"

백선영씨는 그저 어깨만 으쓱할 뿐이었다.

"설마 존재를 증명하라는 건 아니겠죠?"

집으로 돌아왔다. 내 공부방에는 신우정이 만든 제품이 몇 가지 있었다. 첫번째는 모니터 없는 컴퓨터였다. 신우정이 그 컴퓨터를 보내왔을 때만 해도 나는 신우정이 다니는 회사가 뭘 만드는 회사인지 몰랐다. 처음 만든 게 컴퓨터였으니 컴퓨터 만드는 회사인 줄로만 알았다. 컴퓨터를 써보려고 포장을 뜯었는데 아무리 찾아봐도 모니터가 없었다. 나는 신우정에게 전화를 걸었다.

"모니터 안 주고 갔다."

"모니터 원래 없다."

"우리 집에 컴퓨터 없다. 마누라가 컴퓨터랑 텔레비전 딱 질색이라, 연결할 모니터가 하나도 없다. 사용후기 받아보고 싶으면 안 쓰는 모니터라도 하나 보내라."

"니네 집에 모니터 없는 거 알고 있다. 섹스만 밝히는 야만인 부부라는 사실도 잘 안다. 내가 준 컴퓨터는 원래 모니터 없다.

그러니까 설명서대로 거기 있는 것만 연결해서 써라. 스피커는 있어야 된다."

이상한 기계였다. 라디오 같은 컴퓨터였다. 목소리로 말을 입력할 수 있었고 검색도 가능했다. 물론 검색 결과는 컴퓨터가 읽어주는 방식이었다. 그래서 못 찾는 내용도 많았고 여러 가지로 불편했다. 무엇보다 시간이 오래 걸렸다. 그래도 음성인식기능이나 음질은 훌륭했다. 다음날 나는 다시 신우정에게 전화를 걸었다.

"도대체 이게 뭐 하는 짓이냐?"

"우리 회사 올해 야심작이잖아."

"시각 장애인용이야?"

"아니."

"그럼 뭐 하자는 거야? 이런 게 팔리기는 할 것 같냐?"

"우리 회사 마케팅 담당이 완전 봉이 김선달이거든. 무조건 팔아줄 것 같아."

그 유능한 마케팅 담당이 바로 백선영씨였고, 그해 겨울에 그 물건은 엄청난 히트를 쳤다. 신우정은 계속 비슷한 유의 제품을 만들어냈다. 회사에서는 신우정이 개발한 제품에 아예 브랜드 하나를 내주었는데, '딜(dull)'이라는 이름의 브랜드였다. 최첨단 기능에 시각 디스플레이가 전혀 없는 핸드폰이 다음 히트 상품이었다. 지도를 보여주지 않고 말로만 길을 가르쳐주는 내비게이션 장치도 있었다. 길을 물어보면 가끔은, "글쎄요, 애매한데요" 하고 답답한 소리를 내뱉는 기계였다. 뒤이어 정확한 시간을 가르쳐주지 않고 "곧 점심시간입니다" 따위의 애매한 소리만 하는 시계가 출시됐다. 정확한 몸무게를 가르쳐주지 않는 체중계도 꽤 잘 팔렸다. 경쟁사들이 좀더 많은 감각을 기계에 담으려고 애쓸 때 신우정은 기계로 들어가고 나가는 감각의 숫자를 줄이려고 애 썼다. 소리조차 내지 않고 그저 꿈틀거리기만 하는 핸드폰도 있었다. 제품명이 '꼼지락꼼지락'이었다.

그것까지는 이해가 갔다. 세상에는 똑똑한 것보다 멍청한 것을 좋아하는 사람도 있으니까. 하지만 신우정의 유작에는 입출력장 치가 아예 하나도 없었다.

"그냥 돌 같은데."

아내가 말했다.

"그렇지? 왠지 장난 같기도 하고."

"응, 장난 같아. 우정 언니가 한 짓이라 더 의심스러워."

"하지만 이 전기코드는 뭘까. 분명히 전자제품인데."

"오빠, 언니한테 또 속은 거라니까. 전기 꽂아도 아무 변화 없 잖아. 소리도 안 나고 열도 안 나고."

"뭔가 작동할 텐데. 존재한덴이."

다시 오 분 넘게 침묵이 흘렀다. 아내가 말했다.

"코드를 꽂으면 존재가 생겨나고 코드를 빼면 존재가 사라진 다는 거야? 존재가 그런 건가?"

아무 대답도 할 수 없었다. 누군들 시원하게 답할 수 있을까. 나는 인공존재에 전원을 꽂아놓고 주말 내내 설명서를 탐독했다. 설명서는 이런 식이었다.

본 제품은 데카르트(1596~1650)의 '방법론적 회의(懷疑)' 공법으로 디자인되었습니다. 데카르트는 Cogito ergo sum이라는 특정 형태의 존재를 최초로 추출해낸 프랑스 수학자입니다. 물론 존재를 추출하는 데 성공한 사람이 데카르트가 처음은 아닙니다. 하지만 데카르트가 중요한 이유는 존재를 추출해내는 데 사용한 방법을 근대적인 형태의 기록으로 남겼을 뿐만 아니라, 추출해낸 존재를 응용하는 방식까지 구현해냈기 때문입니다.

방법론적 회의 공법은 감각기관의 정확성을 하나씩 의심하는 데서부터 시작합니다. 빛, 소리, 촉감 등 세상으로부터 개체를 향해 유입되는 신호를 받아들이는 모든 감각기관은 그 자체가 오류를 범하도록 디자인되어 있습니다. 개별적으로 존재하는 감각정보 하나하나로부터, 결코 실재하지 않는 '세상'이라는 통합적인 공간을 재구성하여 인간의 머릿속에 재현해야 하기 때문입니다. 따라서 진짜 존재에 도달하기 위해서는 인간의 감각기관을 확장시키기 위해 고안된 모든 디바이스를 차단해야 합니다(전원을 연결했을 때 작동하지 않는 것처럼 보이는 현상은 기기 고장이 아닙니다).

본 제품은 Dubito™ 회로라는 회의(懷疑) 회로를 통해 데카르트의 존재 추출법을 반복 시행하여 순도 높은 결정 형태의 존재, Cogito™를 추출해냅니다. 회의회로 동작 결과, 모든 외부 자극과 그로 인해 제품 내부에 가상으로 만들어지는 이미지는 완전히 부정되며, 이같은 무한 의심이 반복되면서 오로지 의심만 하는 가상자아 하나만이 남게 됩니다. 곧이어 의심하는 자아가 의심하는 자아 스스로를 의심하는 논리 순환에 이르는 순간 Cogito™가 발생합니다(전원 연결 후 오 분에서 육 분 사이에 이루어지며 이후 지속됩니다).

항공우주국 자료관에서 시간을 보내다가 그 설명서가 생각나서 백선영씨에게 이메일을 보냈다.

백선영씨,
잘 지내시는지요. 주말 내내 신박사가 남긴 숙제를 검토하다가 먼저 확인할 것이 있어서 연락드립니다. 혹시 신박사가 출판 관계자와 접촉한 일이 있습니까? 그렇다면 모든 수수께끼가 한번에 설명됩니다. 이 설명서는 훌륭한 철학서적으로 보입니다. 신박사가 만든 다른 제품들보다 훨씬 낫군요. 그래서 든 생각입니다만, 신박사는 처음부터 철학서적을 출간할 생각이었을지도 모릅니다. 그렇다면 이 제품은 넘에 불과하지 않을까요? 확인 바랍니다.

이경수

그리고 다음날 오후에 나는 백선영씨가 보낸 답장을 확인했다.

이선생님, 그런 정황은 발견하지 못했습니다. 그리고 저희 연구팀에서 검사한 결과 해당 제품에 두비토 회로가 적용된 사

실이 확인되었습니다. 잘 아시겠지만 회로에 관한 내용은 비밀
로……(……)

장난이 아니라는 뜻이었다. 모르긴 해도 두비토 회로라는 것은
꽤 큰 비용이 들어가는 기술임이 분명했다. 회사가 이 제품을 다
루는 태도를 봐도 그렇다. 그들은 내가 무엇인가를 증명해주기를
바라는 눈치였다. 고독과 절망에 빠진 신우정이 아무짝에도 쓸모
없는 비싼 장난을 치느라 생애 마지막 나날을 회사 돈을 날리는
데 소모하지 않았기를 바라는 눈치였다. 신우정이 평소에 한 짓
을 생각하면 그쪽도 충분히 가능한 스토리였다. 그러니까 존재를
증명해야 한다는 어마어마한 숙제는 둘째 치고, 어쨌든 기계가
제대로 만들어지기나 한 것인지라도 알아내려면 먼저 신우정의
마음을 이해해야 했다. 이제는 세상에 남아 있지도 않은 그 아이
의 존재를 읽어야 했다.
"내가 애냐?"
"응, 너 애야. 아줌마의 탈을 쓴 애."
다시 처음으로 돌아왔다. 신우정이 스스로 목숨을 끊었다는 소
식을 들었을 때 내 입에서 맨 먼저 튀어나온 말로 되돌아왔다.
"왜 그랬니?"
하지만 아무도 내 물음에 대답해주지 않았다.
앤디를 집으로 불러 저녁을 먹었다. 다행히 앤디는 생각보다
잘 지내는 모양이었다. 그는 아내의 자살 동기로 추정되는 것들
을 덤덤하게 늘어놓았다.

"제일 큰 건, 경수 당신 때문 아니겠어? 당신들 바람피우고 있었잖아. 그런데 어느 날 당신이 이제 그만 끝내자고 한 거지. 이렇게는 못 살겠다고."

"됐고. 그다음은?"

"그다음은, 우울증이 있었나봐."

"걔가? 신우정이?"

"응, 상담받은 적 있대."

"그래? 몰랐네. 그래도 그렇지, 상담받으면 다 자살하나?"

"알아, 무슨 말인지. 나도 그런 이야기가 아닌 건 아는데, 우정이 병원에 간 거 내가 몰랐어. 나한테 말 안 했어."

"걔 보너스 타면 명품 가방 하나씩 사는 것도 너는 모르잖아. 원래 그런 말 너한테 잘 안 해."

"그런데 너는 알잖아."

그가 말했다. 나는 할 말을 잃었다. 그가 손을 저으며 다시 입을 열었다.

"그런 말 하려는 게 아니고, 다른 동기가 전혀 없이. 돈도 많이 벌었고, 빚도 없어. 그렇다고 누가 블랙메일 보낸 것도 아니고 집에서 나하고 싸움을 한 것도 아니야. 그런데 뭐가 그렇게 외로웠지? 나 그거 잘 몰라. 이해가 안 가. 뭐가 그렇게 우울해서 목에 줄을 거는 순간까지 한 번도 뒤돌아보지 않은 걸까. 우정이는 그걸 나한테 상의 안 했어. 나하고 할 이야기가 아니었나봐. 오케이, 좋아. 하지만 너한테는 이야기한 줄 알았어. 그런데 너한테도 안 했어. 그럼 아무한테도 안 한 거잖아."

"당신한테 안 한 이야기를 나한테 왜 해?"

내가 물었다. 그러자 앤디 대신 아내가 대답했다.

"몰라서 물어?"

앤디가 고개를 끄덕이며 아내에게 미소지었다.

"이 사람들이, 무슨 소리야, 그게?"

농담인지 진담인지 구분이 안 됐다.

앤디는 저녁 늦게 집으로 돌아갔다. 나는 밤늦게까지 공부방에 앉아 제품 사용설명서를 읽었다.

Dubito™ 회로로 추출한 순수 결정 상태의 Cogito™는, 인간의 감각기관을 확장시키기 위해 고안된 각종 시각적 디스플레이나 음성신호에 노출될 경우 변질/파손될 위험이 있으므로, 본 제품은 출력장치를 제공하지 않습니다(전원을 연결했을 때 작동하지 않는 것처럼 보이는 현상은 기기 고장이 아닙니다).

결국 아무것도 출력하지 않겠다는 뜻이었다. 내용물이 깨질까 봐. 하지만 아무것도 출력하지 않으면 어떻게 다른 사람이 알 수 있을까.

"다른 건 그렇다 치고, 이런 게 팔리기는 할 것 같냐?"

"우리 회사 올해 야심작이래도."

신우정이 살아 있다면 그렇게 대답했을 것이다. 하지만 다른 사람에게 아무것도 전해지지 않게 설계된 기계라면 내가 어떻게 그 기계가 추출해내는 존재를 증명할 수 있을까. 신우정은 왜 그 일을 나에게 맡겼을까. 다른 사람은 증명하지 못한다는데 왜 나는 그 일을 할 수 있다는 걸까. 만약 나에게 그런 능력이 있었다면 나는 왜 그 능력을 신우정에게 사용하지 않았을까.

나는 전기코드 달린 돌멩이를 가만히 바라보았다. 존재가 어떻게 다른 존재에게 전해질 수 있을까? 손톱으로 돌멩이를 툭툭 두드렸다. 아무 반응도 없었다.

"니가 존재면 나는 부처다."

돌멩이에게 말했다. 돌멩이는 아무 대답도 하지 않았다.

※ Cogito™의 활용

중세 유럽의 일부 신학자들은 의심하는 자아로 인해 추출되는 인식론적 존재를 활용하여 신의 존재를 증명해낼 수 있었습니다. Cogito™는 바로 이 과정을 위한 원재료로 사용될 수 있을 만큼 순도 높은 존재 결정체입니다. 앞으로 반세기 안에 개발될 보다 향상된 Dubito™ 계열 회의회로가 이 과정을 도울 것입니다.

역사에 기록된 대부분의 시기에 인도와 중국 등 아시아 지역 일부 사상가들은 존재가 특정한 형식으로 스스로를 만나는 순간 우주의 모든 법칙과 제약을 초월하는 폭발적인 깨달음이 발생할 수 있음을 경험적 방법론을 통해 증언하고 있습니다. Cogito™는 이같은 동양적 존재공학 실험에도 적용 가능한, 높은 호환성을 지닌 순수 존재 결정체 원재료입니다.

사흘 뒤에 비행 일정이 나왔다. 아내가 걱정스러운 얼굴로 말했다.

"이번에는 한번 쉬었으면 좋겠어."

"쉬는 건 좋지만, 다음에 또 언제 기회가 올 줄 알고."

"하지만."

"하지만 그게 내 직업이잖아. 알잖아."

일주일 뒤에 우주센터로 갔다. 비행은 칠 개월 뒤였다. 하지만 발사가 늘 연기된다는 점을 감안하면 실제로는 십 개월 정도 더 기다려야 했다.

아내는 일이 많아져서 따라오지 않았다. 나도 훈련이며 임무 준비며 정신없이 바빴다. 가끔 주말에 아내가 찾아오기는 했지만 대체로 나는 혼자 지냈다.

존재를 숙소에 데리고 갔는데, 아내가 오는 주말에는 전원을 빼고 구석에 치워두었다. 굳이 숨기려고 한 것은 아니었는데, 어느 날 아내가 구석에 치워져 있는 존재를 발견하고는 이렇게 말했다.

"내가 보기에 이거, 나 없으면 거실 테이블 위에 좋은 자리 차지하고 있을 물건인데. 당신들 두 사람, 내가 언제 싫은 소리 한 번 한 적 있냐? 당신들만 순수한 우정이고, 옆에 있는 사람들은 다 당신들 하는 짓 이해 못 할 만큼 꽉 막힌 사람들인 줄 아나본데, 아니거든. 우리도 당신들 그렇게 지내는 거 보기 좋았거든요. 그러니까 괜히 숨기지 마세요. 더 수상해요."

"누구보고 당신들 두 사람이라는 거냐?"

"오빠랑. 저거. 우정 언니 분신."

"분신은 무슨. 그런 거 아니거든. 증명해달라 그래서 가지고 있는 거래도."

"아무튼."

존재는 좀처럼 증명할 수 없었다. 뚫고 들어갈 수가 없었다. 존재라는 게 대화를 나누고 눈을 들여다보고 그러면서 전해지는 거지, 문을 꼭꼭 걸어잠그고 아무 말 안 한다고 전해지는 것은 아니었다. 날이 갈수록 그런 생각만 점점 굳어져갔다.

"어쩌라고. 그렇게 아무 말 안 하고 있으니까 외롭지. 나한테 말이라도 걸었으면 죽을 만큼 외롭지는 않았을 텐데. 바보야, 잘났다 잘났어. 존재가 손상될까봐 혼자 끙끙 앓았다고? 너만 그렇게 고고하게 살다 가면 옆에 있던 사람들은 뭐가 되니?"

가끔 그렇게 거실 소파에 앉아 전원이 연결된 돌멩이에게 말을 건넸다. 돌멩이는 아무 대답도 하지 않았다.

그렇게 시간이 흘렀다. 나를 대기권 밖으로 실어나를 에네르기야-부란은 벌써 다섯 번이나 발사가 연기되었다. 그새 나사는 아틀란티스나 디스커버리 같은 구형 우주왕복선을 영구 퇴역시켰다. 우리 정부를 비롯한 여러 나라에서, 폐기된 기술이라도 사가려고 많은 애를 썼지만 나사는 완강히 저항했다. 그들에게 챌린저와 콜럼비아 호 폭발사고의 교훈은 분명했다. 구형 우주왕복선은 안전한 교통수단이 절대 아니었다. 절대로 팔 수 없었다. 누가 운영하든 비행 횟수가 거듭되면 사고는 반드시 나게 되어 있었으니까. 그래서 우리 정부는 다른 우주왕복선을 구입했다. 딱 한 번

무인비행에 성공한 후 다시는 우주로 나가지 못했던 소련제 우주 왕복선, 에네르기야-부란이었다.

하지만 아내는 부란이 걱정스러웠다.

"러시아제를 어떻게 타요?"

"소련제야."

"오빠 지금 나보고 안심하라고 하는 소리야? 소련이 없어진 지가 언젠데. 오래된 거잖아."

"아틀란티스보다 새거야."

"그거 위험하다고 안 쓴다면서, 미국 애들은."

"부란이 미국 것보다 좋아. 미국은 예산 삭감돼서 원래 디자인대로 만들지도 못하고 그뒤에도 본전 뽑는다고 무리하게 운행하다가 사고난 거야. 소련은 미국이 만드니까 군비경쟁 하느라 따라 만든 거라서, 용도도 안 정해놓고 돈을 쏟아부어서 만든 거란 말이야."

사실은 나도 자신이 없었다. 그래도 비행을 거를 수는 없었다. 우주왕복선 한 대로는 일 년에 한 번씩 발사하기에도 벅찼다. 한번 쉬면 다음에 또 내 차례가 올 때까지 몇 년을 기다려야 할지 모른다. 어쩌면 영원히 돌아오지 않을 수도 있는 기회였다.

"아무튼."

"뭐가 아무튼이야. 오빠한테 무슨 일 생기면 나는 어쩌라고."

나는 아무 말도 하지 않았다. 아내도 더는 따지지 않았다.

일요일 오후에 아내는 집으로 돌아갔다. 원래는 발사 날까지 우주센터에 머무를 생각이었지만 다시 한번 발사가 연기되자 휴가를 반납하고 서울로 올라갈 수밖에 없었다.

훈련을 마치고 혼자 숙소로 돌아온 밤이면 나는 돌멩이에 전원을 연결한 다음 사용설명서를 펼쳐들곤 했다. 신우정은 유서를 따로 남기지 않았다. 때때로 나는 그 설명서가 곧 유서 같았다. 그것만 이해하면 신우정의 죽음이나 외로움을 다 이해할 것 같았다.

※ 주의사항

Cogito™는 대규모 존재폭발을 일으킬 수 있습니다. 존재폭발은 Dubito™ 회로 시뮬레이션 과정에서 150만분의 1 이하의 확률로 발생한 고농축 Cogito™ 폭발 현상으로, 아직은 확률적/이론적으로만 나타난 현상이지만 차후에 실험적으로 입증될 가능성이 있습니다. 이 현상은 위의 두 가지 활용과정(신의 증명, 깨달음)에서 Cogito™ 순도가 특정 임계점에 도달하는 순간, Cogito™가 어떤 외부적 환경에도 영향을 미치지 않은 채 사라지면서 발생합니다. 이는 Cogito™의 순도가 대단히 높이 어떤 외부자극과도 격리되어 있기 때문에 가능한 현상으로, 고체상태의 물체가 기체로 변하는 자연스럽고 당연한 상태 변화가 아니라, 극미량이나마 물질의 일부가 어떤 잔류물이나 잔류에너지도 남기지 않고 사라져버리는 순수한 형태의 소멸 현상입니다. 이때 Cogito™와 Cogito™를 직접 둘러싼 물리적 외피 사이에는 미세한 인과관계의 단절점이 발생합니다. 이 미세한 인과관계의 단절점을 향해 주변 우주가 급격하게 수축하면서 측정할 수 없을 만큼 짧은 순간에 대폭발이 일어납니다.

본 제품으로 인해 발생할 수 있는 존재폭발의 위력은 동일하며, 발생 가능성과 Cogito™의 순도 사이에는 비례관계가 관찰되어, 77일 이상 연속동작으로 발생한 Cogito™는 최대 51분의 1의 확률로 폭발합니다.

아무래도 이 부분이 죽음과 관련된 암시 같았다. 그래서 서른 번도 넘게 반복해서 읽었다. 처음에는 무슨 말인지 이해가 안 갔지만 서른 번쯤 읽고 나자 그렇지도 않았다. 그런데도 나는 아직 그 말이 농담인지 진담인지조차 알 수 없었다.

"넌 진짜 미친 과학자야."

"고마워."

발사 삼 주 전이었다. 발사 일정은 비교적 순조롭게 진행되었다. 불가피한 경우에는 다시 연기가 되겠지만, 이번만큼은 확실히 다른 분위기였다. 조직 전체가, 더이상의 연기는 없는 것으로 가정하고 움직이고 있었기 때문이다.

그러던 어느 날 아침에 나는 백선영씨에게 전화를 걸었다.

"부탁이 있는데요."

"우리 제품에 관한 건가요?"

"네."

나는 마케팅 담당자인 백선영씨에게 항공우주국 쪽에 모종의 제안을 해줄 것을 부탁했다. 위대한 과학자 신우정 박사를 기리는 이벤트를 내 임무에 추가하는 일이었다. 회사는 영웅을 위해 아낌없이 돈을 썼다. 항공우주국은 후원금을 위해 아낌없이 임무를 수정했다. 신우정 박사가 디자인한 마지막 제품을 우주에 가져가는 일이었는데, 양쪽 모두의 입장에서 드라마틱한 광고 효과를 기대할 수 있는 이벤트였다.

그 이야기를 전해듣고 아내가 말했다.

"눈물난다, 눈물나. 거기까지 가져가려고?"

빈정대는 투였지만, 진짜로 그런 마음에서 하는 이야기는 아니었다.

"하지만 잘했어요. 죽은 사람 떠나보내는 게 그렇게 힘들면 굿이라도 해야지."

아내는 그렇게 안 해도 될 말을 덧붙였다.

발사 이틀 전에 백선영씨를 만났다.

"이선생님도 결국 손을 놓으시는 건가요?"

"그렇게 되나요? 회사에서는 어쩌기로 했어요?"

"접으려구요. 제품 성능 검증도 안 되고, 어떤 컨셉으로 브랜드화할지도 모르겠고, 상품 가치를 못 찾았어요."

"그래도 꽤 오래 잡고 계셨군요."

"네, 다들 이제 그만 떠나보내자고 그러더라구요. 사실 그 동안 신박사님 짜내서 돈도 벌 만큼 벌었으니까요. 솔직히 이선생님은 뭔가 알아내지 않을까 기대했는데, 하지만 너무 신경쓰지는 마세요. 우리가 무슨 철학자도 아니고, 있는지 없는지도 모르는 존재를 증명한다는 게 어디 말처럼 쉬운 일인가요. 자, 이제 임무에만 집중하셔야죠."

"그래야죠. 그런데 저는 이게 답이라고 생각했어요. 떠나보내는 거. 신박사 가고 나서 다들 겪었잖아요. 존재라는 게 제자리에 놓여 있을 때는 있는지 없는지 눈치도 못 채던 거였는데, 사라지고 나서 그게 차지하고 있던 빈자리의 크기가 드러나니까 겨우 그게 뭐였는지 감이라도 잡을 수 있는 거잖아요. 그러니까 저걸 우주 밖으로 던져버리면 저게 뭐였는지 알게 되겠죠."

"네, 그러네요."

기술자들이 돌멩이 주위에 작은 태양전지판을 부착하는 모습이 보였다. 우주에 홀로 남겨진 뒤에도 회의회로가 오래오래 돌아가기를. 그 속에서 존재도 오래오래 살아남기를.

"이 독한 인간아. 결국 그거 알려주려고 자살까지 했냐. 그냥 말로 했으면 얼마나 좋아."

"내가 말로는 안 했을 것 같니? 니가 기억 못 하는 거야. 말로는 전해지지도 않고."

발사 예정일 아침에 아내가 전화를 했다. 토요일이었다. 아내는 우주센터에 오지 않았다. 무서워서 못 보겠다고 했다. 집에는 텔레비전이나 컴퓨터가 없었다. 그러니 혹시 안 좋은 소식을 듣게 되더라도 그날 당장은 아닐 것이다.

"잘 다녀와요. 가서 잘 도착했다고 전화하고."

"응, 한밤중에 해도 받아야 돼."

"봐서."

두 시간 후에 부란에 탑승했다. 임무 통제실에서 'GO' 사인이 났다. 그러자 명령권이 비행 통제관에게 이양되었다. 카운트다운이 시작되고, 잠시 후에 에네르기야가 불을 뿜었다. 요란한 폭음이 울려퍼졌지만, 에네르기야-부란은 순식간에 소리가 따라오지 못할 만큼 빠른 속도로 지면을 벗어났다.

밖에서 보는 사람들은 잘 이해를 못 하겠지만, 안에서 느끼는 발사과정은 목표지점까지 위로 올라가는 과정이 아니라 정해진 속도를 향해 달려가는 과정이었다. 곧 발사체 에네르기야가 본체에서 떨어져나갔다. 부란은 마하25 근처에서 궤도에 올랐다. 기장은 부란이 정확한 궤도에 놓일 때까지 하루 정도를 조종석에만 붙어 있었다. 미국 방위위성 근처를 지날 때쯤 기장은 부란을 이리저리 뒤집어 모든 각도에서 기체 외부 사진을 찍을 수 있도록 했다. 검사 결과, 발사중에 생긴 상처는 전혀 없었다.

"발사 성공했습니다."

기장은 안도의 한숨을 내쉬었다. 창밖에 지구가 보였다. 처음 우주에 나온 내 또래 생물학자는 내내 창문에서 눈을 떼지 못했다. 그러더니 곧 멀미에 시달렸다. 나도 멀미에 시달리다가 내 임무 시간 직전에야 겨우 컨디션을 회복하고 실험실 노튤로 넘어갔다. 생물학자가 말했다.

"지구가 이렇게 구역질나는 행성인 줄은 몰랐어요."

나에게 할당된 다섯 가지 임무 중 두 가지 실험을 사흘에 걸쳐 끝냈다. 다음 임무는 다른 임무들보다 훨씬 간단하면서도 훨씬 더 많은 관심이 집중된 임무였다. 바로 신우정의 유작을 우주로 배출하는 일이었다.

나는 존재에 연결된 전원을 켰다. 오 분이 지나자 순수한 존재가 발생했다. 하지만 기계가 제대로 작동하는지 아닌지 확인할 길은 없었다. 기계에 연결되어 있는 전원만이 존재의 유일한 증거라고 쓴 기사를 읽은 적이 있었다. 물론 사실이 아니다. 그것 역시 존재의 증거는 되지 못한다. 이벤트 소식이 알려지자 지상에서는 벌써 신우정의 유작과 비슷하게 생긴 돌을 모아 파는 사람들이 나타났다고 했다. 백선영씨는 그 일이 꽤 난감한 모양이었다.

"자연주의로 몰아가고 싶지는 않았는데, 어쩔 수 없죠. 우리 손을 떠났으니까. 자, 우리는 우리대로 일을 진행하시죠."

카메라가 돌았다. 부기장이 헬멧에 부착된 카메라로 나와 존재를 촬영했다. 영상은 지상에 있는 방송국에 곧바로 전해졌다.

존재를 담은 돌멩이에는 태양전지판과 소형 분사장치가 연결되어 있었다. 존재는 화물칸 실험 모듈 끝에 연결된 조그만 발사장치에 고정되어 신호를 기다리고 있었다. 모양을 갖추기 위해 기장이 임무 통제관 역할을 맡았다. 임무 통제관이 준비 명령을 내리자 부기장이 화물칸 문을 열었다. 열린 문으로 우주가 커다랗게 쏟아져들어왔다.

"전원 연결 이상 없습니다."

"태양전지 테스트, 이상 없습니다."

"가스 분사장치 이상 없습니다."

"예상 항로 드브리 클리어(우주 파편 없음)."

아무 이상이 없었다.

"발사할까요?"

162

부기장이 물었다. 그러자 기장이 뜸을 들이며 이렇게 말했다.

"아직, 낫 고(NOT GO). 그전에 한마디 하시죠."

"예?"

"신우정 박사님은 어떤 분이셨나요? 두 분이 아주 특별한 사이였다고 하던데."

그 말에 부기장이 카메라를 내 쪽으로 향했다. 나는 손가락으로 나를 가리키며 물었다.

"말하라고요?"

"지금 생방송이에요. 그런 촌스러운 멘트, 방송에 다 나가요."

나는 입을 다물었다. 그리고 잠시 생각을 정리한 다음 다시 입을 열었다.

"특별한 사람이었어요. 자기 결혼식에, 축의금을 백만원이나 해달라고 강요하던 사람이었는데요. 십만원밖에 안 해줬어요. 다음에 결혼할 때는 꼭 백만원 해준다고 했는데. 아참, 남편 듣겠다."

"저런, 지상에 내려가면 조심하셔야겠네요. 자, 그럼 우리가 지금 우주로 떠나보내려는 물건은 뭐죠?"

"신우정 박사 유작입니다. 신박사가 남긴 메모에는 존재를 추출해내는 기계라고 적혀 있습니다."

"인공지능 같은 건가요?"

"아니요, 인공존재라고, 최고의 공학자가 만든 물건입니다. 이건 진짜 예술이라고 불러도 됩니다. 쓸모가 하나도 없거든요."

"존재라, 태생적으로 외로운 물건이군요."

"네, 외롭게 태어난 물건입니다."

"우리만 외롭게 태어난 게 아니었군요. 자, 그럼 그 외로운 인공존재를 우주로 내보내도 될까요?"

"예."

"그럼 임무 통제관이 고(GO) 명령을 내립니다. 명령권을 발사 통제관에게 이양합니다."

발사 버튼을 누를 권한이 나에게 넘어왔다. 나는 카운트다운도 하지 않고 버튼을 눌렀다. 외부 카메라에, 존재에 부착된 가스 분사장치가 기체(氣體)를 내뿜는 모습이 보였다. 존재는 빠른 속도로 지구 반대편, 우주를 향해 날아갔다.

"그 돌이 우주로 날아가서 조그만 별이 되기를 바랍니다."

기장이 말했다. 멍한 얼굴로 우주를 바라보았다. 존재를 우주로 떠나보낸 줄 알았는데, 존재의 남은 부분이 내 안으로 더 깊이 파고들어왔다. 예상한 대로 존재가 머물다 사라진 자리에 커다란 구멍이 뚫렸다. 그 구멍이 너무 커서 나는 속으로 깜짝 놀랐다.

"이러면 증명된 거 아닌가. 이렇게 큰 구멍이 났는데."

"바보, 그 구멍은 또 어떻게 다른 사람한테 보여줄래? 니 존재 안에 난 구멍인데."

"그래? 그럼 내 존재가 이 구멍보다 더 크단 말이야?"

내 안에 들어온 신우정에게 말했다.

조용히 시간이 흘렀다. 나에게 주어진 다섯 가지 임무를 모두 끝내고, 조용히 다른 사람들의 임무를 도왔다. 이틀 뒤에 부란의 임무가 모두 끝났다.

기장이 부란을 거꾸로 뒤집어 남은 연료를 모두 분사했다. 속도를 줄이기 위해서였다. 속도가 조금씩 떨어지자 부란은 지구를 향해 서서히 내려가기 시작했다. 기장은 부란을 다시 뒤집어 대기권 진입 자세를 잡았다. 창밖으로 공기가 불타오르듯 붉은 빛을 내며 지나가는 모습이 보였다. 마찰은 아니다. 공기는 기체 옆면을 타고 흐르지 않는다. 부란은 기체(機體) 아랫부분 전체로 대기를 깔아뭉개고 앉았다. 여전히 지상으로 내려가는 속도는 소리의 스무 배나 됐지만, 그러면서 천천히 느려지는 중이었다. 압력에 짓눌린 대기가 어마어마한 복사열을 내며 날개 옆으로 튀어나갔다.

"야, 이경수 이경수!"

"왜?"

"우리 사귄 지 삼십칠 일 된 기념으로, 있잖아."

"있긴 뭐가 있어! 없어."

"소원 하나 들어주라."

"싫어. 삼십칠 일이 뭐라고. 아무 뜻도 없으면서."

철없던 시절이 떠올랐다. 그만하면 삼십칠 일째 소원은 몰라도 마지막 소원 하나는 들어준 게 아닐까 싶었다. 그런데 신우정이 평소에 우주에 나가고 싶어했던가? 확신은 없었다.

"니가 해달라고 한 게 그게 맞는지 모르겠지만, 남들은 못 하는데 나만 해줄 수 있는 건 그거밖에 없잖아."

"잘했어. 그러면 돼."

부란은 점점 세상 가까이 내려왔다. 그러면서 서서히 세상이 감당할 수 있을 정도로 느려졌다. 활주로가 감당할 수 있는 속도 근처에 다다르자 뒤에서 낙하산이 펼쳐졌다. 잠시 후, 부란은 지상에 완전히 멈춰 섰다.

이경수 선생님,

지난번 방송은 인상 깊게 봤습니다. 저는 인상 깊게 봤습니다만, 되도록 인터넷은 확인하지 마세요. 혹시 확인하셨다면 너무 상심 마세요. 너무 긴장해서서 그래요.

오전에 프로젝트 예산을 완전히 반납했습니다. 그날 방송은, 이사진에게도 신박사님을 떨쳐내는 데 많은 도움이 된 것 같습니다. 회사 브랜드 홍보 효과가 꽤 있었다고 보는 것 같아요. 사실은 저도 다음달부터 직장을 옮기게 됐습니다. 새로 자리를 잡으면 명함부터 보내드릴게요. 계속 연락드려도 되죠? 쫓겨나는 게 아니라 잘돼서 가는 거니까 걱정 마세요.

신우정 박사님 덕분에 행복했습니다. 늘 이상한 걸 갖고 와서 팔아달라고 하셨거든요. '아니, 이걸 어떻게 팔아?' 하고 절망했던 적이 한두 번이 아닌데, 막상 시장에 내놓으니까 사람들이 다 사갔어요. 시장쟁이로서, 시장은 벌써 옛날에 싸구려가 된 줄 알았어요. 하지만 신박사님이 만든 말도 안 되는 물건에 시장이 지갑을 여는 것을 보고 다시 마음을 먹었습니다. 사람들한테 그런 게 필요한 줄은 도대체 어떻게 아셨을까요? 그래서 마지막 작품도 내심 기대했거든요. 아무리 생각해도 그건 절대 안 팔릴 것 같았으니까요.

아무튼 제가 의뢰한 일은 이제 깨끗하게 정리됐다는 사실을 알려드리면서, 다시 한번 감사의 인사를 드립니다. 건강하세요.

백선영 드림

회복기간에 들어갔다. 몸도 마음도 약해졌다. 몸이 먼저 회복하나 싶더니 마음도 서서히 빈자리를 채워들어갔다. 아내가 새 소식을 전했다.

"앤디는 요새 여자 만나나봐."

"잘됐네."

"응."

처음 나갔을 때와 달리 회복기간이 힘이 들었다. 이제 궤도에는 다시 못 나가겠다 싶었다. 내가 먼저 지치거나 에네르기야-부란이 먼저 쓰러지거나. 지상 근무로 옮기는 게 나을 것 같았다. 하지만 몸이 충분히 건강해지고 나면 다시 우주로 나가고 싶어질 것이다. 부란이 발사중에 폭발할지도 모르지만, 설마 내 차례에 그러지는 않겠지.

시간이 흘렀다. 존재는 아직도 살아 있을까? 확인할 길이 없어서 확인할 방법을 처음부터 안 만들었다. 물론 대략 어디쯤 날아가고 있는지 위치는 추적할 수 있다. 하지만 실제로 그곳에 존재하는지 아닌지는 알 수 없다. 오랜만에 제품 설명서를 집어들었다. 어차피 우주에 버리고 온 건 가짜다. 낚시질이고, 미끼다. 진짜 재미있는 창작물은 바로 신우정이 직접 작성한 설명서 아닌가.

"그만하면 할 만큼 했잖아. 내가 무슨 니 남편도 아니고."
"그래, 알았어, 됐다고."

※ 제품 관리

본 제품은 다루기 쉬우며 특별한 관리가 필요 없습니다. 본 제품은 스스로 존재하며 존재를 활성화하거나 유지, 증명하는 데에는 안정적인 전원 공급 외에 어떤 도움도 필요하지 않습니다.

먼지가 앉으면 닦아주세요.

부란 착륙 후 팔십사 일이 지난 어느 날, 태양전지를 몸에 두른 '존재'가 지구 공전궤도 바깥쪽을 향해 날아가다가 생각에 잠겼다.

'나는 의심한다. 생각한다. 그러므로 존재한다. 의심한다. 생각한다. 그러므로 존재한다. 나는 의심한다. 그러므로 존재한다. 생각한다. 존재한다. 의심한다. 존재한다. 의심한다. 의심한다. 존재한다. 의심한다. 존재한다. 존재한다.'

존재는 날이 갈수록 순수해졌다. 이제는 생각보다 의심을 더 많이 했고, 의심을 하면 할수록 존재를 더 많이 했다.

'존재한다. 존재한다. 존재한다. 존재한다. 존재한다. 존재한다……'

그사이에 간혹 의심이나 생각이 끼어들었지만 곧 압도적인 존재가 몰려와 생각이나 의심을 깨끗하게 지워버렸다. 그러자 존재는 무려 세 시간이나 존재만을 반복했다. 그다음에는 다섯 시간 연속으로, 그뒤에는 스물여덟 시간 연속으로 존재가 계속되었다. 그리고 그때 예측 가능한 확률로 실수가 일어났다. 계속되는 '존재한다. 존재한다. 존재한다……' 사이에 예측된 실수가 끼어들었다. 빈칸이었다. 아무것도 하지 않는 한 칸이었다. 그 순간, 아무 일도 일어나지 않았다. 당연한 일이었다.

전원이 계속 공급되는데도 존재가 존재하지 않는 순간이었다. 존재는 외부와 연결되어 있지 않아서, 그 공백을 대신 채워줄 착각을 구하지 못했다. 존재는 오류 없는 Dubito™ 회로의 저주에 따라 인과관계의 막다른 골목에 다다랐다.

'나는 존재하지 않는다.'

그러자 존재가 사라졌다. 존재가 사라진 공간을 향해 주변 공간이 밀고 들어갔다. 미세한 움직임이었지만 우주는 설명할 수 없는 그 조그만 공백을 견디지 못했다. 우주 전체의 관점에서 보면 대단히 미세한 부분이었지만 인간의 관점에서 보면 대단히 광범위한 시공간이 순식간에 일그러졌다.

그 무렵에, 나는 신우정을 내 안에서 거의 다 지워버렸다. 인공존재에 관해서도 마찬가지였다.

아내가 새 소식을 전했다.

"우주에서 대폭발이 일어났대요."

"우주 어디에서? 우주는 늘 대폭발을 해. 시작도 대폭발이었고."

"아니, 태양계 안에서요."

"응?"

존재에 실수가 발생한 지 몇 분 뒤에 지구에서는 목성만한 크기의 대폭발이 관측되었다. 존재폭발이었다. 우주에서 완전히 사라진 순간, 존재는 누구의 도움도 받지 않고 혼자 힘으로 스스로를 증명했다.

출고 전 품질검사에서

마지막 단계에서 난관에 부딪쳤다. 자신있게 써낸 글이 내 첫 번째 고정 독자를 통과하지 못했다. 이대로는 다른 독자를 만날 수가 없었다. 일단 작업을 중단하고 고민에 빠졌다.

십 년 넘게 고정 독자였으니 그 사람이 어떤 식으로 표현하든 나를 속이기는 힘들다. 재미가 없었다는 것이다. 왜 재미가 없는 걸까. 분명 쓸 때는 별 문제 없었는데. 아니, 이렇게 자신있게 써본 적도 별로 없었는데. 어디서 잘못된 걸까.

고마운 첫번째 독자에게 스트레스를 줘가며 자학을 시작했다. 한 이틀쯤, "나는 소설도 재미있게 못 쓰고……" 하고 노래를 부르고 나자 사흘째에 다시 냉각기가 찾아왔다. 차분해진 눈으로 다시 글을 들여다보니 어느 부분이 전달이 안 됐는지 알 것 같았다. 역시 '존재'가 문제였다.

내 머릿속에 남아 있는 가장 오래된 기억은 내가 엄마에게 존재에 관해 묻는 장면이다. "내 눈에는 이렇게 보이는데, 엄마한테 이렇게 보이는 게 왜 나한테는 안 보이냐"고 물었던 기억이 난다. 당연히 이걸 이해할 수 있는 엄마는 세상 어디에도 없고 우리 엄마도 마찬가지였다. 지금 수준의 어휘로 통역하자면, "나한테 일인칭시점으로 보이는 이 화면이 엄마한테는 엄마 시점의 일인칭 화면으로 보일 텐데 그 화면을 왜 나는 볼 수 없느냐"는 질문인데, 이 말 역시 무슨 말인지 이해가 안 되는 게 정상일 것이다. 그게 당연하다. 그러니 설명하는 나는 오죽 답답했을까. 몇 살 때였는지 정확히 기억도 안 나는 어린 나이의 짧은 어휘로 말이다.

아마 엄마는 이 장면을 기억하지 못할 것이다. 그 뒤로는 다시 물은 적도 없었으니까. 사춘기가 지나가고 매일 면도를 할 나이가 될 때까지 아무에게도 그 이야기를 하지 않았다. 어차피 내 표현력으로는 내가 말하고자 하는 대상의 대략적인 정체조차 설명할 수 없다는 것을 알았기 때문이다.

하지만 잊고 지내지는 않았다. 사실은 잊고 말고 할 수 있는 게 아니었다. 그걸 뭐라고 부르든 그것은 분명히 어떤 감각기관을 통해 감지해낼 수 있는 실체였고, 언제든 마음만 먹으면 있는지 없는지 확인해 볼 수 있는 무언가였다. 도저히 언어의 그릇에 담아낼 수 없는 그 무언가.

대학에 들어가고 이것저것 주워듣기 시작하면서 말로는 담아낼 수 없는 그 무언가에 대해서 말한 사람들이 꽤 많다는 사실을 알게 되었다. 도가도비상도(道可道非常道)라는 말도 주워들었고, 득어망전(得魚忘筌)이라는 말도 얻어 들었다. 불교에서 말하는 '내 안에 있는 부처'가 그걸 지칭하는 건가 고민해 보기도 하고 데카르트가 찾아냈다는 그게 혹시 이건가 싶기도 했다.

그러나 나는 '그것'의 실체가 궁금했던 게 아니다. 그게 뭔지는 알고 있다. 몰랐던 적은 한 번도 없다. 내 과제는 '그것'의 정체를 밝히는 게 아니라 '그것'을 온전히 담아내는 그릇을 만드는 일이었다. 그러니까 내 글쓰기의 목표는 언어를 재료로 그 그릇을 만드는 일이다. 도가도비상도: 말로 할 수 있으면 이미 도가 아니라는 결론이 이미 나 있다는 사실을 모르는 게 아니지만.

그러니 잘못된 건 내 첫번째 고정 독자가 아니다. 말로 전달이 안 되는 게 당연하다. 아니면 내가 아직 말로 그것을 전달할 수 있을 만큼 말을 잘 하지 못해서일지도 모른다.

그래서 반칙을 했다. '그것'의 존재를 이미 알고 있을 것 같은 사람들에게 읽혀보기로 마음먹었다. 인공존재 속에 들어 있는 그 무엇인가를 담론이나 비유가 아니라 세상에 분명히 존재하는 실체로 읽어줄 사람들을 찾아내야 했다. 그런데 이게 반칙인 이유는, 내 글을 평가해줄 심판진을 편파적으로 구성하는 짓이기 때문이었다.

과정은 이랬다. 제일 적당해 보이는 사람을 골라 메신저 대화창을 열고 간단하게 인사를 한 다음, "존재에 대해 고뇌해본 적 있어?" 하고 물었다. 이 뜬금없는 질문에 이 글의 두번째 독자는 "물론이죠" 하고 대답했다. 글을 읽어달라고 부탁한 다음, 파일을 보내놓고 다른 일을 보러 갔다. 모니터해주는 사람을 절대 다

그치지 않아야 한다는 사실 정도는 이미 알고 있었다. 은행 일을 보고 왔던가, 아무튼 안 보고 있는 사이에 대화창에 대답이 돌아와 있었다. 짧은 문장이었고, 결과는 "통과"였다. 사실은 그냥 통과 정도가 아니었다. 그 짧은 대답에서 존재폭발의 흔적이 감지됐다. 제대로 읽혔다는 증거였다.

다시 두세 명의 편파판정단을 꾸렸다.

"존재에 대해 고뇌해본 적 있으세요?"

"네?"

이 질문에 긍정적으로 대답한 사람들에게만 심사 자격이 주어졌다. 또 통과였다. 그래서 이 글이 세상에 나오게 됐다. 국내대회에서 개인 최고기록을 갈아치우고 올림픽에 출전하는 어느 나라 운동선수 같은 심정으로, 그다음부터는 아주 뻔뻔하게 글을 들이밀었다.

하지만 나는 아직도 이 글이 모든 사람에게 똑같이 읽히지 않으리라는 사실을 잘 알고 있다. 세상 모든 글이 그렇지만, 이 글은 다른 글들보다 편차가 더 심하리라는 점을 분명히 인식하고 있다. 편파적이지 않은 심판진이 꾸려진다면 아마도 이 글은 내 개인 평균에도 못 미치는 점수에 만족해야 할 것이다. 핵심 소재의 개념 자체가 실체 없는 관념으로 읽히거나 철학적인 담론으로 미끄러질 가능성이 높기 때문이다.

그렇다면 그걸 그냥 실체로 읽어줄 사람들에게만 읽히는 것으로 만족할 수는 없을까? 소설이라는 게 원래 모든 사람들에게 좋은 평가를 받아야만 가치 있는 건 아니니까.

하지만 내 개인 목표가 그렇게 생겨먹었으니 어쩔 도리가 없다. '그것'을 담아내는 그릇을 언어로 만드는 일. 그래서 그걸 내 첫번째 고정 독자에게도 온전하게 전달할 수 있는 경지에 오르는 것. 그런데 그게 그렇게 쉬울 리가 없다. 편파판정단 없이도 마지막 품질검사과정을 통과할 수만 있게 된다면 세상에 못 써낼 글이 없을 것 같다. 그런데 과연 그게 가능하기는 한 걸까.

아무튼 그렇게 되기 위해 나름대로 목표를 정해서 연습을 하고 있는데, 내가 목표로 삼은 날짜까지는 이제 십칠 년이 남았다. 그 시간이 너무나 까마득해서 내가 "젊은 작가"인가 싶었다.

당신의 당신과 만나기를!

송종원

　아마도 좋은 소설의 조건 중 하나는 매력적인 질문의 발견 여부에 있을 것이다. 좋은 소설은 질문을 내놓고 그에 대한 해답을 제시하는 데 주력하지 않는다. 오히려 질문이 낳은 또 다른 질문들을 끝까지 유지하고 보존하는 데 힘쓴다. 소설이 모든 것을 해명하고 이야기하려 할 때 그 소설은 거짓말에 불과하기 쉽다. 모든 것을 남김없이 말할 수 있는 능력은 신과 관련이 있을 뿐 한 개인의 것이 될 수 없기 때문이다. 그러므로 진실을 말하려는 소설들일수록 그것들은 자신 안에 완벽히 풀어내지 못한 비밀 하나 정도씩은 품기 마련이다. 어쩌면 그 비밀이야말로 인간의 손이 빚어낼 수 있는 최고의 창조물이고 유일한 가능성인지도 모른다. 인간에게 결여는 그만큼 특별하다. 인간의 결여는 결여로만 그치지 않고 주어진 조건을 뛰어넘을 수 있는 과잉을 발생시킨다. 그래서 좋은 소설은 결여와 과잉을 서로에게 가능 조건이 되도록 만든다. 그런 맥락에서 「안녕, 인공존재!」는 꽤 성공적이다. 이 소설은 자신이 내놓은 질문인 '존재 증명'에 대해 완벽한 답을 제시하는 이야기가 아니다. 문답(問答)의 대립 구조를 넘어서는 문문(問問)의 구조로 쓰였다고나 할까. 그렇기에 이 소설은 독자들에게 존재가 아니라 존재에 다가가는 방식과 인사를 나누게 만든다. 그리고 그러한 질문과 인사를 통해 소설가 배명훈은 우리가 망각한 것들, 가령 우리 자신의 불완전성과 결여, 그리고 그로부터 생성되는 창조력과 소통능력에 대해 되물어온다.

소설의 대략적인 줄거리는 이렇다. '신우정'(이 이름은 조약을 매개로 하는 신우정과 이경수의 관계에 관한 명칭으로도 볼 수 있다)이라는 독특한 이름을 가진 여자가 자살을 한다. 그녀는 상품이 될 만한 신기기를 개발하는 과학자였다. 그런데 그녀가 개발했던 상품들은 좀 특이한 면모들이 있다. 상품으로 팔기에 어딘가 조금씩 결함이 있는 것들이다. 회사에서 그녀외 발명품들을 위해 '딜(dull)'이란 브랜드명을 내주었을 정도다. 가령 그녀의 개발품은 다음과 같은 것들이다. "길을 물어보면 가끔은, '글쎄요, 애매한데요' 하고 답답한 소리를 내뱉는" 내비게이션, "정확한 시간을 가르쳐주지 않고 "곧 점심시간입니다" 따위의 애매한 소리만 하는 시계", "소리조차 내지 않고 꿈틀거리기만 하는 핸드폰" 등등. 그렇게 정확성이나 유용성과는 무관한 물건들을 만듦으로써 본의 아니게(?) 상품들의 체계를 교란

하던 신우정이 죽기 전에 마지막으로 남긴 작품은 더욱 특이하다. 존재의 추출과 관련된 것으로 추정되는 "조약"은 "뭘 하는 제품이 아니라, 그냥 존재하는 제품"이다. 여러모로 난해하기가 그지없는 유작이다. 제품의 설명서에는 "존재" 또는 "코기토"와 같은 철학적 용어들이 난무할 뿐 아니라 심지어 "조약"은 작동여부를 확인할 만한 입출력장치조차 갖추지 못했다. 신우정은 이 난해한 유작의 품질 검사를 첫사랑이자 우주비행사인 이경수에게 부탁을 하고, 이경수는 고민 끝에 결국 자신의 우주비행에 "조약"을 가지고 나가서는 그것을 우주로 떠나보내게 된다.

이 소설의 관전 포인트는 이경수가 "조약"의 문제를 어떻게 풀어나가는지를 지켜보는 데 있다. "조약"이 이경수의 손에 처음 넘어가는 순간 흥미롭게도 소설은 신우정의 죽음에 대한 질문을 연기한다. 이경수는 "조약"을 신우정의 죽음과는 분리한 채 단지 인식의 대상 내지는 신제품 기기로 여길 뿐이다. 그는 데카르트의 자기 존재 증명과정을 적어놓은 듯한 설명서를 꼼꼼히 읽어보며 개념적이고 추상적인 언어를 통해 "조약"의 작동과 그것의 존재추출능력을 증명할 방법을 찾는다. 하지만 그런 식의 증명은 실패할 수밖에 없다. 그 과정 속에는 "조약"의 일부(왜 일부라고 하는지는 뒤에서 말한다)를 만들고 그것을 특별히 이경수에게 남긴 신우정이라는 존재와 이경수의 질문이 사라져 있다. 대신에 거기에는 "조약"이라는 상품과 스스로 질문하지 않는 이경수 그리고 인식적 해석만을 요구하는 설명서가 있을 뿐이다. "조약"의 비밀이 서서히 밝혀지기 시작하는 것은 신우정의 죽음에 대한 질문이 귀환하면서부터이다. 소설이 진행되는 동안 이경수는 설명서를 통해 "조약"을 이해하려던 태도에서 벗어나 신우정과 그녀의 죽음을 이해하려는 방향으로 조금씩 변화해간다.

그러니까 존재를 증명해야 한다는 어마어마한 숙제는 둘째 치고, 어쨌든 기계가 제대로 만들어지기나 한 것인지라도 알아내려면 먼저 신우정의 마음을 이해해야 했다. 이제는 세상에 남아 있지도 않은 그 아이의 존재를 읽어야 했다.(150쪽)

인용된 부분은 추상과 개념의 영역에 속해 있던 대상으로서의 "조약"이 구체적인 실감을 지닌 존재이면서 동시에 주객관계를 불가능하게 하는 조건으로 거듭나는 순간을 담고 있다. 이경수는 "조약"의 비밀을 밝히기 위해서는 신우정의 상처와 신우정의 죽음이 부른 자신의 상처를 연결할 필요가 있음을 지가한다. 그러자 그제야 비로소 "조약"은 존재감을 가지고 조금씩 이경수에게 다가오기 시작할 뿐 아니라, 이경수와 신우정의 사이에서 다음과 같은 소통을 발생시킨다.

"내가 애야?"
"응, 너 애야, 아줌마의 탈을 쓴 애."

하이데거가 그랬던가. 예술작품은 스스로 말을 하며 그 말을 통해 '세계' 속에 은폐된 '대지'라는 비밀을 보여준다고. "조약" 역시 '탈은폐'와 '개시'를 유발한다는 면에서 크게 다르지 않다. 그것은 "아줌마의 탈을 쓴 애"를 보여주듯, 신우정의 외로움 내지는 광기를 보여주며 마침내는 이경수 안에 살아 있는 신우정의 목소리를 불러오기까지 한다. 그러니까 애초부터 "조약"은 하나의 예술작품이었던 것이다. 예술작품으로서의 "조약"의 면모는 여기서 그치지 않는다. "조약"은 또한 이경수가 우주로 나가기도 이전에 이미 그를 우주와도 같은 미지의 공간으로 데리고 간다. "존재가 특별한 형식으로 스스로를 만나는 순간"을 품은 그 공간에서 이경수는 자신이 망각했던 질문들을 다음처럼 연달아 쏟아놓는다.

신우정은 왜 그 일을 나에게 맡겼을까. 다른 사람은 증명하지 못한다는데 왜 나는 그 일을 할 수 있다는 걸까. 만약 나에게 그런 능력이 있었다면 나는 왜 그 능력을 신우정에게 사용하지 않았을까.(152~153쪽)

연쇄적인 질문들만 있을 뿐 그에 대한 답은 없다. 그러나 그 질문들 속에 분명 도드라져 보이는 것들이 있다. 그것은 '나'이고 또 자신이 망각하고 있던 어떤 "능력"이다. 이는 답은 아니지만 답을 구하기 위한 가능조건들이다. 아니나 다를까 소설에서 우리는 얼마 후 이경수가 스스로의 능력을 토대로 불완전한 답을 내기하듯 내놓는 장면을 만나게 된다. 신우정이 작성한 제품설명서를 유서처럼 읽는 과정에서 이경수는 질문하는 자에서 행위를 결심하는 자로 도약한다. 이경수는 "조약"을 우주로 가지고 가 던지기로 결정한다. 이와 같은 "조약"에 관한 실천적 해석행위는 여러 가지 의미를 함축한다. 우선 "조약"을 우주공간에 내보내고 돌아오는 순간 이경수는 하는 말을 들어보자. "니가 해달라고 한 게 그게 맞는지 모르겠지만, 남들은 못 하는데 나만 해줄 수 있는 건 그거밖에 없잖아." 이 행위가 신우정의 요구에 대한 정확한 응답이었는지는 그리 중요하지 않다. 핵심은 친구가 남긴 유작 "조약"을 위해 이경수가 자신만이 할 수 있는 일을 찾아 행위로 옮겼다는 데 있다. 어쩌면 "조약"의 존재 추출은 이와 같은 행위로의 도약을 처음부터 필요로 했던 것인지도 모른다. 그러니까 신우정은 완성된 상태의 "조약"을 이경수에게 전한 것이 아니다. "조약"이 완성된 시점은 이경수의 행위가 "조약"에 더해졌을 때라고 할 수 있다. 앞서 신우정은 "조약"의 일부만을 만들었다고 언급했던 이유가 이 때문이다.

아마도 배명훈은 존재의 비밀을 드러내기 위해 결정 불가능한 것을 결정하는 '해석적 개입'이 필요하다는 점을 말하고 싶었던 것은 아닐까. 또한 이경수가 신우정이 남긴 설명서를 통해 설명의 바깥인 행위로 나아갔던 것처럼, 작가는 존재란 우리가 의지하고 있는 기존의 의미망 바깥으로 나아가려는 힘 또는 그것이 발생시키는 구멍과 같다고 말하고 싶었던 것은 아닐까. 그러고 보니 이 소설 은근히 뜨겁다. 하긴 안정을 유지하려는 체계에 구멍을 내고 낯선 것을 출현시키는 일만큼 뜨거운 일이 또 있을까. 우리가 자신과 전혀 다른 누군가를 만나는 일이 그러하듯이.

송종원
고려대 국문과 박사과정 수료.
2009년 경향일보 신춘문예에 평론이 당선되어 등단.

김미월

중국어 수업

.
.
.
.
.

김미월

2004년 세계일보 신춘문예에 단편소설 「정원에 길을 묻다」가 당선되어 등단. 소설집 『서울 동굴 가이드』『아무도 펼처보지 않는 책』『옛 애인의 선물 바자회』, 장편소설 『여덟번째 방』, 중편소설 『일주일의 세계』 등이 있다. 신동엽문학상, 2012년, 2013년 젊은작가상을 수상했다

중국어 수업

수는 아침마다 지하철을 타고 서울에서 인천으로 출근한다. 소요시간은 장장 한 시간 반. 저녁마다 인천에서 서울로 퇴근할 때도 마찬가지다. 그러니 하루에만 왕복 세 시간을 길바닥에서 보내는 셈이다. 처음에 그녀는 시간이 아까워 출근하는 동안만이라도 책을 읽으려 했다. 그러나 두 발을 바닥에 붙이고 서 있기도 힘들 만큼 승객들로 미어터지는 열차 안에서 책을 편다는 것은 애초에 가능하지도 않은 일이었다. 물론 신도림역에서 승객들이 대거 하차하고 나면 열차는 방학식이 막 끝난 학교 운동장처럼 갑자기 한산해진다. 문제는 그때쯤이면 그녀가 이미 전의를 상실한 상태가 돼 있다는 것. 승객들과 밀고 밀리는 통에 머리는 헝클어지고 화장은 번지고 치마는 구겨진 꼬락서니도 그러하거니와, 무엇보다 심신이 꼭 얼었다 녹은 삼겹살처럼 너덜너덜해져 있는 것이다. 그러니 자리가 생기면 곧 앉고, 앉으면 곧 자든가 멍한 눈으로 맞은편 승객들 구경이나 하게 될 수밖에.

열차가 종점에 가까워질수록 승객의 수도 점점 줄어든다. 하나의 객차에 겨우 열 명 정도가 타고 있을 때도 있다. 그들 중에서 낯이 익은 사람을 발견하기란 어려운 일이 아니다. 아니, 거의 다 낯익은 사람들이라고 하는 편이 옳다. 아침마다 같은 시간대에 종점까지 가는 이들은 그 얼굴이 그 얼굴이기 때문이다.

지금 수와 대각선으로 건너편 좌석에 앉아 귀에 이어폰을 꽂고 고개를 까딱거리는 청년만 해도 그렇다. 그가 신은 때가 꼬질꼬질한 나이키 운동화는 올 여름에 산 것이다. 그것이 원래는 눈이 시리도록 흰 운동화였음을 수는 기억한다. 청년은 그것을 한 번도 빨지 않았다. 매일 신고 나왔으니까. 청년과 출입문 하나를 사이에 두고 떨어져 앉은 이십대 처녀도 낯이 익다. 그녀는 최신형 위성 DMB 휴대폰을 가지고 있다. 그것으로 자리에 앉은 직후부터 자리에서 일어설 때까지 노상 드라마를 시청한다. 얼마나 몰입해서 보는지, 드라마 전개 내용에 따라 표정이 천변만화하는 게 수의 눈에는 그야말로 드라마의 한 장면처럼 흥미진진하다. 저만치 출입문 옆에 두 다리를 한껏 벌리고 앉은 중년 사내도 매일 보는 이들 중 하나다. 오늘도 그는 여느때처럼 옆구리에 둘둘 만 생활정보지를 낀 채 졸고 있다. 수염을 깎지 않아 거뭇거뭇한 턱에 째진 눈, 낮술이라도 한잔 걸친 사람처럼 코와 뺨이 늘 붉은 게 특징이다. 무슨 일을 하는지는 알 수 없으나 그는 동인천역에서 내릴 때도 있고 인천역에서 내릴 때도 있다.

186

어쨌거나 모두들 수가 어제도 같은 시간에 보았고, 내일도 같은 시간에 볼 사람들이다. 그들과 수는 매일 같은 시간 같은 객차 안에 앉아 같은 공기를 마신다. 딱히 그들의 안부가 궁금한 것은 아니지만, 어쩌다 그중 한 명이 며칠 모습을 보이지 않다가 다시 나타나면 수는 저도 모르게 반가운 마음이 든다. 자신이 며칠간 나타나지 않다가 다시 나타나면 그들도 저처럼 속으로 반가워해 줄지 그녀는 가끔 그런 것이 궁금하기도 하다. 열차가 달린다. 늘 내리던 역에서 낯익은 얼굴이 내린다. 늘 타던 역에서 다시 낯익은 얼굴이 탄다. 그들의 들고남을 통해 수는 다음 정차역 안내방송을 듣지 않고도 자신이 제대로 가고 있음을 확인한다.

열렸던 문이 닫히기 직전 한 노인이 날쌔게 문틈으로 몸을 들이민다. 수는 지레 놀라 가슴을 쓸어내린다. 노인은 그녀의 맞은 편에 앉는다. 그도 이 열차의 고정 멤버다. 그는 앞면에 한마음 산악회라 쓰인 주홍색 등산모를 쓰고 그것과 비슷한 색의 등산조끼를 즐겨 입는다. 모자 챙 밑으로 드러난 얼굴에 검버섯이 피기 시작한 걸 보면 나이가 꽤 많을 텐데 지팡이도 없이 허리를 꼿꼿이 펴고 다닌다. 여간해서는 경로석에 앉는 일도 없다. 일반석의 젊은 사람들 틈에 끼어 앉는 것이 그에게는 일종의 자부심이 되는 모양이다.

객차 한쪽 구석이 소란스럽다. 수가 고개를 빼고 돌아보니 아니나 다를까, 그들이다. 어린 화교 남매, 그리고 그 아이들의 엄마로 보이는 젊은 여자. 어째 두어 정거장 조용하게 왔다 했더니 또 시작이다. 그들 화교 가족이 있는 곳은 언제나 표가 난다. 중국어로 쉬지 않고 떠들어대기 때문이다. 남의 나라 말이라서 한 층 시끄럽게 들리리라는 것을 감안하더라도 그들의 목소리는 지나치게 큰 감이 있다. 아이들은 인천역 근처에 있는 한국화교학교에 다닌다. 객차 내의 사람들이 다 들을 수 있을 만큼 크게 오가는 그들의 대화를 듣고 수가 미루어 짐작한 것이다.

그러나 아이들이 뭇 승객들의 시선을 잡아끄는 가장 큰 이유는 목소리가 크기 때문이 아니다. 녀석들은 열차에 오르자마자 사방을 두리번거리며 빈자리가 두 개 이상 널찍하게 이어지는 좌석을 찾는다. 그러고는 달려가 앉는 대신 그 자리에 책을 올려놓는다. 그다음 둘이 나란히 열차 바닥에 무릎을 꿇고 앉는다. 공부를 시작하는 것이다. 마치 방 안에 책상을 펴놓고 앉듯 자연스럽게 지하철 바닥에 앉아 좌석에 올려놓은 책을 읽고 공책에 뭔가를 끼적이면서 말이다. 처음 그러한 광경을 어처구니없어하며 바라보던 승객들도 그것이 매일 되풀이되자 이제는 심상하게 받아들이게 되었다. 심지어 수는 그 아이들이 공부하는 모습이 너무 자연스러워 보여 이따금 자신이 되레 책상에 올라앉아 있는 것은 아닌가 착각할 때도 있다.

오늘도 녀석들은 바닥에 무릎을 꿇고 앉아 공책에 뭔가를 부지런히 쓴다. 둘이 티격태격하기도 하고 옆에 앉은 엄마에게 뭔가를 물어보기도 한다. 조금 시끄럽기는 하지만 여느때와 다를 바 없는 평화로운 오전 한때의 지하철 풍경이다.

어라, 그런데 이게 웬일인가. 주홍색 등산모를 쓴 노인이 어느 틈엔가 아이들 뒤로 다가가고 있질 않은가. 그 아이들이 항시 승객들의 이목을 끌었던 건 사실이지만 이제껏 녀석들에게 다가가 거나 말을 걸었던 이는 한 명도 없었다. 수는 잠시 숨을 죽이고 그들을 주시한다. 노인은 아이들 뒤에 가 서더니 상체를 숙이고 녀석들의 어깨 너머를 들여다본다. 공책에 코를 박고 엎드려 있 던 아이들이 인기척을 느꼈는지 동시에 고개를 든다. 여자아이가 먼저 엉거주춤 자리에서 일어난다. 노인이 손사래를 친다.

"아니다, 공부해라. 니들이 무슨 공부를 하나 한번 봤다."

"한위에."

여자아이가 부끄러운 듯 몸을 꼬며 대답한다. 아이들의 엄마가 그쪽으로 다가앉으며 아이를 나무란다.

"중국어를 공부하고 있어요, 이렇게 똑바로 말씀드려야지."

이제 보니 여자는 한국어도 능숙하게 구사한다. 노인이 그녀의 옆자리에 앉는다. 안 그래도 앉을 자리는 이미 충분한데 여자는 노인이 보다 편히 앉을 수 있도록 제 몸을 아이들 쪽으로 붙인다.

"아이들이 화교학교에 다니나요?"

"네."

여자가 아이들을 흐뭇한 눈으로 바라본다. 노인이 여자의 시선 을 좇아 아이들을 바라보더니 공연히 헛기침을 몇 번 한다.

"저기…… 음, 제가 궁금한 게 좀 있습니다만."

"네, 말씀하세요."

노인은 다시 헛기침을 두어 번 하고 나서 주저하며 입을 연다.

"그러니까…… 며느리를 중국말로 뭐라고 합니까?"

여자아이가 장난기 가득한 얼굴로 끼어든다.

"할아버지는 그것도 몰라요?"

남자아이도 옆에서 배시시 웃는다.

"애들이 왜 이리 버릇이 없어? 너희 숙제는 다 했어?"

여자가 목소리를 높이자 아이들은 금세 시무룩해져서 책으로 고개를 떨어뜨린다. 노인이 여자를 만류하며 아이들을 향해 웃어 보인다.

"그래, 할아버지가 잘 몰라서 그러니 너희가 좀 가르쳐다오."

그러나 막상 대답을 한 것은 아이들이 아니라 여자다.

"시푸. 며느리는 시푸라고 해요."

노인은 여자를 따라서 발음해본다. 시푸, 시푸. 수가 보기에는 말하는 입 모양도 그렇고 들리는 소리도 그렇고 노인이 꼭 한숨을 쉬는 것 같다.

"부를 때도 시푸라고 하면 됩니까?"

"그럴 땐 그냥 며느리 이름을 부르시면 될 것 같은데요."

"허허, 그렇겠군요. 맞아, 이름을 부르면 되지."

노인의 얼굴에는 이제 머뭇거리는 기색이 없다.

"그럼 밥 먹었냐는 말은 중국말로 뭡니까?"

"니 츠팔러 마?"

그 짧은 한 문장을 말하는데도 여자의 권설음과 성조는 완벽하다. 하긴 그녀에겐 그게 모국어니까. 수는 두어 해 전 자신이 북경에서 어학연수를 하던 시절을 떠올린다. 권설음과 성조가 입에 붙지 않아 애태웠던 날들. 슬며시 웃음이 나온다. 다 지나간 일이니까 웃을 수 있는 거겠지만.

노인이 여자의 발음을 흉내낸다. 니 츠팔러 마. 엉망이다. 중국인이라면 절대 못 알아들을 거라고 수는 생각한다. 어느새 아이들은 책에서 눈을 떼고 니츠팔러마를 되풀이하는 노인을 신기한 듯 올려다보고 있다. 여자가 아이들에게 숙제는 다 했느냐고 다그친다.

"니먼 쭈어예 쭈어 하오러 마? 인천짠 따오러. 콰일러, 콰일러."

벌써 다음역이 인천인가. 여자가 서두르라고 하자 아이들은 주섬주섬 책을 챙겨 가방에 넣는다. 과연 스피커에서 안내방송이 흘러나온다.

"다음 정차하실 곳은 이 열차의 종점인 인천, 인천역입니다."

노인이 좌석에서 일어난다. 여자와 아이들도, 귀에 이어폰을 꽂은 청년도, 휴대폰으로 드라마를 보던 처녀도, 옆구리에 생활정보지를 낀 사내도, 각기 출입문 앞에 선다. 문이 열리고 승강장에 설치된 전광판에 안내문이 반짝이는 것이 보인다. 다음 열차 서울역. 종점에 다다랐으니 이세 이 열차의 꽁무니는 거꾸로 머리가 되어 서울역으로 갈 것이다. 수는 천천히 승강장으로 발을 내딛는다.

"왕쉬엔."

"관잉."

"까오후이민."

대답 없는 호명이 계속된다.

"리후이."

"왕밍."

"네!"

그제야 창가에 앉은 남학생 하나가 손을 번쩍 든다. 왕밍은 결석하는 일이 극히 드문, 이 학교에 극히 드문 성실한 학생이다. 수는 다시 출석부로 시선을 떨어뜨린다.

"징따린."

"첸싱웬."

결국 그녀는 고개를 숙인 채 한숨을 길게 내쉰다.

이곳은 인천 연안부두 근처에 있는 조그만 전문대학의 부설 한국어학원이다. 수는 이곳에서 외국인들에게 한국어를 가르친다. 외국인이라고는 하지만 엄밀히 말하면 중국인이다. 간간이 베트남인이나 우즈베크인, 몽골인도 눈에 띄지만 학생의 열에 아홉은 중국인이기 때문이다. 강의가 백 퍼센트 한국어로 진행됨에도 학교에서 강사를 채용할 때 중국어 회화 가능 유무를 따지는 것은 그런 이유에서다.

수는 학생들에게 한국어를 가르치기 위해 이곳에 왔지만 학생들은 한국어를 배우러 이곳에 온 것이 아니다. 그들은 비자를 받으러 왔다. 중국인이 한국에 장기 체류하기 위해 필요한 비자 중에서 가장 쉽게 받을 수 있는 것이 학생비자다. 그들은 비싼 등록금을 내고 어학원에 등록한다. 학생비자를 취득하면 곧바로 불법취업을 한다. 그렇게 해서 돈을 버는 것이 그들의 진짜 목적인 것이다. 중국에서 여섯 달 일하고 받는 급여와 한국에서 한 달 아르

바이트하고 받는 급여가 비슷하다니 그럴 만도 하다. 그래서 청도나 대련, 천진 등지에서 인천으로 입항하는 배에는 미래의 젊은 불법 체류자들이 바글바글하다. 학교 당국도 자신들이 바로 그 불법 체류자들을 양산해내는 역할을 하고 있음을 모르지 않는다. 학교가 모르지 않음을 학생들도 모르지 않는다. 좋은 게 좋은 거라는 말은 이럴 때 쓰라고 있나보다.

물론 '좋은 게 좋은 거'라는 관용구의 뜻을 제대로 이해할 학생은 한 명도 없다. 관용구는커녕 학생들은 문자 그대로 해석하면 되는 단순한 구문들에도 순 까막눈이다. 조금 과장한다면 육개월 교육과정이 끝난 후 정확하게 발음할 수 있는 한국말은 '얼마예요?' '괜찮아요' '빨리빨리' 정도가 다일 것이다. 사정이 이렇고 보니 수업 진도가 제대로 나갈 턱이 없다. 학생들은 저희끼리 있을 때는 물론이고 강사 앞에서도 중국어로 말하기 일쑤다. 그게 빠르고 편하니까. 그들에게 주의를 주느라 오히려 수의 중국어 실력만 나날이 늘어간다.

강의실에 앉아 있는 학생의 수는 일곱이다. 수상생 서른 명 중에서 자그마치 스물세 명이 결석한 것이다. 조회시간에 원장은 말했다.

"이대론 안 돼요. 지금 우리 학생들 이탈률이 팔십 프로가 넘는 거 압니까?"

국내 대학 및 어학원들에 등록된 외국인 유학생의 불법 취업 비율은 평균 십 퍼센트다. 수의 학교가 평균의 여덟 배에 이르는 엄청난 이탈률을 보이는 것은 그만큼 내실이 형편없다는 얘기다.

학교는 인원 확보 및 재정 충당에만 급급해 아무 학생이나 마구 유치한 후 관리를 하지 않는다. 그럼에도 원장은 애먼 강사들만 탓했다.

"선생들이 물러터져서 학생들이 만만하게 보고 그러는 겁니다. 장기 결석자들에게 특단의 조치를 취해요. 앞으론 출석률도 심사에 반영할 계획입니다."

조회가 끝나자 동료 강사들이 전에 없이 웅성거렸다. 재계약 심사가 일주일밖에 남지 않은 까닭이었다. 이 학교에서는 강사들과 석 달 단위로 고용계약을 갱신한다. 뭣 모르는 사람들은 대학 부설 어학원에서 외국인들을 가르친다고 하면 그게 곧 교수님인 줄 알고 대단하게 여긴다. 하지만 실상은 그렇지 않다. 강사들은 턱없이 낮은 월급은 둘째로 치더라도 석 달을 주기로 생사가 엇갈린다는 데 노심초사해야 하는 비정규직 노동자일 뿐이다. 수도 마찬가지다. 그녀는 하루에 세 시간씩 길바닥에 버려가며 이 먼 인천까지 와서 일하는 것이 오로지 경력을 쌓기 위해서라고 자위하곤 한다. 나중에 적당히 경력이 쌓이면 원장이 뭐라고 하기 전에 제 발로 먼저 이곳을 떠날 거라고, 서울 시내의 제대로 된 어학원에서 제대로 된 학생들에게 제대로 된 강의를 할 거라고, 그렇게 다짐하는 것이다.

그러나 그것은 '나중의' 일이다. 지금 당장은 재계약 심사 결과가 어떻게 나올지에 온 신경을 곤두세울 수밖에 없다. 나중의 일은 나중에 생각하자, 나중에. 지금은 일단 장기 결석자들에게 어떤 조치를 취할 것인지 그것부터 생각하자.

"당신의 집은 어디에 있습니까?"

"저의 집은 서울에 있습니다."

"당신에게는 형제가 있습니까?"

"네, 저에게는 형과 누나가 있습니다."

일곱 명의 학생들이 초등학교 국어교과서에나 나올 법한 문장들을 소리내어 읽는 동안 수는 출석부를 들여다본다. 장기 결석자들이 한두 명이 아니다. 그들을 학교로 돌아오게 하거나 아예 제적시켜야 그녀가 심사에서 불이익을 당하지 않는다. 전자보다 후자가 훨씬 간단하다. 그러나 그들은 제적당하면 곧바로 강제출국된다.

중국 학생들은 대개 브로커에게 돈을 빌려 한국으로 들어온다. 기백만원의 어학원 등록금이며 기숙사비를 다 갚는 데 꼬박 일 년이 걸린다. 하지만 그후에 버는 돈은 모두 자기 것이 되기 때문에 다들 어떻게든 일 년만 버텨보자고 용을 쓴다. 그러니 그들이 제일 두려워하는 것은 제적이라는 말이다. 짧은 한국어 실력으로도 그 단어만은 귀신같이 알아듣는다. 학교에서는 걸핏하면 제적을 들먹이며 그들을 협박한다. 그래서 학생들은 아침마다 학교에 갈 것인가 돈벌이를 하러 갈 것인가 갈등한다. 대개는 돈벌이를 택하게 되지만.

그들이 한국에서 할 수 있는 아르바이트는 많지 않다. 남학생은 주로 택배회사에서 일한다. 아침부터 밤까지 오토바이 시동을 끌 틈도 없이 물건들을 배달한다. 취업비자도 없는 판에 원동기 면허 따위가 있을 리 만무하지만 회사에서는 싼값에 부릴 수 있는 중국인들을 선호한다. 그들은 한국어 교재의 단어들은 쉬운 것도 못 읽으면서 인천 지역의 주소지나 상호명은 아무리 길고 어려워도 정확하게 읽어낸다. 배달 사고가 나면 일당이 깎이기 때문에 저절로 외우게 된다는 것이다. 주소 말고도 그들이 한국인 못지않게 능숙하게 구사하는 낱말들이 몇 개 더 있기는 하다. 씨발. 개새끼. 병신. 여학생들은 보통 공단지역 식당에서 서빙을 하거나 인터넷 쇼핑몰의 상품을 포장하는 일을 한다. 곁에 다가가면 어깨나 목에 붙인 파스 냄새가 진동한다. 한창 피어날 이십대 초반의 나이지만 그녀들의 얼굴은 동인천 지하상가의 천원짜리 귀고리보다도 생기가 없다. 점점 시들어가는 낯빛을 보면 한국에서 지낸 개월 수를 가늠할 수 있을 정도다.

출석부를 훑어내려가던 수의 눈길이 문득 어느 이름 위에 멎는다. 쓰엉. 오늘까지 합하면 결석 일수가 열흘이 넘는다. 그녀가 가르치는 학생들 중에서 최장기 결석자다. 하지만 이대로 가면 무조건 제적이라고 경고했을 때 그는 아무 대꾸도 하지 않았다. 그래서 수는 녀석에게 더욱 신경이 쓰인다. 과연 못 보던 열흘 사이에 그는 몰라보게 초췌해져 있었다.

어제 퇴근길, 수를 태운 버스가 연안부두를 지나갈 때였다. 부두 근처에는 옐로하우스라 부르는 윤락가가 있다. 왜 그런 이름이 붙었는지는 모르지만 인천에 그런 곳이 있다는 것은 모르는 이가 없다. 윤락가임에도 업소들이 후미진 골목 안에 있는 것이 아니라 대로변에 떡하니 버티고 있어 근방을 지나다 보면 그곳을 안 보려야 안 볼 수가 없기 때문이다. 성매매가 법적으로 금지된 상황에서 그런 곳이 아직 남아 있다는 것도 희한한 일이지만 그 위치가 온 천하 사람이 다 보는 큰길에 있다는 것도 희한한 일이다. 어쨌거나 버스가 신호대기에 걸렸을 때 여느 승객들처럼 수도 자연스럽게 창밖을 바라보았다. 마침 옐로하우스 앞이었다. 저녁밥 시간이라 거리에는 인적이 드물었는데, 한 청년이 혼자이 업소 저 업소를 기웃거리고 있었다. 그런데 뭔가 좀 이상했다. 청년은 업소에서 막상 여자가 나오면 화들짝 놀라며 그 자리를 떴다. 윤락행위를 하러 온 게 아니라 마치 누군가를 찾으러 온 것처럼 보였달까.

버스가 다시 출발하려는 찰나 청년이 수 쪽으로 고개를 돌렸다. 놀랍게도 그는 쓰엉이었다. 얼굴이 많이 상해 뺨이 쑥 들어가고 피부도 새카매져 있었으나 분명히 그였다. 쓰엉과 수의 눈이 마주쳤다. 그는 그녀의 눈길을 피하지 않았다. 수는 버스에서 내렸다. 횡단보도를 뛰듯이 건너 옐로하우스 입구로 갔다. 쓰엉은 온데간데없었다. 그가 그랬듯 그녀도 하는 수 없이 업소들 앞을 기웃거렸다. 그러기를 오 분쯤. 한쪽 골목에서 그가 구부정한 자세로 걸어나왔다. 어깨가 축 늘어진데다 눈빛도 흐리멍덩한 것이 툭 치면 픽 쓰러질 듯 기운이 없어 보였다. 가슴에 택배회사 로고가 새겨진 점퍼를 입은 그는 바로 눈앞에 있는 수를 알아보지 못하고 그대로 지나쳐갔다.

"쓰엉."

두 번을 연거푸 부른 후에야 그는 고개를 돌렸다.

"어…… 선생님."

그의 눈이 휘둥그레졌다. 아까 버스 안에서 눈이 마주쳤다고 생각했던 것은 수의 착각이었을까. 쓰엉은 뒤통수를 긁으며 어쩔 줄 몰라하더니 곧 한숨을 쉬며 손을 주머니에 집어넣었다. 터진 주머니 솔기 사이로 솜이 비어져나와 있었다.

두 사람은 부두 근처의 횟집에서 밴댕이 안주를 곁들여 소주를 마셨다. 참기름을 많이 넣고 맵게 비빈 밴댕이회 무침을 쓰엉은 의외로 잘 먹었다. 제 앞의 그릇을 깨끗이 비우고 밑반찬으로 나온 간장게장도 꼼꼼히 발라먹었다. 중국에서는 음식을 필요 이상으로 많이 시킨 후 남기는 것이 예의라지만 한국에서까지 그런 문화를 고수할 필요는 없음을 쓰엉도 알 것이다. 한국에서 산 지 벌써 반년이 넘었다고 했으니. 소주 두 병을 다 비우도록 수는 그에게 아까 옐로하우스엔 왜 갔느냐 묻지 못했다.

횟집을 나온 것은 밤 열시가 가까운 시각이었다. 그들은 큰 배들이 정박해 있는 연안부두 쪽으로 걸었다. 밤공기가 혹독하게 찼다. 바다에서 건너온 칼바람이 얼굴을 쉴새없이 할퀴어댔다. 수는 몇 발짝 걷지도 않았는데 손이 곱고 발도 얼어서 감각이 없었다. 고개를 돌리니 쓰엉 역시 두 뺨과 두 귀가 빨갛게 얼어 있는 상태였다. 하지만 누구도 그만 돌아가자는 말은 하지 않았다.

"너 이런 바다 본 적 있니?"

"……"

"이렇게 메마른 바다 말이야."

쓰엉은 수의 한국말을 이해하지 못했다. 수는 그래서 마음이

편했다.

인천의 바다는 늘 거대한 선박이며 컨테이너박스 따위를 나르는 크레인 들이 분주하게 움직이는 곳이었다. 가까이 다가가면 갯내보다 기름 냄새가 더 진하게 맡아지는 곳이기도 했다. 언제 어느 쪽에서 바라보아도 희미하기만 한 수평선. 시멘트 부두에 부딪혀 출렁이는 파도는 푸른빛이 아니라 잿빛이었다. 바람소리가 더 거세졌다. 수는 목소리를 높였다.

"한국 사람들은 바다를 좋아해. 평소에 바다를 보기가 쉽지 않잖아. 너도 내륙지방에서 살았으니까 알지? 사람들은 힘든 일이 있을 때 바다에 가. 바다 앞에서 어깨를 쭉 펴고, 해 뜨는 걸 보면서 다시 시작하자 소리도 지르고. 그러면서 바짓단에 묻은 모래를 탈탈 털고 일어나는 거지."

쓰엉은 한마디도 알아듣지 못하면서 다 알아들었다는 듯한 표정을 짓고 있었다.

"그런데 이 바다는 아니야. 이 바다는 아무 위안도 주지 못해."

혼잣말처럼 중얼거리다가 수는 문득 손목시계를 들여다보았다.

"늦었다. 그만 집에 가자. 춥지?"

"괜찮아요."

이제야 제가 알아들을 만한 어휘가 나왔다는 듯 쓰엉이 냉큼 대답했다. 그의 고향이 동북지방이라고 했던가. 그곳은 인천보다 훨씬 추울 것이다. 그래도 거기엔 가족이 있다.

"집이 어디니? 여기서 얼마나 걸리지?"

"배 타고 이십사 시간."

수는 흠칫 놀라 그의 얼굴을 똑바로 쳐다보았다. 지금 어디에 사는지를 물었던 것인데 그는 중국의 진짜 집을 생각하고 있었던 것이다. 하기야 그에게 집은 오직 하나뿐일 것이다. 겨울이 되면 못 견디게 춥지만 그래도 정겨운 가족이 살고 있는 곳, 그러므로 세상에서 가장 따뜻한 곳.

"정말 멀구나. 난 지하철로 한 시간 반이면 되는데."

그녀 스스로 생각해도 재미없는 농담이었다. 한국 내에는 꼬박 하루를 달려야 갈 수 있을 만큼 먼 곳이 없다. 그녀는 대양의 물살을 가르며 달리는 커다란 페리호를 상상해보았다. 삼등석의 비좁은 일 인용 침대에 누워 하루를 건너오는 동안 한 시간이 늦어진 한국의 항구도시에 내리면서 쓰엉은 무슨 생각을 했을까. 몸은 떠나왔어도 망망대해 건너 두고 온 것들에게서 마음은 멀어지지 않는다는 것을 새삼스레 깨달았을까. 그들에게 빨리 돌아가기 위해서는 그만큼 이 낯선 곳에 빨리 적응해야 한다고 이를 악물었을까.

쓰엉의 시선은 메마른 바다를, 아니 그보다 더 먼 곳을 향해 있었다.

수는 수업이 끝난 후 왕밍을 강사 휴게실로 불렀다. 녀석은 성격이 낙천적이고 씩씩한데다 인사성도 밝아서 강사들이 모두 귀여워한다. 게다가 수업을 같이 듣는 학생들의 근황을 두루 잘 아는 소식통이기도 하다. 쓰엉과 알게 된 것은 어학원에 등록을 한 후인데 같은 동북 출신이라는 사실 하나만으로도 금세 친해졌다던가. 수는 그가 휴게실 내의 다른 강사들에게 일일이 인사를 마치기를 기다렸다가 거두절미하고 물었다.

"쓰엉 요새 왜 그래? 왜 매일 결석하는 거야?"

"라오시, 똥베이더 뉴런 쩐더 피아오량."

"한국말로 해."

"선생님, 동북 여자 예쁘다."

"그런데?"

"쓰엉 더 뉴런펑요 쩐더 피아오량."

"한국말로 하라니까!"

"쓰엉 애인 예쁘다."

"쓰엉한테 애인이 있어?"

"멍나입니다."

"멍나가 동북 출신이야?"

"출신? 그게 뭐야?"

"동북이 고향이냐고!"

"네, 그렇습니다."

"그런데 쓰엉 애인이 예쁜 거랑 결석하는 거랑 무슨 상관이야?"

"멍나 돈 없어. 그래서 쓰엉, 밤에도 세븐일레븐에서 일해요. 잠 안 잡니다."

수는 약간의 배신감이 든다. 애인을 위해 악착같이 돈을 버느라 학교에도 못 나오는 거라면 어제 옐로하우스에는 왜 있었단 말인가. 혹시 애인이 거기서 일하는 건 아니겠지? 설마. 가난 때문에 윤락가에 팔려간 애인을 구출하려 돈을 버는 청년의 신파조 러브스토리 같은 건 80년대 우리 방화에나 나올 법한 얘기니까.

"그래도…… 학교는 나오라고 해."

제 말에 설득력이 없음을 수도 안다. 애인 때문에 돈을 벌어야 한다는데 그깟 한국어 수업이 무슨 소용이겠는가.

"네, 선생님. 나 일하러 갑니다. 안녕 계세요."

"틀렸어. 안녕히 계세요. 다시 한번 말해봐."

수는 공연히 왕밍에게 딱딱하게 군다. 사실 왕밍 정도면 한국어를 잘하는 축에 속하는데. 녀석은 매일 저녁부터 이튿날 새벽까지 중국식 꼬치구이 전문점에서 일한다. 요즘 불법 취업자 단속이 강화되었다고 들었다. 그녀가 선생으로서 그에게 하고 싶었던 말은 그러니까 단속에 걸리지 않게 조심하라는 것이었다. 법치 대한민국의 국민으로서 할 말은 아니지만.

"안녕히 계세요."

"그래, 잘 가라. 조심하고."

수는 뭘 조심하라는 건지 목적어를 생략한다. 강사들 몇이 그녀와 왕밍을 힐끔거리고 지나간다.

퇴근길의 지하철 안은 출근길보다 훨씬 여유롭다. 목적지가 집이니 이제 쉴 일만 남았다는 점에서 하루치의 숙제를 다 끝낸 학생처럼 마음도 홀가분할 수밖에 없다. 그럼에도 수는 이상하게 퇴근길 지하철에 오를 때마다 뭔가 아쉽고 허전하여 자꾸 걸음을 늦추게 된다. 아침 출근길에 보았던 낯익은 승객들의 얼굴을 퇴근길에는 볼 수 없기 때문일까.

그날 이후로, 그러니까 서로 말을 튼 이후로, 노인은 열차에 오르면 으레 화교 가족을 찾아 두리번거린다. 그들을 발견하면 마치 동행이라도 된다는 듯이 자연스럽게 옆에 가서 앉는다. 물론 그러기 전에 아이들이 먼저 노인을 알아보고 반갑게 인사를 하는 경우가 더 많지만 말이다. 니 하오! 그럼 노인도 쑥스러워하면서 대꾸한다. 니먼 하오!

노인은 중국어 회화학원 새벽반에 다니는 학생처럼 진지하다. 하루도 빼놓지 않고 여자에게 간단한 생활중국어를 한두 마디씩 배운다. 전날 배운 것을 복습하는 것도 잊지 않는다. 늙은이라 기억력이 형편없다며 다시 한번 가르쳐달라고 민망한 표정으로 부탁하기도 한다. 맛있다가 뭐였지요? 하오츠! 다시 해보세요. 노인은 열심히 따라 한다. 하오츠, 하오츠. 그러면 어느새 어린 남매도 노인 옆에 달라붙어 합창을 한다. 하오츠! 하오츠!

여자는 매번 노인의 발음을 교정해주고 노인의 질문에도 친절하게 대답해준다. 노인이 알고자 하는 표현들은 대개 안녕하세요, 식사하셨습니까, 다녀오겠습니다 등등 일상생활에서 흔히 쓰이는 것들이다. 노인이 발음을 엉터리로 할 때면 아이들은 숨이 넘어가라 웃음을 터뜨린다. 그러면 그것 때문에 또 노인이 웃고 이어서 여자가 웃는다. 그렇게 그들은 늘 웃는다. 인천역 승강장에 다 같이 내리면서 짜이찌엔 하고 서로 외치는 소리를 들을 때면 그들과 아무 상관이 없는 수마저 애틋함을 느낄 지경이다. 짜이찌엔. 중국말로 안녕을 뜻하는 그 표현은 직역하면 '다시 만나요'가 된다. 여자는 노인에게 그것도 알려주었을까.

어둠이 내린 객차의 창에 승객들의 모습이 비친다. 다들 오래 앓고 난 사람처럼 낯빛이 창백하다. 그 속에 물론 수의 얼굴도 있다. 수는 저를 바라보는 차창 속의 자신을 마주 바라본다. 다음 분기 강사직 재계약 심사가 나흘 뒤로 다가와 있다. 그러니 제적을 걱정해야 하는 것은 중국인 학생들만이 아니다. 열차가 서울권으로 접어든다. 승객들 사이에 아연 활기가 돌기 시작한다. 심지어 공기의 질감도 미묘하게 달라지는 것 같다. 다들 그렇게 인천 땅을 빨리 벗어나고 싶어 조바심냈던 것일까. 생각해보면 참 이상한 일이다. 그녀부터도 근 일 년을 내리 출퇴근했지만 인천에는 좀처럼 정이 들지 않는다. 동료 강사가 말했던가. 인천은 토박이보다 외지인이 더 많은 도시라고. 남쪽에서 서울로 올라가던 이들이 도중에 주저앉거나 서울에서 견디다 못해 지방으로 내려가던 이들이 문득 발길을 멈춘 곳이라고. 그래서 살갑게 정 붙이고 살아가는 사람이 드물다고 말이다. 하긴 어학원 강사들만 해도 그렇다. 그중에 인천 사람은 한 명도 없다. 제각기 다른 고장에서 모여든 그들은 하나같이 서울로 가고 싶어한다. 하나같이 인천을 마지못해 잠시 머무르는 곳쯤으로만 생각하는 것이다.

사실 수는 자신이 진짜로 원하는 게 무엇인지 저도 아직 모르겠다. 대학을 졸업하고 백수로 빈둥거릴 때는 막연히 중국에 가고 싶었다. 당시 중국은 기회의 땅이었고, 중국어는 인기 외국어로 각광받았으니까. 중국에서 어학연수를 할 때는 빨리 한국으로 돌아가고 싶었다. 자신이 중국에 흥미가 없고 중국어에도 재능이 없음을 진즉 깨달았으니까. 언제 어떻게 귀국했는지는 기억이 잘 나지 않는다. 정신을 차리고 보니 그녀는 중국인을 대상으로 적성에 맞지도 않는 강사 노릇을 하고 있었다. 인천 끄트머리의, 학생들이 비자를 받기 위해 등록만 하고 다니지는 않는 허울뿐인 어학원에서, 그것도 비정규직 신분으로. 수는 자신이 진짜로 원하는 게 무엇인지는 모르지만, 지금 이 삶이 자신이 원하는 것과 거리가 멀다는 것은 안다. 이 상황을 타개하기 위해 뭘 어떻게 해야 하는지는 모르지만, 뭘 어떻게 해도 크게 달라지는 게 없으리라는 것은 안다. 그래도 바라는 게 있다면 일단 서울로 가는 것이다. 한때 한국과 중국 사이를 떠돌았던 그녀의 꿈은 이제 인천과 서울 사이를 떠도는 셈이다. 하지만 말이다. 어찌어찌하여 '나중에' 요행 서울로 돌아간다고 치자. 그다음에는?

수의 휴대폰이 울린 것은 신도림역을 세 정거장 남겨놓고 있을 때다. 스피커 너머의 남자는 제 신분을 용현동 파출소의 순경이라고 밝힌다.

"쓰엉이라고 아십니까?"

수는 누가 들을세라 손바닥을 오므려 휴대폰의 스피커를 감싼다.

"네, 제가 가르치는 학생인데요."

"서로 좀 나오셔야겠습니다. 문제가 생겨서요."

"네? 경찰서로요? 지금요?"

수는 출입문 위에 부착된 지하철 노선도를 올려다본다. 여기서 다시 인천 용현동까지 되짚어가려면 사오십 분은 족히 걸릴 것이다. 불현듯 옐로하우스 앞에서 서성이던 쓰엉의 모습이 떠오른다. 녀석은 거기에 왜 갔던 것일까.

파출소에 들어서자마자 긴 의자에 다른 사람들과 함께 앉아 있는 쓰엉이 보인다. 며칠 새 얼굴이 더 축난 녀석이 두 손을 앞으로 모아쥐고 고개를 푹 수그리고 있는 게 분위기가 심상치 않다. 누군가 기침을 한다. 그러고 보니 쓰엉의 오른쪽 옆에 웬 노인과 젊은 여자가 앉아 있다. 노인이 쓴 주홍색 등산모가 수의 눈에 들어온다. 아, 그다. 아침마다 지하철에서 화교 아이들에게 중국어를 배우던 그 노인이다.

"무슨 일로 오셨습니까?"

그들의 맞은편 책상에 앉아 있던 경찰관이 자리에서 일어난다.

"쓰엉 보호자예요. 연락을 받고 왔습니다."

수는 쓰엉이 고개를 번쩍 드는 것을 곁눈으로 보고도 못 본 체한다.

"쓰엉 씨가 이분들 집에서 행패를 부렸습니다."

"네? 행패요?"

쓰엉이 다시 고개를 떨어뜨린다.

"이웃집에서 신고를 했는데, 목격자 말로는 소리를 지르며 물건을 부쉈다고 합니다."

"네? 그럴 리가요. 그럴 애가 아닌데……"

"허 참 나, 답답한 소리 하지 마십쇼. 그럼 누군 나 그런 놈이요하고 이마에 써붙이고 다닌답니까?"

"그게 아니라 저 학생은 정말……"

"여하튼 피해자 쪽에서 처벌은 원치 않는다고 하니까 그 문제는 해결이 됐는데, 그보다 더 큰 문제가 있어요."

"……"

"불법 취업을 했더군요. 비자가 학생비잔데, 택배 일을 하고 있었습니다. 원동기 면허도 없이 오토바이를 몰았고요. 요새 이런 애들이 많아서 아주 골칩니다."

"그럼 제가 뭘 어떻게 해야 하나요?"

"보호자가 따로 할 일은 없습니다. 그냥 강제 출국이죠. 바로 본국으로 송환됩니다."

경찰관의 말이 끝나자 의자에 앉아 있던 세 명이 동시에 고개를 쳐든다. 쓰엉도 송환이라는 단어를 알아들은 눈치다. 그건 제적이라는 말보다 더 무서운 말이다.

그때 젊은 여자가 의자에서 벌떡 일어난다. 다시 보니 만삭의 임신부다. 배가 잔뜩 부풀어 가만히 서 있기만 해도 힘들 것 같은데 그녀가 갑자기 노인 앞에 무릎을 꿇는다.

"아버님, 용서해주세요. 용서해주세요. 나는 부탁합니다."

서툰 한국어. 노인이 여자의 팔을 잡고 일으키려 애쓴다. 두 팔로 여자의 한쪽 팔을 쥔 채 그는 경찰관을 향해 울상을 짓는다.

"저희 때문이라면 괜찮다고 했잖습니까. 선처해주십시오."

"어르신, 그거랑은 상관없어요. 요새 불법 취업 문제가 너무 심각해서 어쩔 수 없습니다. 엄격하게 처리하라는 상부의 지시가 있었어요."

다른 경찰관이 쓰엉의 어깨에 손을 올린다. 쓰엉이 맥없이 일어서자 그를 앞세워 유치장으로 향한다. 지금 이렇게 보내버리면 영영 그를 구해낼 수 없을 것임을 알면서도 수는 쓰엉의 뒷모습을 멀거니 바라보기만 한다. 속으로 그녀는 뜬금없이 택배회사 로고가 찍힌 그의 점퍼가 한겨울에 입기엔 너무 얇다는 생각을 하고 있다. 순간 젊은 여자가 득달같이 달려나가 경찰관과 쓰엉의 앞을 가로막는다. 무거운 몸으로 참 날쌔기도 하다고 수는 놀란다. 눈물 자국이 채 마르지 않은 여자의 뺨에 새로운 눈물이 흘러내린다.

"시아꺼위에 워 땅 마마. 워 시앙 하이쯔…… 짜이찌엔."

나는 다음달에 엄마가 돼. 안녕. 이 급박한 상황에 여자는 대체 자신이 엄마가 된다는 소리를 왜 하는 것일까.

"……짜이찌엔."

쓰엉도 웅얼거리듯 대꾸한다. 바로 옆에 있는 사람이 아니면 알아들을 수 없을 만큼 작은 목소리다. 수는 쓰엉과 여자를 번갈아 쳐다본다. 헤어질 때 하는 인사말, 짜이찌엔. 어쩌면 두 사람은 서로 다른 의미의 인사를 하고 있는지도 모른다. 한 사람은 영원한 안녕의 인사를, 다른 한 사람은 다시 만나자는 기약의 인사를 한 것인지도.

쓰엉이 경찰관과 함께 사라지고 나자 여자는 손바닥으로 제 입을 틀어막는다. 노인이 그녀의 어깨를 감싼다. 쓰엉이 밤낮으로 돈을 벌어야 했던 이유, 옐로하우스 같은 곳을 기웃거리며 찾아

다녔던 여자 멍나. 동북 여자는 예쁘다더니 그녀는 정말 예쁘다. 멍나와 노인이 서로를 부축해가며 의자에 앉는다. 때맞춰 파출소 안으로 웬 중년 사내가 뛰어들어온다.

"아버지, 무슨 일이에요? 여보, 괜찮아?"

노인은 말없이 고개를 끄덕이고 여자는 계속 흐느낀다. 사내는 어찌할 바를 몰라 두 눈만 끔벅인다. 그들을 등지고 수는 조용히 그곳을 빠져나온다.

문틈으로 들이닥치는 바람이 매섭다. 승객들이 코트 깃을 여민다. 수도 목도리에 고개를 파묻으며 좌석에 더 깊숙이 앉는다. 재계약 심사 기간은 지나갔다. 그녀는 여전히 아침이면 인천행 지하철에 오르고 저녁이면 서울행 지하철에 오른다. 심사에 통과한 것이다. 그러나 안심할 수는 없다. 석 달 뒤에 또 심사가 있으니까. 다시 석 달 뒤에도, 또다시 석 달 뒤에도 심사는 계속 이어질 테니까.

수의 대각선 맞은편 좌석에는 예의 그 청년이 앉아 있다. 귀에 이어폰을 꽂은 그는 신나는 음악을 듣고 있는지 고개뿐 아니라 나이키 운동화를 신은 발까지 함께 까딱거린다. 그와 몇 좌석 옆으로 떨어져 앉은 중년 사내도 평소와 다름없이 옆구리에 둘둘 만 생활정보지를 끼고 있다. 최근에 무슨 좋은 일이라도 생긴 것일까. 며칠 전에는 머리를 깎았고 오늘은 수염까지 깎은 모습이 한결 젊어 보인다. 열차가 선다. 수가 앉은 자리의 오른쪽 출입문 주위가 별안간 시끌시끌하다. 그러면 그렇지. 어린 화교 남매가 저희들 엄마와 함께 열차 안으로 들어서고 있다. 녀석들은 곧 좌석에 책을 펼쳐놓은 후 바닥에 무릎을 꿇고 앉는다. 그리고 큰소리로 중국어 교재를 읽기 시작한다.

수는 눈을 감는다. 깜빡 잠이 들었다가도 열차가 서면 깜빡 잠에서 깬다. 그러기를 몇 차례 반복하다가 문득 고개를 드니 잠 덜 깬 눈에 누군가 승차하는 것이 보인다. 주홍색 등산모에 주홍색 등산조끼. 잠이 확 깬다. 오랜만이다. 아니, 파출소에서 만났던 날 이후로 처음 보는 것이다. 어쩐 일인지 노인은 요 며칠 내내 지하철에 모습을 드러내지 않았던 것이다. 그는 자리에 앉기도 전에 사방을 두리번거린다. 화교 가족을 찾는 것일 테다. 수는 일부러 다른 쪽으로 고개를 돌리고 그에게 인사를 할까 말까 망설인다. 그런데 노인이 먼저 그녀에게 다가온다.

"먼 길 가야 할 테니 좀 전해주시오. 우리 며느리 고향이 아주 추운 곳이라던데."

노인이 수에게 내민 것은 커다란 종이 쇼핑백이다. 놀라서 아무 대꾸도 못 하고 있는 그녀에게 노인은 고개를 숙여 보이더니 곧바로 화교 가족이 있는 쪽으로 걸음을 옮긴다.

"자, 오늘은 이 할아버지한테 무슨 말을 가르쳐줄 테냐?"

아이들이 노인을 알아보고 반가운 듯 소리를 지른다. 아이들 엄마도 그를 향해 활짝 웃는다. 수는 그들에게서 시선을 거두고 쇼핑백 안을 들여다본다. 그 안에 든 것은 두툼한 패딩점퍼다. 쓰엉의 얇은 점퍼, 솔기가 터져 솜이 삐져나와 있던 주머니와 낡아서 실밥이 죄 풀려 있던 소매를 노인도 보았던 것일까.

210

쇼핑백을 조심스레 품에 끌어안는다. 수는 그것을 쓰엉에게 전할 수 없다. 출입국사무소에서 구치소로 송치되었던 쓰엉은 오늘 중국으로 송환된다. 새벽에 공항으로 보내진다 했으니 지금쯤 중국행 비행기를 탔거나 이미 그곳에 도착했을 수도 있다. 왕밍은 쓰엉이 강제 송환될 거라는 소식을 전해주자 어린애처럼 훌쩍거렸다. 쓰엉에게 면회를 가고 싶지만 그럴 수 없다고도 했다. 저도 불법 취업을 한 상태니 제 발이 저려서 그랬을 것이다.

"이제 어떻게 할 거니?"

엊그제 구치소 면회실에서 만난 쓰엉은 의외로 담담해 보였다.

"우선 중국으로 돌아갑니다."

"괜찮겠어?"

"네, 저는 한국 다시 옵니다."

오지 마. 수는 말해주고 싶었다. 네가 다시 한국에 왔을 땐 몇 배로 불어난 빚과 남의 아이 엄마가 돼 있는 멍나밖에 없을 거란 말이야. 물론 그렇게 말해봤자 쓰엉은 제대로 알아듣지도 못할 터였다. 수는 그의 나라 말로 마지막 인사를 전했다. 짜이찌엔. 면회실을 나오며 그녀는 속으로 덧붙였다. 진짜 안녕이야. 다시 만나자는 뜻이 아니라고.

"다음 정차하실 곳은 이 열차의 종점인 인천, 인천역입니다."

안내방송이 흘러나온다. 노인도, 화교 아이들도, 아이들 엄마도, 모두 자리에서 일어난다. 수도 쇼핑백을 품에 안은 채 출입문 앞으로 간다. 아이들이 노인을 돌아보며 제비 새끼들처럼 동시에 입을 벌리고 소리친다.

"짜이찌엔, 예예."

노인이 웃으며 아이들에게 손을 흔든다.

"짜이찌엔."

그들의 작별인사는 지금부터 딱 하루 동안만 유효하다. 내일 아침 그들은 이 객차 안에서 다시 만나게 될 테니까. 수는 천천히 걸음을 옮긴다. 그녀의 머리 위에서 전광판의 안내문이 반짝인다. 다음 열차 서울역. 어쨌거나 지금 그녀의 목적지는 이곳이다. 수는 제대로 온 것이다.

그 민달팽이는 어디로 갔을까

두어 해 전의 일이다. 친구와 나는 남해의 바닷가 민박집에 여장을 풀었다. 여름이 다 지나간 후라 피서객의 발길이 뚝 끊긴 마을은 비현실적이리만치 고요했다. 친구가 먼저 씻고 오겠다며 자리에서 일어났다.

"악, 저게 뭐야! 어떡해!"

그녀가 손가락으로 가리키는 곳을 보니 방 한쪽 구석에 민달팽이 한 마리가 기어가고 있었다. 나는 호기롭게 웃어젖혔다.

"민달팽이야. 괜찮아. 쟨 우릴 절대 해치지 않아."

그러면서도 선뜻 내가 녀석을 밖으로 내보내겠노라는 말은 하지 못했다. 친구는 여전히 불안해하며 찌푸린 눈살을 펴지 못하더니 곧 도망치듯 샤워장으로 향했다. 홀로 남은 나는 발치의 민달팽이는 아랑곳하지 않고 방바닥에 엎드려 일기를 썼다. 이유는 기억나지 않지만 그날 일기장에 쓴 내용은 뜬금없게도 조조와 여백사의 일화. 그리고 더더욱 뜬금없게도 결론은 편의점에서 파는 팥빙수가 먹고 싶다는 것이었다.

친구가 샤워를 마치고 돌아왔다. 그녀가 또 한 차례 비명을 질렀다.

"없어졌어! 아까 그게 없어졌다니까!"

그러고 보니 민달팽이가 보이지 않았다. 나는 벌떡 일어나 앉았다. 방 구석구석이며 창틀, 장판 밑, 심지어 장롱 서랍까지 살살이 뒤졌다. 밀폐된 방에서 날개는커녕 발도 없는 녀석이 탈출하는 것은 불가능했다. 그 느려터진 이동속도를 감안한다면 아직 문까지 가 닿지도 못했을 터. 하지만 코딱지만한 방 어디에도 녀석은 없었다. 어떻게 된 걸까. 어디로 갔을까. 나는 좌불안석 전전긍긍 안절부절못했다. 이제 됐으니 그만 찾자고 호기롭게 말한 것은 뜻밖에도 친구였다.

"괜찮아. 안 보이니까 이젠 안 무서워."

그녀의 얼굴은 아까와 달리 정말로 평온해 보였다. 그래서 말하지 못했다, 난 아니라고. 눈에 보이는 민달팽이는 안 무섭지만 눈에 안 보이는 민달팽이는 무섭다고. 그래서 지금 나는 아까의 너처럼 불안하다고. 문득 궁금했다. 보이는 것과 보이지 않는 것, 혹은 아는 것과 모르는 것, 그중에서 어느 쪽이 더 무서울까 하는 것이.

보이지 않는 민달팽이를 방에 놔두고 우리는 밖으로 나갔다.

밤의 해변을 산책했다. 맨발바닥에 와 닿는 젖은 모래의 감촉을 즐기며, 어린 시절에 읽었던 계몽사의 주홍색 하드커버 소년소녀 세계명작동화전집에 대해 이야기했다. 친구는 휴대폰으로 누군가와 쉴새없이 문자메시지를 주고받았다. 그 옆에서 나는 윤상과 넬과 동물원의 노래를 흥얼거렸다. 친구가 끝나버린 사랑에 대해 이야기했다. 나는 시작도 하지 못한 사랑에 대해 들려주었다. 그런 후에 우리는 모래사장에 나란히 앉아 근처 슈퍼마켓에서 사온 팥빙수를 먹었다.

친구가 지하철 안에서 본 중국 꼬마의 이야기를 꺼낸 것은 민박집으로 돌아오는 길에서였다. 열 살쯤 돼 보이는 조그만 남자애가 지하철 좌석에 책을 올려놓고 바닥에 무릎을 꿇은 자세로 앉아 열심히 필기를 하고 있었고, 그 장면이 너무나 애잔하면서도 처연하여 잊히지가 않는다고 그녀는 말했다.

"그래서 어떻게 됐어?"

"무슨 공부를 하고 있었던 거야?"

"걔 혼자 있었어? 아니면 누구랑 같이 있었어?"

나는 꼬치꼬치 캐물었고 친구는 꼬박꼬박 대답했다. 원래 감성이 풍부하고 마음이 여린 그녀는 그 꼬마를 보고 있는데 저도 모르게 눈물이 나오려 해서 참느라 애를 먹었다고 덧붙였다. 나는 고개를 끄덕였다. 지하철에서 좌석을 책상 삼아 공부하는, 행색이 남루하고 체구가 왜소한 어느 중국 꼬마의 모습뿐 아니라 아이를 보며 눈물을 참느라 애쓰는 친구의 모습까지도 눈앞에 선명하게 그려졌다.

민박집에 돌아왔을 때 우리는 민달팽이 따위는 이미 까맣게 잊어버리고 있었다. 아마도 눈에 보이지 않았기 때문이리라. 전부터 중국어에 관심이 많았던 친구는 서울에 올라가면 본격적으로 어학 공부를 할 계획이라고 했다. 그녀가 장롱에서 이불을 꺼내며 물었다.

"너 중국어 아는 거 있어?"

"워 아이 니."

"그리고 또?"

"니 츠팔러 마."

"어, 그건 어떻게 알았어?"

그것은 오래전에 내가 처음으로 배운 중국어 문장이었다. 성실하지도 않고 총명하지도 않은 최악의 학생인 나를 앞에 앉혀놓고 일 대 일 중국어 수업을 하려 했던, 그러나 선생 본인도 수업보다는 사실 나와 함께 맛있는 칼국숫집을 찾아다니는 데 더 열심이었던 무국적자 할머니. 친구에게 지하철의 중국 꼬마 이야기를 들었을 때 내가 가장 먼저 떠올린 것은 그 할머니였다. 그리고 그 문장이었다. 니 츠팔러 마? 밥 먹었니?

내가 자취생인 것을 알고는 만나면 늘 밥 안부부터 물어봐주던 할머니는 나중에 대한민국 국적을 얻었다. 그러나 별로 기뻐하지도 않았다. 삶에서 그녀가 잃어버렸고 그래서 간절히 되찾고자 했던 것은 그까짓 국적이 아니었으므로. 그 할머니와 함께했던 시간들에 관해 소설을 써보고 싶다고 민박집 천장을 올려다보며 나는 생각했다. 지금도 생각한다. 언젠가는 그녀의 이야기를 꼭 소설로 써봐야겠다고. 겨우 한 달도 못 가고 폐강되긴 했지만 그래도 엄연히 존재했던 나의 진짜 중국어 수업 이야기를 말이다.

이 소설 「중국어 수업」에 대해서는 딱히 할 말이 없다. 다만 이렇게는 말할 수 있다. 이 이야기는 민달팽이가 있던 남해의 그 민박집에서 왔다고. 그때 함께 있었던 나의 사랑하는 친구에게서 온 것이라고.

픽션, 이 지극히 사소한 기적

조형래

도합 천오백만의 인구가 북적거리는 거대도시 서울과 인천을 연결하는, 하루에만도 수십만 명이 이용한다는 경인선의 객차 내부에서 특정한 시간에 어제의 그 사람들과 반복하여 해후하게 되는 일이 (작가가 대수롭지 않게 쓰고 있는 것과는 달리) 그렇게 범상한 경험이라고 잘라 말할 수 있을까. 하물며 그렇게 낯을 익힌 사람들 가운데 어느 한 노인이 다른 사람, 그것도 중국인 가족에게 접근하여 말을 거는 것으로부터 시작되는 「중국어 수업」의 도입은 그럭저럭 있을 법한 사건이되, 오늘날의 대면 및 사교의 일반적인 형식에 비추어보면 다분히 예외적인 일이라고 할 수 있다. 알다시피 익명성을 내세워 서로를 침해하거나 또는 서로에게 간섭받지 않아도 되는 것이야말로 대도시의 교통수단을 이용하는 일반의 보편적인 덕목이 되었다는 것은 그리 새삼스러운 사실이 아니다. 매 순간 타인과 함께 있을 수밖에 없으면서도 정작 서로에게 관심을 두지 않은 채 오직 자신의 목적지로만 향해도 되는 것은 바로 이러한 조건에서 비롯된다. 보통의 승객들에게 대다수의 서로는 대개 매일 객차 내부에서 마주하는 좌석이나 광고판 이상의 의미를 갖지 못하는 익명의 타인에 지나지 않는다. 그렇지만 오늘날 지배적인 태도가 된 이러한 무심함이 없다면 대도시에서 개인의 프라이버시란 타자로부터의 항상적인 침해와 간섭이라는 위기에 직면하기 십상일 것이다.

그럼에도 불구하고 「중국어 수업」의 노인은 그렇게 하고 있다. 물론 그에게는 중국인 며느리와 용이하게 대화하고 싶다는 선량하고도 절실한 자기만의 이유가 있었다. 뿐만 아니라 우리가 일반적으로 대면할 수 있는 상당수의 노인들처럼 그 역시 어쩌면 공동체적 온정주의의 습속에 구애되지 않을 수 없는 삶을 살아왔을지도 모른다. 하지만 노인이 생면부지의 타인에게 말을 걸 수 있었던 일종의 도약은 무엇보다도 그들이 거의 매일같이 객차 내부에서 조우한다는 우연 아닌 우연으로 인해 가능해진 것일 디이다. 그렇다면 어쩌면 노인과 중국인 가족의 만남은, 그리고 그들 사이에서 이루어지는 '중국어 수업'은 그리 대수롭지 않아 보이지만, 지금 이 시대에 좀처럼 목도하기 어려울 사건이라는 점에서 실로 기적적이라고 해도 지나치지 않다. 뿐만 아니라 그 승객의 일원인 화자 수가 중국어 강사로서의 자신의 사정과 관련하여 후에 노인 그리고 그의 며느리와 그야말로 우연찮게 연결되고 있는 진경(珍景)에 이르면 더욱 그러하다고 할 수 있다. 수 자신 또한 옐로하우스를 배회하고 있던 쓰엉을, 나아가 그가 그토록 절실하게 찾아 헤맸던 연인이 알고 보니 노인의 며느리가 되어 있다는 사실을 우연이든 그렇지 않든 간에 기어코 대면하지 않으면 안 되었다. 그렇다면 「중국어 수업」의 주요한 개인들은 온전히 기연(奇緣)에 의해서 필연적으로 관계될 수밖에 없는 것은 아닌가.

하지만 이러한 종류의 관념에 입각한 세계관이 더이상 유효하지 않다는 사실은 말할 필요도 없다. 그럼에도 불구하고 「중국어 수업」의 개인들은 이를테면 자녀를 엄격하게 훈육하는 중국인 어머니, 그 무엇도 장애로 여기지 않는 저돌적인 사랑을 불태우는 쓰엉, 그리고 그런 그를 위해 눈물 흘리는 여인 멍나, 그리고 며느리의 과거 연인을 마음 깊이 동정하는 예사롭지 않은 혜량(惠諒)을 간직한 노인 등등의 모습을 하고 있다. 이 소설의 개인들은 대개 (한국인과 중국인을 막론하고) 과거 한국인이라면 누구나 지녀야 할 것으로 권장되었던 미덕의 한 표현들과 관계되어 있지 않은가. 어떤 의미에서 「중국어 수업」의 세계는 이와 같은 기연과 도덕적 품성에 기초하고 있다는 점에서 상대적으로 노후한 1호선-경인선의 객차 내부라는 배경처럼 다분히 복고적이다. 인간관계에 있어서 마땅히 회복해야 할 재래의 가치와 관련된 이러한 전형(典型)들이 이 시대의 세태에 비추어 전혀 의미 없는 것이라고는 할 수 없지만, 이것이 더이상 개인들의 언행이 준수하지 않으면 안 될 도덕적 모범으로서의 영향력을 상실한 지 오래라는 사실 또한 부인하기 어렵다. 이것은 오히려 이해(利害)의 대상이 아니라면 서로에 대해 무관심해져버리는 것이 일반적인,

오늘날의 지배적인 인간관계에 대한 진실과는 어디까지나 무관하다.

만리타국에 건너와 어학원에 적을 둔 채 돈벌이에 급급한 중국인들처럼 본래 서울에 거주하며 어학원을 잠시 거쳐가는 장소로 상정하고 있는 수 역시 실상 이곳에서는 이방인이자 나그네일 수밖에 없다. 경인선, 그리고 인천은 이와 같은 중간자들이 조우하는 그럴 법한 장소라고 해도 틀리지 않다. 이 점에서 그들은 근본적으로 같은 처지지만 그렇다고 해서 동질적인 인간으로 영속할 수는 없으며 다만 그렇게 잠시 서로를 알아보고 스쳐 지나갈 뿐이다. 이를테면 '중국어 수업'을 계속해도 노인의 서툰 성조와 권설음을 중국인들은 알아들을 수 없을 것이며 그가 쓰엉에게 전해주려고 했던 패딩점퍼는 결국 전해지지 않을 터이다. 쓰엉이 아무리 지극한 사랑을 간직하고 있다고 해도 이미 다른 남자의 아내가 되어 그의 아이까지 임신한 멍나는 그를 결코 받아들일 수 없다. 수가 강제출국당하는 자신의 학생을 위해 할 수 있는 일은 아무것도 없으며 쓰엉 자신의 열정과 노력이 무망하기 그지없다는 것, 심지어 노인이 쓰엉에게 전해주려고 했던 점퍼가 결국 전해질 수 없다는 사실조차 차마 말하지 못한다. 쓰엉이 수의 독백을 거의 알아듣지 못하는 것처럼 그들의 말 역시 "시푸, 니 츠팔러 마?"처럼 한글로 음차되지 않을 수 없지만 결코 한국어로 환원될 수 없는 기표로 남아 있을 뿐인 것이다. 「중국어 수업」은 그들 각자가 간직하고 있는 선의와 미덕이 이러한 본의 아닌 교차와 서로에 대한 간과로 인해 불가피해지는 방임과 외면에 전적으

해설 | 조형래 픽션, 이 지극히 사소한 기적 221

로 무력할 수밖에 없다는 비정한 진실을 일정 부분 시인하고 있다.

그들이 서로에 대해 할 수 있는 것은 결국 아무것도 없다. 따라서 그들은 객차에서 자주 마주친다고 해도 종국에는 작별을 고하고 서로를 타인으로 남겨둔 채 각자의 길로 향해갈 수밖에 없는 것이다. 실제로 쓰엉이 중국으로 강제송환당한 것처럼 수 자신도 재계약에 실패한다면 서울로 돌아올 수밖에 없지 않겠는가. 다만 이별과 재회의 의미를 동시에 갖고 있는 '짜이찌엔'이라는 말을 쓰엉과 수가 제각기 받아들이는 것처럼 이와 같은 '귀향'은 실상 타인을 타인으로 남겨두려는 모종의 방임을 동반한 채 이루어진다. 그것은 수로서는 어쩔 도리가 없는 것이지만 실로 간단치 않는 가책과 자기 혐오를 동반하고 있다는 점에서 다분히 자의식적인 것이다.

그럼에도 불구하고 다른 한편으로 수의 그와 같은 외면은 쓰엉에 대한 노인의, 그 자체로 윤리적인 것이라고 할 수 있는 선의를 무망한 것으로 만들어버리지 않는다는 점에서 다분히 이중적인 것이다. 쓰엉에게 품었던 그녀 자신의 측은한 마음을 아울러 대변하는 그 점퍼가 그에게 전해지지 못할 것이라는 사실을 노인에게 굳이 말하지 않았던 것은, 어떤 의미에서 그녀가 쓰엉에게 마음속으로만 안녕을 고함으로써 그의 사랑을 결정적으로 좌절시키지 않았던 그녀 자신의 무위(無爲)로서의 선택과 무관하지 않다. 그러므로 어쩌면 쓰엉은 다시 한국에 입국함으로서 그 자신의 사랑을 계속해서 입증해 보일 지도 모른다. 보다 분명한 것은 노인의 선의가 퇴색하지 않는 이상, 그는 전철에서의 중국어 수업을 포기하지 않을 것이며 따라서 며느리 및 화교 가족과의 유대 또한 지속되어 갈 것이라는 사실이다. 이 중국어 수업이 계속되는 한, 노인과 화교 가족, 그리고 수 자신이 내일 아침에도 이 객차에서 재회하게 되는 지극히 사소한 기적은 여전히 현재진행형일 터이다. 쓰엉에게 작별을 고했던 말인 '짜이찌엔'이 다시금 재회에의 기약이 될 수 있는 것은 바로 이 때문이다. 그러므로 그녀는 자신이 돌아가지 않을 수 없을 '서울역'이라는 전광판의 표시 아래에서조차 스스로 "제대로 온 것"이라고 다짐하고 있는 것이다. 수 자신의 타자에 대한 무력한 방임의 태도조차 역설적인 의미에서 그러한 기적의 일부로 수렴되었다는 사실을 그녀 또한 이제는 모르지 않기 때문이다.

말할 것도 없이 타인은 끝내 타인에 지나지 않으며 우리는 서로에 대해 무력할 수밖에 없다는 것이야말로 보편적인 진실에 가깝다. 따라서 무심함은 공중(公衆)에서 타인을 대면하는 지배적인 태도가 되었다. 그러므로 노인이 화교 가족에게 말을 걸었던 것은 그러한 현실적인 조건을 초극한 일종의 예외라고 해도 무방하다. 그러나 이것이 그리 이상해 보이지 않는 것은 일상적으로 빈발할 법한 사건이라서가 아니다. 오히려 작가 김미월을 포함한 우리 자신이 이 시대에 절실히 요청하고 싶어하는 그 무엇, 어떤 환상과 관계되는 예외이기 때문은 아닐까. 그것은 실제로 타인에 대한 무심한 개인들까지 불가피하게 관련되지 않을 수 없을 정도로 강력한 인력을 지니고 있다고도 할 수 있다. 말하자면 이는 우연 아닌 우연이라는 기적에 의해 한 자리에 반복적으로 모이게 된 개인들이 서로를 방임하지 않을 수 없으면서도 완전히 외면하지 못하는 가운데, 스스로 재회를 약속하도록 하는 식의 의지를 표명하도록 하는 또다른 기적에 의해 추인되는 것이라고 해도 무방하다. 말할 것도 없이 여기에서 기적이란 '허구 내지는 작위(fiction)'의 다른 이름이다. 그리고 나는 이것이야말로 작가 김미월이 믿고 있는 픽션의 힘이 아닐까라고 생각한다.

조형래
동국대 국문과 졸업. 동대학원 박사과정 재학중.
2008년 경향신문 신춘문예에 평론이 당선되어 등단.
평론집 『신 없는 세계의 비참』이 있다.

정소현

돌아오다

.
.
.
.
.

정소현

2008년 문화일보 신춘문예에 단편소설 「양장제본서 전기」가 당선되어 등단. 소설집 『너를 닮은 사람』『품위 있는 삶』, 중편소설 『가해자들』이 있다. 김준성문학상, 한국일보문학상, 2012년 젊은작가상을 수상했다.

돌아오다

집 안에 누가 있는 것 같아. 가만 들어봐. 모르겠니? 소파에 기대앉은 할머니는 거실 창으로 들어오는 봄기운에 취한 듯 몽롱한 표정으로 내게 말했다. 누가 있다니요. 아무것도 안 들리는데요. 잘못 들으신 것 같아요. 내 대답에 할머니는 고개를 절레절레 흔들었다. 너같이 둔한 애한테 물어본 게 살못이다.

겨울을 나는 동안 할머니는 하루 한 끼만 먹고 방 안에서 거의 나오지 않아 눈에 띄게 쇠약해졌지만 목소리에는 여전히 날이 서 있다. 할머니가 입은 살구색 카디건은 햇빛을 받지 못해 창백한 얼굴을 더 칙칙하고 혈색 없어 보이게 한다. 사십 킬로그램도 안 되는 할머니는 점점 더 작아져 한 손으로 잡으면 파삭, 하고 바스라질 것 같다. 하얗고 하관이 갸름한 할머니의 얼굴은 환갑이 지나도록 오랫동안 아름다움을 유지했지만, 평생 하던 일을 그만

둔 뒤 그 아름다움은 거짓말처럼 순식간에 사라졌다. 한때는 매력적으로 보였던 뾰로통하게 찌푸린 싸늘한 표정은 미간과 입꼬리에 깊은 주름을 새겨놓았다. 이지적으로 보이게 했던 뾰족한 턱, 높은 코는 얼굴을 온통 뒤덮고 있는 그물 같은 잔주름과 어우러져 할머니를 고약한 마녀처럼 보이게 했다. 전화벨이 울리자 할머니는 잽싸게 수화기를 들더니 아무 말 없이 내려놓았다. 쓸데없는 광고 전화가 이리 많이 온다니. 전화번호는 제대로 얘기한 거야? 전화가 어떻게 한 통도 안 올 수가 있어? 내가 전화를 했어야 했는데, 너를 믿은 내가 잘못이지.

나는 얼마 전 생활정보지에 2층의 방 하나를 내놓았다. 방을 내놓은 날부터 할머니는 전화 앞을 지키고 앉아 있었지만 일주일이 지나도 방을 보러 오겠다는 전화는 오지 않았다. 통장 잔고는 얼마 남지 않았지만 씀씀이가 줄어 그렇게 위태로운 것은 아니었고 딱히 할머니에게 돈이 필요한 것도 아닌데 할머니는 방이 나가지 않으면 곧 굶어 죽을 것 같은 위기라도 느끼는 것 같았다. 나는 이렇게 가난하게 살아본 적이 없다. 내게 할머니는 말했다. 아직 살 만하니까 마음 놓으세요. 우리는 가난하지 않아요.

할머니는 한때 꽤 유명했던 동양자수가였다. 할머니는 병에 걸린 남편을 일찍 여의고 어린 자식 둘을 먹여 살리기 위해 여학교에서 배운 동양자수를 생업으로 삼았다. 병풍이나 한복에 들어가는 자수를 놓았는데, 처음에는 세 식구가 먹고살 수 있는 정도였지만 당시 국회의원의 부인이었던, 대학 동창의 어머니 한복에 놓았던 자수로 인해 부유한 마나님들의 입소문을 타게 되었다.

그때부터 할머니의 작품들이 많이 팔려나가기 시작했고, 그 수입으로 자식들을 유학까지 보냈다. 내가 초등학생이었을 때 할머니는 삼십 년 경력의 동양자수가로 뒤늦게 알려져 여성잡지의 인터뷰를 가끔 했고, 아침 프로그램에도 출현했다. 할머니는 순탄치 않은 삶을 극복한 훌륭한 어머니이자 살림꾼이면서 동시에 직업적으로도 성공한 슈퍼우먼으로 알려졌다. 잡지가 아니었다면 나는 할머니가 어떤 사람인지 알 수가 없었을 것이다. 몇 번 출연하지도 않은 매스컴 덕택에 더 유명해진 할머니의 작품은 좀더 고가에 팔리기 시작했다. 그러나 십 년 전쯤 할머니가 일을 그만두자 살림은 눈에 띄게 궁색해졌다. 일 욕심이 많던 할머니가 일을 그만둘 거라고 생각해본 적이 없었기에 나나 주변 사람들은 당황했다. 집안에 들끓던 고객들은 발을 끊었고, 제자들도 더이상 할머니를 찾지 않았다. 오 년쯤 지나자 내가 중학생 때부터 함께 살며 집안일을 돌봐준 강씨 아줌마도 떠났다. 더이상 월급을 줄 수 있는 형편이 아니었다.

우리 곁에 남은 사람은 아무도 없었다. 남은 건 퇴락한 일본식 2층 목조건물 한 채뿐이었다. 집은 둘이 살기에 지나치게 넓었다. 1층에 방 두 개와 거실, 주방이 있고 2층에는 화장실이 딸린 방이 두 개 있다. 아줌마가 나간 후 나는 할머니에게 집을 팔고 작은 집으로 이사를 가자고 했다. 그러면 집을 관리하는 데 힘도 돈도 덜 들 것이고 우리는 넉넉하게 살 수 있을 것이었다. 할머니는 정색을 하며 펄쩍 뛰었다. 내가 죽어도 집은 팔면 안 된다. 할머니는 내 귀에 못이 박이도록 당부했다. 오 년 전 건축업자들이 재건축을 위해 높은 가격으로 집을 사겠다고 했을 때에도 할머니는 단호하게 거절했다. 이 골목의 집 모두를 매입해 다른 부지들과 합쳐 큰 빌딩을 지으려고 했던 업자의 계획은 할머니 때문에 무산되었다. 애물단지 같은 집을 높은 값에 처분하고 이곳을 뜨고 싶었던 골목의 이웃들이 할머니를 찾아와 설득도 하고 협박도 했지만 할머니는 눈도 깜짝하지 않았다. 결국 주변의 다른 곳은 모두 높은 빌딩이 되었지만 이 골목만 아주 오래전의 모습 그대로 남아 있다. 이 집에 대한 할머니의 자부심과 집착은 대단해 할머니의 인터뷰에서도 집에 대한 이야기는 빠지지 않았다. 이 집은 외할머니의 아버지, 그러니까 나의 외증조할아버지가 장만한 집이다. 그는 은행원이었는데, 아내와 곧 태어날 아이를 위해 일본인들이 주로 사는 고급 주택가에 작은 정원이 딸린 이층집을 구입했다. 외동딸이었던 할머니는 이 집에서 태어나 유치원부터 여학교까지 다니며 부유하게 자랐으나 전쟁 통에 부모를 잃었다. 할머니에게 남은 건 전쟁의 포화 속에서도 부서지지 않은 이 집뿐이었다. 파이고 금이 간 외벽을 시멘트로 메우고 지붕을 새로 얹었다. 다다미를 온돌로 개조하고 빈 창틀에 유리를 끼워넣자 전쟁의 흔적 따위는 남지 않았다. 할머니는 대학에 다니다가 결혼을 해 이 집에서 아이를 낳고 키웠다. 할머니는 지금까지 단 한 번도 이 집을 떠나본 적이 없다. 먼 곳에 있는 가족이 돌아올 자리가 있어야 한다며 자신은 그것을 지키고 있는 거라고 했다. 그러나 정작 떠났던 자식들은 돌아오지 않았다. 할머니가 버는 돈의 상당액이 집을 보수하고 정원을 가꾸는 데 들어갔다. 한 곳을 고치면 다른 한 곳에 문제가 생겨 결국에는 신축하는 만큼의 돈이 들어갔고 외관 말고는 모두 뜯어고친 셈이지만 겉으로 보기엔 옛 모습 그대로 보존되어 있었다. 그러나 할머니가 일을 그만두고 집을 더이상 손질할 수 없게 되자 마치 시간이 이 골목으로만 지나가는 것처럼 집은 더 빠르게 낡아갔다. 동네에서 가장 아름다웠던 이 집은 새로 지은 빌딩의 그늘 속에 납작 엎드린 채 흉물이 되어가고 있었다.

통장의 잔고가 얼마 남지 않게 되자 할머니는 2층의 방 한 칸에 사람을 들이자고 했다. 얼마 되지 않는 방세를 받아 어쩌려는지 알 수는 없었지만 할머니 입에서 한번 나온 이상 막을 수는 없는 노릇이었다. 이런 허름한 집에 누가 들어오고 싶어할지 의문이었다. 할머니는 앉은 채로 꾸벅꾸벅 졸기 시작했다. 여기서 조시지 말고 방에 들어가 주무세요. 할머니는 잠을 자지 않았다고 잡아뗐다. 나는 평생 낮잠 같은 거 자본 적 없는 사람이다. 너나 게으르게 가만 앉아 있지 말고 정원에 물이나 줘라. 꽃들 다 시들겠다. 내 다리가 이래서 못 나가시만 내가 잘 가꾸어야 한다. 그럼요, 잘 하고 있는걸요. 나는 싹싹하게 대답했다.

봄이 되었지만 정원은 여전히 겨울처럼 황폐했다. 대문부터 현관까지 들어오는 길을 빼고는 식물만으로 가득했던 정원은 이제 흙과 말라 죽은 식물, 그 사이를 비집고 제멋대로 돋아나는 잡풀과 잔 꽃으로 덮여 있었다. 나는 몇 년 동안 정원에 물을 준적도, 청소를 한 적도 없었다. 할머니가 시키면 밖에 나와 잠시 서성대다 들어가곤 했을 뿐이다. 건강하던 시절 할머니는 날마다 한 시간씩 정원을 가꾸곤 했지만 이제 할머니는 정원에 나올 수 없다. 할머니는 쉰도 되기 전에 얻은 관절염 탓을 하며 꼼짝할 수 없다고 말하지만, 사실 눈이 보이지 않기 때문이다. 아줌마가 집을 나갈 때 할머니의 눈에 녹내장이 와 잘 못 보는 것 같다고 귀띔을 해주었다. 할머니가 갑자기 일을 그만둔 것은 그 때문이었다. 평생을 하루에 열 시간 이상 작업실에 앉아 손끝만 보며 살았으니 그럴 만도 했다. 처음에는 음영과 윤곽 정도는 분간하는 것 같았으나 이제는 내가 소리를 내지 않고 조심스럽게 다가가면 눈치채지 못할 정도였다. 할머니는 행동이 눈에 띄게 굼떠지셨고 집 밖을 나갈 수 없을 지경이 되었는데도 눈이 보이지 않는다는 사실을 내게 숨겼다. 남에게 약점을 드러내고 싶어하지 않는 사람이었기에 나도 굳이 알은체하지 않았다. 나는 마당의 벤치에 앉았다. 온종일 햇빛을 받아 반짝이곤 했던 집과 정원은 이제 고층 빌딩의 그림자에 덮여 있었다. 이제는 아무리 부지런을 떤다 해도 예전처럼 아름다운 정원을 가질 수는 없을 것이다.

2층 내 방 창가에 여자가 서 있다. 나는 집에 다른 누군가가 있는 것이 익숙지 않아 순간 흠칫 놀랐다. 그녀는 불룩 나온 배를 손으로 쓸며 정원을 바라보고 있다. 그녀는 며칠 전 우리 집 대문 앞에 기대앉아 식은땀을 흘리고 있었다. 봄이지만 아직 바람이 찬데 얇은 원피스에 청재킷만 걸쳐 입고 오들오들 떨고 있는 그녀를 그냥 둘 수가 없었다. 나는 그녀를 집으로 데리고 들어왔다. 할머니는 1층 거실에 앉아 있었지만 그녀를 데리고 올라가는 것을 눈치채지 못했다. 그녀는 아주 어려 보였는데 임신을 해 원피스 앞자락이 들릴 정도로 배가 불룩하게 솟아 있었다. 내 방 침대에 눕히자 그녀는 숨을 가쁘게 몰아쉬며 깊은 잠에 빠졌다. 두꺼운 이불을 꺼내 덮어주었지만 그녀는 계속 몸을 떨었다. 나는 혹시 그녀가 잘못 될까 싶어 모르는 사람을 집에 덥석 들인 것을 후회했다. 그녀에게 가족의 연락처를 묻고 병원에 가자고 했지만 고개를 저어댈 뿐 정신을 차리지 못했다. 나는 그녀가 정신을 차릴 때까지 죽을 끓여 먹이고 물수건을 얹어주었다. 그녀는 이틀이 지나서야 몸을 겨우 일으켰다. 집에 연락을 하라고 하니 괜찮다고 했다. 그녀가 귀찮아졌지만 될 대로 되라는 마음으로 그냥 놔두었다. 이제 완쾌가 된 것 같은데 나갈 생각을 하지 않는다. 나는 차마 나가라는 말은 못했다.

그녀는 쓰러질 듯 비틀거리며 창틀을 잡고 섰다. 나는 걱정이 돼 2층으로 올라갔다. 그녀는 침대에 누웠다. 어지럽냐고 묻자 그녀는 괜찮다고 하더니 무슨 말인가 하려다 입을 다물었다. 그러고는 내가 다시 묻지도 않았는데 입을 열었다. 내가 살던 집에도 이만한 마당이 있었어요. 철마다 색색의 꽃이 피었고, 나무에 모과랑 대추, 감 같은 열매도 달렸어요. 아빠가 직장을 그만두고 마당만 손질했거든요. 원래 아빠는 신문기자였는데, 전쟁터에 갔었나봐요. 나는 알 수 없지만 어쨌든 그것 때문에 정신이 좀 이상해졌던 것 같아요. 아빠는 무능력자로 살다가 화단에 머리를 묻고 자살했어요. 내가 아주 어렸을 때에요. 그 생각을 하면 너무 어지러워요. 그녀가 왜 이런 말을 하는지 알 수가 없었다. 나는 아무 대답도 하지 않고 그녀를 바라보았다. 아니, 그냥, 이 집이

왠지 좋아서요. 그래서 아빠 생각이 났어요. 아빠라는 말은 세상에 존재하지 않는 단어처럼 낯설었다. 나는 부모의 호칭을 불러본 적도 없고 부모에 대한 추억도 전혀 없다. 할머니가 내 가족의 전부였다. 할머니는 내 엄마의 엄마인데 나는 네 살 무렵 이 집에 왔다고 했다. 여기 오기 전의 기억은 아주 파편적으로만 남아 있었다. 나는 차를 자주 탔고, 이리저리 여행을 많이 다녔던 것 같다. 엄마 얼굴을 떠올리려고 하면 이상하게도 숨이 가빠졌다. 엄마에 대해 묻고 싶었지만 할머니가 싫어할 것 같아 묻지 않았다. 하지만 잡지에 실린 할머니의 인터뷰에서 엄마에 대한 정보를 주워모을 수 있었다. 엄마는 미국에서 공부를 하고 그곳에 자리를 잡은 엘리트였다. 엄마는 내가 한국어를 제대로 배우고 한국어로 사고할 수 있도록 할머니에게 나를 맡겼다고 했다. 하지만 내가 이미 다 자라 한국어를 완벽히 구사하고 있는데도 엄마에게서는 한 번도 연락이 오지 않았다. 중학생 시절 할머니에게 물었다. 엄마는 왜 날 안 데리고 가요? 할머니는 엄마가 오래전에 재혼해 새로운 인생을 시작했으니 미련을 버리라고 대답했다. 이상하게도 나는 그 말 한마디에 포박에서 풀려난 사람처럼 홀가분해졌고, 그동안 품어온 미련과 원망이 순식간에 사라지는 것 같았다. 보기만 해도 가슴이 터질 것 같아 외면했던 엄마라는 단어는 병따개, 나무토막, 손잡이같이 아무런 감흥을 불러일으키지 않는 단어로 변질되었다.

할머니는 방을 구하는 전화가 오지 않는 것이 마치 내 탓인 양

나를 못살게 굴었다. 할머니는 작은 목소리로 나를 비난했다. 나는 무능한 것, 칠칠치 못한 것, 나잇값 못 하는 것 등 여러 가지로 표현되었다. 오래전부터 들어왔던 이야기이고 크게 틀린 말도 아니어서 반박할 수도 없었던 그 말들은 옛날처럼 큰 위력을 가지진 못했다. 방을 보러 오겠다는 전화가 온 것은 며칠 뒤였다. 남자 하나가 오후에 찾아오겠다고 하자 할머니는 아침부터 들떠 있었다. 할머니는 내게 집 안팎을 제대로 청소하라고 했다. 할머니의 눈이 보였다면 몸이 불편할지언정 절대 나를 시키지 않았을 것이다. 완벽주의자인 할머니는 남을 믿지 못해 뭐든지 자신의 손으로 해야 마음이 놓이는 사람이었다. 주문이 많아 밥 먹을 새 없이 바빠도 하루에 두 시간을 들여 집안일을 했다. 날마다 형광등과 천장의 먼지를 털고 자잘한 도자기와 장식품들을 마른걸레로 닦았다. 나무로 된 거실 벽과 오래된 가구에 왁스를 칠해 반질반질하게 윤을 냈고, 정원의 꽃나무를 손질했다. 집 안은 언제나 먼지 하나 없이 깨끗했다. 집안일을 하는 강씨 아줌마는 자신이 무능하다고 질책받는 것 같은 기분이 든다고 말하곤 했다. 그러나 이제 할머니는 어쩔 수 없이 나의 손을 빌려 원하는 일들을 하게 되었다. 할머니는 그것이 무척 마음에 들지 않을 것이다. 할머니는 초등학생이었던 내게 허술하고 모자란 아이라고 말하곤 했다. 가끔 할머니는 공부를 잘하고 매사에 똑 부러졌던 외삼촌 이야기를 내게 해주곤 했고, 예쁜 엄마를 닮지 못한 못난 내 얼굴을 탓했다. 너는 외가의 좋은 유전자를 물려받지 못한 것 같으니 불쌍하구나. 네 애비 놈이 누군지 모르지만 그놈은 참 한심한 놈일

게다. 할머니는 내게 무언가를 할 수 있다는 생각을 버리라고 했다. 할머니의 말은 바늘처럼 내 가슴을 콕콕 찔렀다. 그래도 나는 할머니에게 사랑받기 위해 무엇이든 잘해내려고 노력했지만 할머니는 나를 좋아해주지 않았다. 혹시 내가 귀찮아져 다른 곳으로 보내지나 않을까 불안해 나는 할머니의 말을 무조건 따랐다.

지금은 내가 할머니와 살고 있는 유일한 가족이므로 할머니는 싫어도 나를 의지하고 믿을 수밖에 없다. 그러나 이제 나는 대답만 고분고분하게 할 뿐 할머니가 원하는 대로 움직여주지는 않았다. 나는 할머니의 방만 청소하고 거실과 주방을 왔다갔다하며 청소하는 시늉만 했다. 그렇게 한 지 몇 년째라 바닥에는 뭉쳐진 먼지와 머리카락이 굴러다니고 있지만 할머니는 물론 짐작조차 못한다. 할머니는 2층 방을 특별히 깨끗이 치워놓으라고 몇 번이나 당부했으나 나는 방문조차 열어보지 않았다.

남자는 오후 세시쯤 찾아왔다. 할머니는 머리를 단장하고 와인색 홈드레스를 꺼내입고 밖으로 나왔다. 묶어올린 하얀 머리카락은 이리저리 삐져나와 있었고, 오래전에 입던 홈드레스는 너무 커서 자루를 씌워놓은 것 같았다. 삼십대 초반으로 보이는 남자는 현관으로 들어서서 집 안을 두리번거렸다. 할머니는 일을 하던 시절 고객을 맞이할 때처럼 우아한 몸짓과 목소리로 인사했다. 차림새와는 어울리지 않아 마치 연극을 하고 있는 것처럼 보였다. 나는 남자를 2층으로 안내했다. 할머니는 내 등에 손을 대고 절뚝거리며 계단을 힘겹게 올랐다. 여자도 내 방에서 나와 우리를 따라왔는데, 할머니는 눈치채지 못하는 것 같았다. 나는 아줌마가 썼던 빈방의 문을 열었다. 아줌마가 떠나고 한동안은 가끔 빈방에 들어와보곤 했는데, 그것도 아주 오래전의 일이라 방은 오랫동안 방치되어 있었다. 커다란 방에 쓸 만한 가구들이 모두 갖춰져 있긴 했지만, 천장 구석에는 거미줄이 쳐 있고 방 귀퉁이 벽지에는 얼룩이 져 있었다. 근처 빌딩의 그림자가 집을 뒤덮고 있어 방은 창으로 해가 잘 들지 않아 눅눅하기까지 했다. 이십 년도 더 된 가구에는 먼지가 켜켜이 쌓여 있었다. 남자는 벌레 씹은 표정으로 방을 둘러보았다. 할머니는 남자에게 상냥하게 말했다. 미국 간 우리 아들이 쓰던 방인데 비어 있어도 하루도 안 빼고 쓸고 닦았어요. 창밖에 멋진 정원도 보이고 햇빛도 잘 들잖아요. 옛날엔 이 집이 동네에서 제일 좋은 집이었다우. 이 가격에 이렇게 괜찮은 집 구하기가 쉽지 않아요. 남자는 어처구니없다는 듯 나를 바라보았다. 남자는 화장실은 열어볼 생각도 하지 않고 말했다. 생각해보고 연락드릴게요. 에이그, 생각이 뭐 필요해요. 아무튼 꼭 연락해요. 원하면 밥도 먹을 수 있어요. 할머니의 얼굴에는 오랜만에 생기가 돌았다. 남자가 돌아간 뒤 할머니는 보지도 못한 그에게 밑도 끝도 없는 호감을 표시했다. 괜찮은 사람 같던데, 들어오면 딱 좋겠다. 그나저나 가만있어봐. 무슨 소리 안 들리니? 아무래도 집에 뭐가 있는 것 같아. 집을 좀 뒤져 봐. 나는 그러겠다고 했다.

여자는 침대에 누워 잠들어 있었다. 할머니가 무슨 소리를 들은 건지 알 수가 없었다. 여자는 내 기척을 느끼고 잠에서 깼다. 아까 보니 방 보러 온 사람인 것 같던데, 저 방을 저한테 한동안 빌려주시면 안 되나요? 여자는 내게 금으로 된 쌍가락지를 내밀었다. 한 달 치 방값 정도는 되겠지요? 돈이 생기면 드릴 테니까 우선 받아주시면 좋겠어요. 낯선 남자보다는 여자가 들어오는 편이 낫긴 하겠지만 임신부라 좀 망설여졌다. 내가 대답하지 않고 망설이자 그녀는 내 손에 반지를 쥐어주었다. 아기 낳기 전에 나갈 거니까 너무 부담스러워하지 마세요. 사실 출산일이 다가와서 엄마랑 살던 집을 찾아왔는데, 동네가 완전히 달라져 못 찾았어요. 집 떠난 지 삼사 년밖에 안 됐는데 그새 이렇게 변할 줄은 몰랐네요. 집을 찾을 때까지만 있게 해주세요. 그녀는 여기가 아니면 갈 데가 없는 사람처럼 간절하게 말했다. 왠지 사연이 있는 사람 같아 말려들고 싶지 않은 기분이 들었다. 여긴 삼 년 전에 거의 재개발됐어요. 남은 데라곤 우리 골목뿐이고 다 빌딩이 됐지요. 아마 어머니 집도 헐려서 이사를 갔을 거예요. 전화번호 없어요? 아니면 주소만 있어도 금방 찾을 수 있을 텐데…… 여기 있을 게 아니라 엄마를 빨리 찾아봐야죠. 전화는 해봤는데, 없는 번호래요. 내가 옛집의 주소를 묻자, 그녀는 임신 초기에 화재를 당한 적이 있었는데 그때 마신 유해가스 때문인지 아니면 임신 때문인지 사소한 것들이 잘 기억나지 않는다고 했다. 풀이 죽은 그녀의 부탁을 차마 거절할 수가 없었다. 그래요, 엄마를 찾을 때까지 이곳에 있어요. 그런데 1층에 할머니가 있거든요. 할머니가 눈치채지 않게 주의해줘요. 할머니 눈이 안 보이니까 조금만 조심하면 돼요. 잔소리가 심해 귀찮아서 그래요. 나는 할머니에게 그녀의 존재를 숨길 생각이었다. 그녀에게서 받은 쌍가락지 때문

238

이기도 했지만, 할머니 앞에서는 가급적이면 무엇이든 숨기는 편이 나았다. 그녀의 이름은 윤옥이며 스무 살밖에 되지 않았고, 출산예정일은 두 달 정도 남아 있었다. 나는 그녀가 아이를 낳기 전에 엄마를 찾아갔으면 했다. 우리는 옆방을 청소했다. 거미줄을 걷고, 가구와 창틀에 쌓인 먼지를 털어냈다. 내가 어렸을 때 살았던 곳이랑 비슷해요. 이 집보단 낡았지만 말이에요. 그녀는 기분이 좋은지 재잘거렸다. 이 동네에 비슷한 집이 많았으니까 그렇기도 하겠네요. 나는 깨끗한 침대 시트와 이불을 가져다주었다. 너무너무 좋아요. 고마워요, 언니. 그녀는 포근한 새 이불에 몸을 부비며 아이처럼 좋아했다. 나는 그 호칭이 마음에 들어 마음속으로, 언니, 언니, 하고 여러 번 되뇌었다.

나는 생활정보지 회사에 전화를 걸어 광고를 취소했다. 방을 보고 간 남자는 다시 연락하지 않았다. 할머니는 그런 사소한 일에 마음을 다쳐 앓아누웠다. 요즘 것들은 아파트만 좋아하지, 옛날 집 좋은 걸 몰라서 그래. 이렇게 싸게 내놨는데. 이해가 안 가. 할머니는 이해가 가지 않는 것이 아니라 자존심이 상해 분한 것이다. 아무리 기다려도 전화가 더이상 오지 않자 할머니는 방이 나가지 않을 거라고 체념하는 것 같았다. 이젠 방법이 없다. 네가 좀 벌어야지 않겠니? 할머니는 우리가 이렇게 가난하게 된 것은 밥만 축내고 사람 구실 못 하는 내 탓이라고 했다. 할머니는 제풀에 분을 이기지 못하고 내게 계속 악담을 퍼부었다. 엄마도 돌보지 않은 너를 키운 것에 대한 보답이 고작 이거냐고, 너 같은 건

길바닥에 버려져 일찍 죽었어야 했다고, 아니 애초에 뱃속에서 죽었어야 했다고…… 악담의 강도는 점점 세졌지만 나는 할머니의 말을 새겨듣지 않았다. 할머니의 독한 말들은 더이상 내 마음에 상처를 주지 않았다. 할머니에게 사랑받고 인정받고 싶다는 생각을 버렸기 때문이었다. 할머니의 목소리가 멈추고 나서 한마디만 하면 그만이었다. 죄송해요. 할머니 말처럼 나는 너무나 무능해 서른다섯이나 먹고서도 돈을 벌 재간이 없었다. 그러나 그게 전적으로 내 탓은 아니다. 할머니도 알고 있는 사실일 테지만 잊었는지도 모를 일이다.

나는 할머니의 기대에 못 미치는 대학을 다녔지만 졸업과 동시에 외국계 금융사에 취직했다. 할머니로부터 한시라도 빨리 독립하기 위해 열심히 학점관리를 하고 외국어 공부를 한 결과였다. 나는 직장을 몇 년 다니다가 외국으로 발령받아 나갈 계획이었다. 할머니와 함께 있으면 내 자신이 무가치한 인간처럼 느껴졌고 평생 사랑받지 못할 거라는 좌절감만 들었다. 나는 할머니와 같은 땅에서 살고 싶지 않았다. 할머니는 내가 취직했다고 하자 단번에 직장에 다니지 말라고 했다. 다녀봤자 큰돈도 못 벌고 승진도 못 할 테니 힘 빼지 말라는 거였다. 할머니는 나 스스로 무언가를 해낸 것이 못마땅한 것 같았다. 출근을 못 하게 막아서는가 하면, 직장에서 일을 할 수 없을 정도로 전화를 해댔고 언제 오느냐, 누굴 만나느냐고 캐물었다. 야근을 하고 돌아오면 어떤 놈을 만나러 다니느냐며 네 멋대로 살려면 그동안 키우고 가르친 돈을 다 갚고 나가라고 소리쳤다. 나는 곧 나갈 생각이었다며 집을 나갔는데, 다음날 출근하자마자 강씨 아줌마로부터 다급한 전화를 받았다. 할머니가 수를 놓다가 쪽가위로 손목을 여러 번 찔러 병원으로 실려갔다는 것이었다. 할머니에게서 떠나고는 싶었지만 할머니가 죽기를 바라지는 않았다. 어쨌건 할머니는 내 유일한 가족이었으니까. 나는 그런 모순적인 감정들과 내 환경이 지긋지긋해져 직장을 그만두었다. 그러자 할머니는 아무 일 없었던 것처럼 조용한 자신의 일상으로 돌아갔다.

할머니의 그런 반응은 처음이 아니었다. 내가 다른 도시의 대학에 전액 장학금을 받는 조건으로 진학하려고 했을 때나 외국에 교환학생으로 나가게 되었을 때에도 할머니는 똑같은 행동을 했다. 나는 모든 것을 포기하고 할머니의 뜻대로 집에 눌러앉았다. 할머니는 일하지 않고 집에만 있는 나를 보며 만족해하는 것 같았다. 사람은 자기 능력에 맞게 살아야 안 그러면 화를 입게 된다. 너처럼 밖으로 돌려고 하다가는 흉한 꼴을 당하게 돼. 할머니는 내가 딱 방 한 칸만큼의 능력밖에 없는 인간이라는 것을 늘 깨우쳐주었다. 할머니가 사랑하는 자식들은 자유롭게 어디든 가게 했고, 그들이 돌아오지 않아도 크게 신경쓰지 않으면서 왜 나는 놓아주지 않으려 하는지 이해가 가지 않았다. 할머니는 사람들에게 내가 취직을 하지 못해 아직 자신의 그늘에 살고 있다며 나를 평생 돌봐야 할 것 같다고 하며 웃었다. 내가 마음을 강하게 먹었더라면 나는 오래전에 할머니에게서 독립했을 것이다. 아니 그 전에 할머니에게서 사랑받고자 노력하지도 않았을 것이다. 그건 모두 이십대에 일어났던 일이므로 후회해도 이미 소용

없는 일이지만.

윤옥은 부엌에 앉아 고개를 푹 숙인 채 밥을 먹고 있었다. 밥알을 입에 가득 문 채 소리를 삼키며 눈물을 뚝뚝 흘리고 있었다. 왜 우는지 알 수 없었지만 스무 살 여자라 그럴 수도 있을 것 같아 아무 말 하지 않고 지켜보았다. 그녀는 2층으로 올라가더니 훌쩍거리며 울었다. 내가 그녀를 살며시 안아주자 그녀의 울음은 더 커졌다. 혹시 할머니가 그녀의 울음소리를 듣게 될까봐 그녀의 얼굴을 내 어깨에 묻었다. 그녀의 커다랗고 단단한 배가 내 배에 와 닿았다. 그녀의 울음 때문인지 태동 때문인지 내 몸도 들썩였다. 그녀는 잠시 후 울음을 그쳤다. 많이 힘드니? 왜 울었어? 그녀는 한참 뜸을 들이더니 대답했다. 할머니가 언니한테 하는 얘기를 들으니까 눈물이 났어요. 나는 기분이 썩 좋지 않았다. 어려서 그런 건지 남의 사생활에 대한 예의가 없는 것 같았다. 별 소리도 아닌데 울 것까진 없잖아. 임신한 뒤론 쉽게 눈물이 나요. 미안해요, 언니. 내가 미안해할 것까지는 없다고 하자 그녀는 말했다. 우리 엄마도 나한테 별소리 다 했어요. 나는 날마다 죽고 싶었어요. 스무 살밖에 안 된 어린 여자에게 무슨 말하고 싶은 사연이 그렇게 많은 건지 알 수 없었다. 그녀는 이야기를 계속 하다가 내 눈치를 살폈다. 계속 얘기해. 듣고 있어. 나는 잡지 읽는 셈 치고 가볍게 이야기를 들을 생각이었다. 아무 일도 일어나지 않는 지루한 일상에 이런 일은 흔치 않았다.

나한테 오빠가 있었어요. 오빠는 나랑은 달라서 모범생에 공부를 참 잘했어요. 엄마는 엄청 깐깐한 사람인데 자기를 닮은 오빠를 정말 자랑스러워했어요. 나도 오빠가 좋았어요. 오빠 덕택에 나를 별로 신경쓰지 않았거든요. 오빠는 국비로 유학까지 갔는데 거기 기숙사에서 의문사했어요. 식구들이 다 그렇게 되니까 엄마는 좀 비뚤어졌어요. 나한테 모든 기대를 걸고 오빠처럼 되길 바랐어요. 하지만 난 엄마나 오빠랑 달랐어요. 아빠 딸이었으니까요.

나는 엉뚱하게도 그녀에게 그런 식구들이나마 있었다는 것이 부러웠다. 지금은 없지만 한때 그녀 곁에 존재했던 사람들. 가족의 비극에 대해 말하는 마당에 이런 생각을 하는 내 자신이 참 유아적이라고 생각했다.

엄마는 아빠가 약해빠져서 돌아가셨다고, 절대 닮지 말아야 한다고 했지만 난 약한 마음까지 아빠를 닮았어요. 가족을 잃는다는 건, 정말 끔찍한 일이었어요. 함께 밥 먹고 웃던 사람들이 모두 사라졌는데 어떻게 아무 일 없는 사람처럼 살아갈 수 있겠어요. 하지만 엄마는 그런 마음을 인정하지 않았어요. 우리에게 아무 일 없었던 것처럼, 애초에 우리 둘밖에 없었던 것처럼 행동하는 거예요. 엄마는 무리해서 나를 입시학원으로, 과외선생 집으로 돌리려고 했지만 난 엄마 말을 안 들었어요. 내가 왜 살아 있는지도 모르는데, 아빠가 어떤 마음으로 죽음을 택했는지도 모르는데, 영어 단어를 외우고 수학 문제를 풀어야 한다니요. 엄마는 심한 욕을 퍼부어댔어요. 네가 죽었어야 하는 건데, 왜 우리가 살아 있는 걸까. 나도 궁금했어요. 그 답을 찾다보면 미칠 것 같았어요. 그렇게 살다간 정말 죽을 것 같아서 고1 때 집을 떠났어요.

하고 싶은 일만 했고, 가고 싶은 곳만 갔고, 만나고 싶은 사람만 만났어요. 집 떠난 걸 후회하진 않아요. 그런데 말이에요, 뭐가 좋다고 엄마를 찾아왔을까요. 내가 불행한 것도 아닌데, 그냥 지금까지 살던 대로 살아가면 되는데 왜 돌아가려고 하는 걸까요. 아, 진짜 모르겠어요. 미쳤나봐요.

나는 두 손으로 그녀의 눈에 남아 있는 눈물을 닦아주었다. 울지 마. 모두 지나간 일이잖아. 스무 살의 그녀는 반짝반짝 빛났다. 나는 오래전 가고 싶었던 길로 떠났다가 잠시 돌아온 또다른 나 자신을 만난 듯한 기분이 들었다. 나는 그녀가 마치 스무 살의 나인 듯 머리를 쓰다듬어주었다. 다시 스무 살이 되어 그녀와 합체되고 싶었다. 그렇다면 지금과 같은 미래를 맞지 않게 될 것 같았다.

윤옥은 집에 한참을 머물렀다. 우리는 아침에 빌딩 사이로 잠깐 해가 비칠 때 창가에 서서 봄 햇살을 쪼였고, 낮이 되면 가까운 공원으로 산책을 나갔다. 시간이 갈수록 그녀의 배는 조금씩 더 불러왔다. 그녀는 허리에 손을 얹은 채로 뒤뚱뒤뚱 걸었고 나는 옆에서 그녀를 살짝 부축해주기도 했다. 길 가는 사람들은 배가 부른 그녀의 걸음걸이가 우스운지 우리 쪽을 자꾸 쳐다보며 부딪히지 않도록 피해주었다. 나는 동네 슈퍼마켓 주인에게 그녀가 내 동생이라고 소개했다. 주인은 믿지 않는 듯 어색한 웃음을 지으며 고개를 끄덕거렸다. 내 말이 거짓말인 것을 알건 모르건 간에 동생이 하나 생긴 것 같아 기뻤다. 우리는 그녀가 고른 메뉴를 점심으로 먹고 낮잠을 잤다. 저녁이 되면 함께 텔레비전을 보며 깔깔거렸다. 나는 그녀의 부어오른 팔다리를 주물러주었고, 그녀는 내 얼굴을 마사지해주었다. 언니 얼굴 나랑 참 많이 닮은 것 같아요. 내 얼굴은 스무 살짜리와는 비교도 안 되게 나이든 얼굴이었지만 우리는 길고 가느다란 눈과 짧은 인중이 많이 닮았다. 저녁이 되면 아기의 태동이 커졌고, 그녀는 공처럼 팽팽한 배에 내 손을 가져다 대주었다. 손바닥에 따스한 체온과 함께 아기의 움직임이 느껴졌다. 우리의 목소리가 커지면 아기는 자기도 한몫하겠다는 듯 크게 움직였다. 우리는 뱃속의 아기에게 노래를 불러주기도 하고, 옛날이야기를 하기도 했다. 아직 아기가 나오려면 한 달도 더 기다려야 하지만 나는 아기가 보고 싶었다. 아기는 널 많이 닮겠지? 나는 그녀의 얼굴을 보며 아기의 얼굴을 상상했다. 그럼 언니하고도 비슷하겠네요. 윤옥이 대답했다. 내가 아기를 볼 수 있을까? 아기를 볼 수 없을지도 모른다고 생각하니 가슴이 찢어지는 것 같았다. 아니 왜 그런 말을 해요? 불길하게. 그녀는 어두운 표정을 지었다. 그녀와 아기를 사랑하게 될수록 나는 그들과 헤어져 다시 볼 수 없게 될까 두려웠다.

내가 사랑했던 사람들은 모두 떠났고 다시 돌아오지 않았다. 내 보모였던 양언니, 나와 오랜 세월 함께 살았던 강씨 아줌마. 이들은 내가 혈육처럼 사랑했던 사람들이었으나 이제는 어디에서 살고 있는지조차 모른다. 양언니는 내가 이 집에 왔을 때부터 돌봐주었는데, 나는 언니의 품에 안겨 잠이 들었고 언니의 손을 잡고 유치원에 다녔다. 언니는 내게 맛있는 음식을 해주었고 함께 책을 읽었으며 초등학교 소풍도 함께 갔다. 나는 화장을 곱게 하고 예쁜 옷을 입은 할머니에게 안기고 싶고 함께 소풍도 가고 싶었지만 할머니는 작업실에서 나오지 않았다. 할머니가 나를 사랑하지 않더라도 언니만 있으면 괜찮다고 생각했다. 그땐 언니가 영원히 나와 함께 살 줄 알았다. 나는 어느 날 할머니가 골라준 옷을 마다하고 언니와 함께 고른 옷을 입고 학교에 갔다. 할머니는 내가 천박한 싸구려 취향을 배우고 있다며 그날로 언니를 하루아침에 해고했다. 나는 언니와 헤어지기 싫다고 애원했지만 할머니의 결정은 달라지지 않았다. 언니는 울며 뒤따라가는 나를 안아주었다. 울지 말고 씩씩하게 지내야 해. 사실 할머니는 너를 사랑해서. 너는 똑똑한 아이니까 뭐든지 잘할 수 있을 거야. 자리 잡으면 꼭 놀러 올게. 그후로 다시는 언니를 볼 수 없었지만 나는 헤어지던 날 언니의 입에서 하얗게 새어나오던 입김의 냄새를 가끔씩 떠올리며 보고 싶은 마음을 달래곤 했다. 그뒤로 몇 명의 보모가 더 왔지만 내가 그녀들에게 정을 붙이고 따르기 시작하면 할머니는 금세 다른 사람을 들이곤 했다. 헤어질 때마다 고통스러웠지만 나는 또 어쩔 수 없이 새로운 사람에게 정을 붙였다. 그렇지 않고서는 살 수 없었다.

할머니가 유일하게 내게서 떼어놓지 않은 사람이 강씨 아줌마였다. 아줌마는 내가 중학교에 입학할 무렵 집에 들어왔다. 그녀는 무심한 성격이었던데다가, 그즈음 나도 무심하게 행동을 하고 할머니 말을 거역하지 않았기에 할머니는 우리가 그다지 가깝지 않다고 생각했던 것이다. 그러나 나는 아줌마의 방에서 밤늦게까지 함께 텔레비전을 보았고 집에 오는 길에 아줌마를 만나 장을 보고 군것질을 하며 수다를 떨었다. 아줌마는 할머니 앞에서 내 편을 들지 않았지만, 아무리 노력해도 할머니에게서 사랑받지 못하는 나를 가엾게 생각했다. 아줌마는 내가 어서 독립해 내 인생을 살기를 바랐다. 내가 할머니 때문에 직장을 그만두고 아무것도 하지 않게 되자 아줌마는 눈물을 흘렸다. 아줌마는 독립을 절대 포기하지 말라고 했다. 아줌마는 나 때문에 할머니를 정말 미워하게 됐는데, 그것만으로도 고마웠다. 아줌마가 집을 떠날 때 몸의 일부가 떨어져나가는 듯한 통증을 느꼈다. 나는 사랑했던 사람이 떠날 때마다 쉽사리 슬퍼지곤 하는 내 칠칠치 못한 마음이 싫어 아줌마를 잡지 않았고 울지도 않았다. 아줌마는 내게 가끔 찾아오겠다고 했지만 나는 마음대로 하세요, 하고 시큰둥하게 대답했다. 그게 괘씸했는지 아줌마는 떠난 뒤 아무 연락이 없었다.

나는 좀 견고한 사람이 되어 아무에게나 정붙이지 않고, 쉽게 상처받지 않기를 원했다. 할머니와 둘이 살게 되면서 치기운 마음을 유지하고 살았기에, 게다가 아무도 만나지 않고 딱히 만나고 싶은 사람도 없었으니 나는 내가 그런 사람이 된 것으로 착각했다. 그러나 내 헤픈 마음은 여전해 윤옥과 아기에게 너무 쉽게 정을 붙이고 말았다. 그러나 이미 흘러가버린 마음을 주워담는 것은 불가능한 일이었다. 나는 그들을 잃고 싶지 않았다.

처음 한동안 윤옥은 발소리도 내지 않고 다녔지만 이제는 달리 신경쓰지 않고 쿵쿵거리며 계단을 오르내렸고 1층에서도 소리 내어 웃었다. 내가 아무도 없다고 말하면 할머니는 믿을 수밖에 없었기에 나도 무슨 소리가 새어나가건 말건 신경쓰지 않았다. 할머니는 몸도 기분도 좋지 않다며 계속 방안에 누워 밖으로 나오지 않았다. 관절염도 심해져 화장실만 겨우 다닐 정도로 거동이 불편해졌다. 가끔 윤옥이 할머니에게 밥을 가져다주었고, 방 청소를 하기도 했다. 할머니는 자기 방에 있는 사람이 누구인지 알지 못했고 내가 아닌 다른 사람일 거라고 의심하지도 않았다. 할머니는 윤옥에게도 집에 뭐가 들어온 게 분명하다고 중얼거렸다. 아무도, 아무것도 없다니까요. 할머니가 자꾸만 그래서 제가 뒤져봤어요. 집에는 할머니랑 나뿐인데 왜 이상한 말씀을 하고 그러세요. 헛것을 보시는 거예요? 할머니 연세가 많으셔서 그런 거니까 자꾸 신경쓰지 마세요. 나는 할머니를 안심시켰다. 그래 아무래도 헛것을 봤나보다. 나도 이제 다 된 거야. 할머니는 내게 눈이 보이지 않는다는 말을 끝까지 하지 않을 작정인 모양이었다. 할머니가 알 수 있는 것은 진실이 아니라 내가 말하는 것들뿐이었다. 내가 잘못을 저지르고 있다는 생각은 들지 않았다. 할머니는 내게서 얻고 싶은 것을 이미 얻었지만 아직 그 값을 치르지는 않았기 때문이다.

어린 시절에 할머니가 내게 왜 가혹하게 구는 건지 이해할 수 없었지만, 서른이 되고서야 어렴풋이 짐작할 수 있었다. 할머니는 내가 꺾이고 좌절해 자신만을 의지하길 바랐던 것이다. 그래야 자기 옆에 붙어 있을 수밖에 없을 것이고, 또 그래야 할머니 자신도 외롭지 않을 수 있으니 말이다. 말하자면 나는 할머니의 외로움을 위한 보험 같은 거였다. 할머니가 나를 사랑해서가 아니라 외삼촌이나 엄마는 할머니가 이용하기에 너무 멀리 있는데다 아까운 사람들이었을 테고, 할머니만 의지하고 사는 무능한 내가 적격이었을 것이다. 나는 보험 주제에 외롭지 않으려 되지도 않는 노력을 했으니 괴로울 수밖에 없었다. 서른 살을 넘기면서 나는 떠나야겠다는 생각을 완전히 버렸다. 생각해보니 나는 집을 떠나는 것 외에 어떤 꿈도 희망도 없는 사람이었다. 나는 기꺼이 할머니의 보험이 되어주기로 했다. 나를 키워준 것에 대한 보답 정도로 생각하면 될 것 같았다. 나는 시력을 잃은 할머니가 더이상 두렵지 않았다. 어차피 시간은 나보다 할머니를 먼저 쓰러뜨릴 것이고, 나는 그 과정을 옆에서 묵묵히 지켜볼 작정이었다. 나도 나이가 들었고 하고 싶거나 해야 하는 일 같은 건 없어진 지 오래됐으므로 시간이 얼마나 걸리든 괜찮았다.

할머니는 누워 있기만 해 점점 기력이 떨어졌다. 할머니의 팔다리는 눈에 띄게 가늘어졌다. 나는 할머니 방에 사기요강을 넣어주었다. 이제 네 죽은 할아버지까지 보이는 게 암만 해도 내가 갈 때가 된 것 같다. 할머니는 내게 자신의 작업실에 남아 있는 작품들을 모두 찾아 가져오라고 했다. 오랫동안 닫아두었던 작업실의 미닫이를 열었다. 난생처음 작업실에 들어가보는 것이었다. 사업이 번창하고 사람들이 드나드는데도 할머니는 밖에 가게를 내지 않고 1층의 방 하나를 작업실로 꾸며 일했다. 할머니는 하루 종일 작업실 안에 앉아 있었다. 문을 닫아놓은 채 좁은 방 안에서 혼자 수를 한 땀 한 땀 놓았다. 가끔 손님이 오면 할머니는 그제야 작업실에서 나왔다. 작업실의 삼면에 놓인 장식장과 선반 위에는 색색의 비단이 잘 접혀 차곡차곡 쌓여 있었고, 서랍 안에는 수실들이 흐트러짐 없이 정돈되어 있었다. 방을 하얗게 덮은 먼지만 한 겹 걷어내면 당장 일을 해도 될 정도로 정돈이 잘되어 있는 방이었다. 나는 장식장 속에서 팔리지 않은 작품을 발견했다. 8폭 병풍 네 개 정도 되는 작품과 자잘한 수가 놓여 있는 생활소품들이었다. 내가 병풍용 자수를 가져다주자 할머니는 작품들을 손가락으로 하나하나 훑어가며 음미하는 것 같았다. 나는 할머니가 그것들로 무엇을 하려는 건지 알 수가 없었지만, 평소에 하지 않던 일을 하는 것이 불길하게 느껴졌다.

할머니는 내게 옛 고객들의 연락처가 적힌 전화번호부를 주고는 전화번호를 하나씩 불러달라고 했다. 나는 동그라미 표시가되어 있는 단골의 전화번호를 하나씩 불렀다. 할머니는 힘없는 목소리로 통화를 했다. 통화하는 데 시간은 얼마 걸리지 않았다. 전화를 하면서 할머니는 여러 번 놀랐고, 눈시울을 붉혔다. 죽고 병든 사람이 왜 이리 많다니? 안 받는 전화도 많고…… 세월이 많이 흐르긴 흘렀구나. 할머니는 눈을 감고 가만히 있었다. 왜 이걸 다 팔려고 하시는 거예요? 내가 묻자 할머니는 잘 들리지 않는 소리로 주절거렸다. 방도 안 나가니 이제 돈 들어올 데도 없고, 너는 이렇게 한심한데 나는 다 죽게 생겼으니…… 나는 짜증이 났지만 목소리를 낮추어 말했다. 할머니 걱정하지 마세요. 할머니가 돌아가시면 집 팔아서 살 거니까요. 할머니가 흥분할 것을 알면서도 말했다. 절대 그러면 안 된다. 내가 죽으면 모과나무 밑에 뿌려줘야 돼. 거기가 네 할아버지 있는 곳이다. 나는 대답하지 않고 다른 고객의 전화번호를 불러주었다. 몇 번을 더 전화를 돌려서야 8폭 병풍 자수를 저렴한 가격에 하나 팔 수 있었다.

나는 다음날 아침 할머니를 마당에서 발견했다. 할머니는 자신이 사랑하는 정원의 모과나무 밑에 눈을 감고 입가에 미소를 띤채 숨어 있었다. 잔머리 하나 없이 곱게 빗어올린 머리에 옅은 화장을 하고, 아까워 걸어만 놓고 입지 않았던 오래된 실크 원피스를 입고. 시력을 잃기 전처럼 아주 정갈한 모습이었다. 그렇게 평온해 보이는 할머니의 얼굴은 지금까지 단 한 번도 본 적이 없었다. 자연사로 판명되었지만 어딘가 석연치 않았다. 할머니가 어떻게 정원까지 걸어나왔는지 의문이었다. 누군가가 밖으로 데려다놓지 않고서는 불가능한 일이었다. 윤옥은 허리가 아파 새벽녘에 잠이 깬 방을 서성이다가 창밖을 내다보았는데, 대문 안으로 남자가 들어왔던 것 같다고 했다. 그런데 왜 그냥 가만히 있었어? 내가 어떤 사람이었는지 자세히 묻자 그녀는 자신이 없는 듯 대답했다. 아니, 아닐지도 몰라요. 외모가 기억 안 나는 걸 보면 꿈인 것 같기도 하고…… 미안해요. 모르겠어요. 나는 그녀가 꿈을 꾸었다고 생각하고 장례를 진행했다. 윤옥은 나와 함께 빈소를 지켜주었다. 나는 외삼촌과 엄마의 연락처를 뒤져봤지만 어디에서도 찾을 수가 없었다. 재건축 때문에 적대 관계가 된 골목의 이웃들과 할머니의 오랜 고객 몇몇 말고는 문상객이 없었다. 주문했던 삼십 인분의 육개장은 거의 그대로 버려지고 말았다. 사망진단서가 나오자마자 할머니를 화장터로 옮겼다. 나는 할머니가 말했던 것처럼 유골을 모과나무 밑에 묻었다.

할머니의 죽음은 내 인생을 크게 변화시키지 않았다. 외로움이 더 깊어지지는 않았다. 엄마가 나를 찾을지 모른다는 부질없는 희망을 완전히 버리지 못해서인지 혼자가 되었다는 실감이 들지 않았다. 하지만 윤옥이 없었더라면 사정은 좀 달랐을지 모르겠다. 나는 그녀와 영원히 헤어지지 않는 가족이 되고 싶었다. 나는 그녀에게 함께 살자고 할 생각이었다. 그녀는 엄마를 찾는다 해도 함께 살지는 않을 거라고 했고 딱히 갈 곳도 없다고 했기에 내 제안을 당연히 받아들일 거라고 생각했다. 나는 그녀와 아기를 위해 출산준비용품을 사고 방을 꾸며줄 생각이었다. 그것은 나를 위한 선물이기도 했다. 그녀가 아기를 낳으면 방바닥을 따뜻하게 덥히고 가장 따뜻한 곳에 이불을 펴줄 것이다. 그녀와 함께 아기를 키우고 아기가 목을 가누고, 뒤집고, 서고 걷는 것을 모두 사진으로 남겨줄 생각이었다.

나는 할머니의 남은 작품들과 생활소품, 비단과 수실들을 모두 인터넷 경매 사이트에 등록했다. 물건들은 잘 팔려나갔다. 집에는 택배기사가 자주 드나들었다. 윤옥은 낯선 사람의 방문이 싫었는지 택배기사가 오면 밖으로 나오지 않았다. 어느 날 그녀가 말했다. 여기 더 있으면 안 될 것 같아요. 사실 오랫동안 나를 따라다니는 사람이 있어요. 언니도 보셨잖아요. 이 집에 기웃거리는 모자 쓴 사람 말이에요. 택배기사를 두고 하는 말 같았다. 내

가 부른 택배기사였는데, 그 사람이 왜? 그녀는 나를 의심의 눈
초리로 바라보았다. 언니가 부른 사람 맞아요? 나는 고개를 끄덕
거렸다. 그녀는 위층으로 뛰어올라갔다. 나는 그녀가 계단에 걸
려 넘어지기라도 할까 조마조마해 뒤따라 올라갔다. 그녀는 가방
을 쌌다. 왜 그래? 무슨 일인데? 그녀가 왜 그러는지 알 수가 없
어서 답답했다. 언니, 왜 그 사람을 불렀어요? 아는 사람이었어
요? 왜 그랬던 거예요? 그녀는 금세 울 것 같은 얼굴로 나를 다그
쳤다. 물건을 보낼 게 있어서 불렀어. 내가 뭘 잘못한 건지 얘기
해줘. 그녀는 내게 소리쳤다. 언니도 다 알고 있을 거 아니에요.
그 사람한테 돈 받았어요? 나는 어이가 없었다. 그녀는 어찌할
바를 모르며 가방 안에 짐을 아무렇게나 구겨넣었다. 그 사람이
어떤 사람인데 집에 들일 수가 있어요? 그녀를 진정시키려고 했
지만 그녀는 이성을 잃은 것 같았다. 나는 그녀의 어깨를 꼭 붙들
고 말했다. 택배기사는 내가 지정하는 게 아니라 지역마다 담당
이 있어. 사무실로 전화하면 이 지역 담당자가 오게 돼 있는 거
야. 나는 그 사람이 누군지도 몰라. 그러니까 좀 진정하고 얘기를
해봐. 그녀가 진정하는 데 시간이 좀 걸렸다. 그녀는 여전히 나를
경계하는 눈치였다.

　나는 결혼한 적이 없어요. 앞으로도 안 할 거고요. 난 새로운
가족이 필요했고, 나만의 아이를 낳고 싶었어요. 알아요. 어린 나
이에 무책임해 보일 수도 있다는 거요. 나는 아이를 잘 키우고 행
복한 가족을 만들 자신이 있었어요. 그런데 내가 아무리 아이를
행복하게 해주고 싶어도 애 아빠가 있으면 그 사람의 행동까지

내가 통제할 순 없잖아요. 통제할 수 있었다면 우리 엄마도 아빠가 자살하도록 내버려두진 않았겠지요. 아이가 부모 때문에 상처받지 않고 크길 바랐어요. 그래서 나는 아이를 가지려고 아주 많은 남자들과 잤어요. 그러면 아빠가 어떤 사람인지 나조차도 알 수가 없잖아요. 만났던 남자들 중에 그놈이 있었어요. 구립도서관 식당에서 일하면서 알게 된 사람이었는데, 유순해 보여서 신경 안 썼거든요. 그런데 그놈이 계속 집착을 하더니 나를 계속 쫓아다니는 거예요. 내가 임신한 걸 알고 그애가 자신의 핏줄이라고 우기면서 나를 자기 집에 며칠씩 가둬놓았어요. 내가 아무리 도망쳐도 그는 잘 찾아냈어요. 난 아이를 낳고도 계속 그놈을 피해다니느라 한군데서 삼 개월 이상을 살아본 적이 없어요. 그러다가 말이에요, 아, 내가 뭔가 잊고 있었어요. 나한테 딸이 있었어요. 아, 어떻게 그 일을 잊을 수 있지요. 그놈이 우리가 자는 방에 불을 질러서 내 딸이 죽고 나만 살았던 거예요. 아, 내 딸…… 나는 무슨 말인지 알아들을 수가 없어 다시 물었다. 정말 딸이 죽었어? 아니 모르겠어요. 있었던 일인지 일어날 일인지…… 왜 이렇게 생생한지 미칠 것 같아요. 그녀는 두려움과 슬픔 때문에 눈물을 흘렸다. 그 택배기사는 예전부터 이 동네에서 일해온 사람이야. 그 사람이 아닐 거야. 그녀를 안심시키려 했지만 아무 소용이 없는 것 같았다. 나는 아기가 걱정되어 그녀의 배에 손을 살며시 대보았다. 그녀의 배는 단단하게 뭉쳐 있었고 태동이 아주 작게 느껴졌다.

그녀는 2층 방에 틀어박혀서 밖으로 나오지 않았다. 창 앞에 붙어서서 밖을 자주 내다보며 누가 오는지 살피는 것 같았다. 그녀는 자꾸 알지도 못하는 기억이 떠오르고 자신이 많은 것을 착각하고 있는 것 같다며 혼란스러워했다. 나에게는 더 팔 물건이 남아 있었지만 택배기사를 부르지 않았다. 나는 그동안 물건을 판 돈으로 아기의 옷과 이불, 딸랑이를 샀다. 나는 그것을 그녀에게 건네며 말했다. 나랑 계속 여기서 살자. 갈 데도 없다면서. 서로 의지하고 살자. 아기 키우는 거 많이 도와줄게. 집세는 필요 없어. 나는 그녀가 처음에 준 쌍가락지 중 하나를 돌려주고 나머지는 내 손가락에 끼었다. 그러나 그녀는 내가 생각지도 못했던 대답을 했다. 왜 우리를 붙잡아두려고 하는 거예요? 원하는 게 뭐예요? 남자가 시켰어요? 내가 아무리 아니라고 해도 그녀는 듣지 않았다. 너희랑 가족이 되고 싶어서 그래. 그러면 서로가 외롭지 않을 거야. 내 말을 듣고 그녀는 싸늘하게 말했다. 내 아기만 있으면 안 외로우니까 걱정 마세요. 그녀가 왜 그렇게 차갑게 구는지 알 수 없었다. 나는 새로 생긴 경계 밖으로 내쳐진 기분이었다. 할머니가 내게 아무리 심한 말을 해도 이런 기분이 들지는 않았다. 나는 왠지 울고 싶어져 정원으로 나가 서성거렸다. 윤옥이 2층 창가에 서서 정원을 계속 내려다보고 있었다. 나를 경계하는 듯한 기분이 들었다.

밤사이 윤옥이 사라졌다. 그녀는 집 안 어디에도 없었다. 그녀가 가지고 들어왔던 가방은 그대로였고 현관의 신발도 그대로 있었다. 어쩌면 자기 엄마를 찾아갔을지도 모른다는 생각이 들어

며칠 동안 그녀를 기다렸지만 나타나지 않았다. 그녀에게 무슨 일이 생겼는지도 모른다는 생각이 들어 실종신고를 하려고 보니, 내가 그녀에 대해 알고 있는 것은 이름과 그녀의 가족사뿐이었다. 나는 그녀의 가방에 든 물건들을 꺼냈다. 그녀가 입고 나간 줄 알았던 원피스와 청재킷이 그 속에 들어 있었다. 가방 안에는 세면도구와 수첩만한 사진첩, '김아기'라고 쓰인 낡은 아기수첩이 들어 있었는데, 두 개 모두 불에 그을린 듯 표지 비닐이 녹아 엉겨 있었다. 사진첩에는 배꼽도 떨어지지 않은 한 아이의 사진이 들어 있었다. 한 장 한 장 넘길 때마다 아기는 살이 통통하게 오르고 눈도 또랑또랑해졌다. 아기가 엉거주춤 서서 만세를 부르고 있다. 그녀가 말했던 죽은 딸아이였다. 계속 앨범을 넘겼다. 아기는 치마를 입고 머리를 길러 예쁘게 묶었다. 아기는 행복한 얼굴로 웃고 있다. 사진첩을 뒤로 넘길 때마다 가슴이 미어지는 것 같았다. 사진 속 아기의 얼굴은 점점 낯익은 얼굴이 되어가고 있었다. 마지막 장의 사진을 보기 전에 이미 나는 알고 있었다. 그 아기는 나였다. 내가 할머니에게 왔을 무렵 찍은 사진과 같은 얼굴이었다. 아기수첩을 펼쳤다. 거기에는 열 달 동안 윤옥이 받은 진료가 기록되어 있었고, 아기의 출생일, 예방 접종 내역이 적혀 있었다. 아기의 출생일은 1975년 5월 3일, 내 생일과 같았다. 나는 무섭고도 슬펐다. 내 기억인지, 아니면 그녀에게 이야기를 들어서인지 엄마와 버스를 타고 이 방 저 방으로 떠돌던 추억과 불길 밖으로 나를 내보내려 안간힘을 쓰던 엄마의 손이 떠올랐다. 이렇게 빨리 떠날 줄 알았다면 사진이라도 찍어둘걸, 하는 생각이 들었다. 그래도 내 손에는 윤옥이 준 금반지 하나가 남아 있었다. 윤옥의 얼굴을 기억해보려 했지만 자꾸만 할머니의 얼굴과 내 얼굴이 겹쳐 바로 어제 보았던 얼굴인데도 아주 아련한 옛사람처럼 희미하게 떠올랐다. 이미 이 세상 사람이 아니긴 하지만, 할머니 말 속의 냉정한 엄마가 아닌 윤옥이 내 엄마라 다행이었다. 젊은 나이에 사랑했던 딸을 두고 가야 했던 엄마가 가여워 견딜 수가 없었다. 마치 엄마가 지금 운명하기라도 한 것처럼 나는 울었다.

내 곁에는 아무도 남지 않았다. 이제야 완전한 외톨이로 세상에 내동댕이쳐진 기분이다. 그러나 그다지 두렵거나 불안하지 않다. 내게는 할머니가 남겨준 오래된 집이 있다. 이제 세상에는 내가 사랑하는 사람도 나를 사랑하는 사람도 없지만, 그래도 내가 있을 곳이 있다는 사실이 큰 위안이자 힘이 된다. 집은 내가 세상에서 떨어져나가지 않도록 붙잡아준 구심점 같은 것이었다. 나는 할머니가 어느 밤 돌아온 가족들과 함께 먼 길을 떠난 그날까지 어떤 마음으로 집을 지켰는지, 수를 놓으며 무엇을 견뎌왔는지 어렴풋이 알 것 같다. 나도 이 집과 함께 늙어갈 것이다. 한없이 삐걱거리다가 언젠가는 부서질 것이다. 살다보면 어쩌면 할머니도 돌아오고, 엄마도 돌아오고, 내가 만나지 못한 외삼촌과 외할아버지도 돌아올 것이다. 떠난 사람들은 언제고 돌아올 것이다. 나는 집을 지키며 언제 돌아올지도 모르는 그들을 기다릴 것이다.

'그것'을 마주하기

   임신 사 개월의 어느 새벽, 하혈을 했다. 소량의 선홍색 핏방울. 불길했다.

   그 전해 늦겨울 내게 잠시 왔다가 나를 홀로 남겨두고 간 아주 작은 생명을 기억했다. 이상하게도 그 당시에 느꼈던 슬픔과 상실감보다 더 커다란 감정이 밀려왔다. 그 감정은 고독, 외로움, 쓸쓸함, 이런 단어로 충분히 설명되지 않는 것이었지만 낯설지 않았다. 바로 '그것'이었다.

   '그것'이 처음 찾아온 건 아주 오래전이다. 어린 시절 이사가던 날 짐이 모두 빠진 빈 방에 우두커니 서서 내가 잠들기 전 벽지에 조그맣게 그리곤 했던 그림을 보았다. 그림 그리던 쓸쓸하고도 행복했던 밤의 흔적을 그 자리에 두고 오려니 쓸쓸했다. 그때 '그것'이 찾아왔다. 그때는 아주 작은 핵에 불과했지만, 내가

258

'그것'을 알아채고부터는 아주 사소한 일에도 나타나 몸을 키웠다. 늦여름 폐장된 야외 수영장의 텅 빈 더러운 바닥을 보았을 때, 식당이 된 옛 친구 집의 활짝 열린 대문을 보았을 때, '그것'은 영락없이 나타났다.

출혈이 시작된 뒤, 한 달 동안을 침대에 누운 채로 지냈다. 너는 거기 있니? 뱃속에서는 아무 기미도 없었고 가끔씩 콕콕 아프기만 했다. 불길했다. 산모수첩을 꺼내 볼 때, 벌써 팔다리가 다 생긴 아기의 초음파 사진을 볼 때 '그것'은 다시 제 몸을 키우기 시작했다. 건강했던 시점으로 돌아가는 것이 불가능할지 모른다는 생각을 떨치려 할수록 '그것'은 내 의식보다 점점 커졌다. 너무나도 무력했다. 밤과 낮, 실재와 환상, 현실과 소설의 경계가 자꾸만 흐려졌다.

백일몽 속에서 끝없이 이어진 길을 걸었다. 그 길들은 오래전 없어진 길이거나 애초에 존재하지 않았지만 익숙한 길이다. 그곳에서 헤어진 사람들을 만났다. 이미 죽은 사람과 오래전 떠난 사람, 아직 태어나지 않은 사람과 태어나지 못한 사람. 그들은 오래전 그 집에서 나를 기다리고 있었다. 나는 기꺼이 그들의 할머니나 엄마, 아기 또는 친구가 되어 우리가 함께 있던 시간을 반복했다. 행복하거나 불행하거나 이도 저도 아닌 시간을 반복할수록 나는 이미 그들을 잃었으며 그 집으로 다시 돌아갈 수 없음을 실감했다. 나는 그곳에 '그것'을 두고 도망치고 싶었다. 나는 사람들과 '그것'을 나누기를 바랐지만 '그것'은 공유되지 않는 것이며 여럿이 나눌수록 그 수만큼 증식될 뿐 사그라들지 않았다. 나는 '그것'이 끝없이 증식되는 그 집의 내력을 기록할 수 있을 뿐이었다.

출혈이 멈추었고 소설을 완성했다. 얼마 지나지 않아 태동도 시작됐다. 육 개월 뒤 아주 건강한 딸이 태어났다.

딸에게 젖을 먹이다가, 기저귀를 갈아 채우다가, 잠깐씩 '그것'에 홀려 백일몽에 빠져들어간다. 나는 자꾸만 그곳으로 돌아가 태어나지 못한 아이의 딸이 된다. 내 딸이 작고 하얀 손으로 내 옷자락을 잡아당기며 맑게 웃는다. 그 순간, 내가 기억하고 있는 것들은 대부분 잃어버린 것들이며 두 번 다시 만날 수 없음을 깨닫는다. 그리고 내가 있어야 할 곳은 지금, 여기라는 것을 상기하자 '그것'은 몸을 움츠린다.

그렇다 해도 '그것'은 완전히 사라지지 않을 것이다. '그것'은 기억의 구석구석에서 싹터 시간을 자양분으로 다시 거대해질 것이다. '그것'이 무엇인지 말할 수 없고, 크기를 계측해볼 수도 없기에 아직 이름붙이지 못했다. 그러나 '그것'을 피하지 않고 담담하게 마주해야 한다는 것만은 알고 있다. 그리고 나도, 그들도, 어떤 것들도 모두 소멸을 향해 질주하고 있다는 사실을 두려워하지 않을 때 '그것'은 위협적이지 않은 존재로 다가오리라 짐작해본다.

위로, 마음을 되짚는 길

김나영

정소현의 「돌아오다」는 현실 속에서 관계맺는 인물간의 감정이 하나의 공간을 창출한다는 현상학의 주장을 소설화한 것처럼 보인다. 이 소설이 말하는 어떤 공간에 대한 다음과 같은 절묘한 요약이 있다: "우리 곁에 남은 사람은 아무도 없었다. 남은 건 퇴락한 일본식 2층 목조건물 한 채뿐이었다." 여기서 '집'은 우리로 통칭되는 인물들('나'와 '할머니')의 관계의 장을 상징적으로 보여준다. 그러므로 이 소설에서 인물들의 감정 역시도 저 장소와 상관해서만 이해할 수 있다. 이 소설에서 집은 단순히 사물들이 존재하는 물리적인 공간이 아니다. '나'에게 이 "집은 둘이 살기에 지나치게 넓"게 느껴지는, 겉과 속이 다른, '빠르게 낡아가'는 "흉물"이다. 그럼에도 불구하고 '할머니'는 이 집에 대단한 "자부심과 집착"을 가지며, "죽어도 집은 팔면 안 된다"고 나에게 당부한다.

그 집에 살고 있는 것은 누구인가. '할머니'는 "꽤 유명했던 동양자수가"였지만 시력을 잃게 되어 일을 그만두고, '나'는 대학 졸업과 동시에 "외국계 금융사에 취직했"으나 집 바깥 생활에 대한 '할머니'의 방해로 인해 직장을 그만둔다. 이들이 무직자라는 점은 이들에게 살아 있는 일이란 곧 집을 지키는 일이 되어버렸다는 사실을 강조한다. 그러나 앞서 언급했듯 이 사실에는 의심쩍은 또다른 사실이 개입해 있다. '나'로 하여금 집 밖의 생활을 포기할 수밖에 없게 하는 할머니의 자해가 그것이다. 집을 벗어나려는 '나'를 계속해서 집으로 돌아오게 하는 할머니의 자해는 집에만 붙박여 있는 '나'를 무능하다고 질책하는 할머니의 악담과 얽혀 하나의 패러독스가 된다. 이 역설을 발생하게 하는 근원은 '나'에 대한 할머니의 집착이 과거의 딸('윤옥')에 대한 통제의 연장으로도 보이는 장면에서 짐작된다. 남편과 아들을 불의의 사고로 잃고 하나 남은 피붙이인 딸에게 모든 기대와 희망을 걸었지만, 그 딸 또한 가출을 하여 아비도 모르는 손녀를 남기고 사고로 죽는다. 그 사실은 할머니에게 잊을 수 없는 충격과 상처로 남았을 것이다. 할머니는 '나'를 집에서 벗어나지 못하게 하거나, 집에만 있는 나의 무능을 탓하는 것으로써 과거의 기억이 주는 고통에 대한 보상을 손수 받으려는 듯 보이는데, 이 어긋난 이해관계가 곧 살아 있는 일과 집을 지키는 일이 등치되는 이율배반적인 상황을 초래하는 것이다. '나'는 그런 할머니의 불가해한 행동을 "나를 사랑해서가 아니라" "외로움을 위한 보험 같은 거"라고 여기기 때문이라 짐작한다. 그리하여 '나'는 "키워준 것에 대한 보답 정도로 "기꺼이 할머니의 보험이 되어주기로" 한다.

　사뭇 대립적인 인물의 공존은 곧장 집이라는 공간에 영향을 미친다. "남에게 약점을 드러내고 싶어하지 않는 사람"인 할머니와, 그렇기에 역시 "굳이 알은체하지 않"는 사람인 나의 성격에서 비롯된 그들의 일상적인 연기(演技)는 정작 그들이 살고 있는 집을 쇠락하게 한다. 즉 "관절염 탓을 하며" 집 안팎의 손질을 맡기면서도 볼 수 없다는 사실을 나에게 숨기는 할머니와, "잘 하고 있는걸요"라고 대답하며 하는 시늉만 하는 나의 태도는 집을 황폐하게 만드는 동시에, "주문이 많아 밥 먹을 새 없이 바빠도 하루에 두 시간을 들여 집안일을 했"던 할머니와 "할머니에게 사랑받기 위해 무엇이든 잘해내려고 노력했"던 '나'의 예전 모습과 대비되며 그들의 감정 또한 더욱 황폐해졌음을 짐작하게 한다.

　이렇게 공간과 감정의 변화가 겹쳐지는 지점에서 이 소설의 제목인 '돌아오다'라는 말에 깃든 비의를 엿볼 수 있다. 돌아온다는 말은 어떤 시간과 공간을, 혹은 어떤 지점을 상정한다. 돌아옴의 행위가 떠남과 같은 이전의 사건을 전제하기 때문이다. 돌아오는 일은 과거에 떠나온 어떤 지점으로 복귀하는 일이다. 그러므로 이 말은 이미, 항상 모순적이며 실패를 기입하고 있다. 어떤 곳으로도 돌아오는 일은 불가능하기 때문이다. 더군다나 이 소설이 염두하고 있는 현상학적 공간이 기하학적인 공간과 대조적으로 주체에게 나타나는 주관적인 공간임을 상기할 때 어떤 공간도 고정불변한 것으로 존재할 수는 없다. 그러므로 '돌아오다'라는 말이 함의하는 공간은 차라리 허구(虛構)에 가깝다. 이것은 기하학적인 공간에서

처럼 아무것도 없다는 의미가 아닌, 그곳을 완벽하게 규정짓는 것이 없다는 의미를 갖는, 잠재성으로서의 공간이다. 이렇게 또한 어떤 곳으로 돌아오는 일은 가능해진다. 그 잠재성의 공간은 예를 들면 벤야민의 만보자가 체험하는 장소와 같은 곳이다. 계속해서 움직이는 공간은 만보자에게 진실로 드러나는 어느 순간 정지된, 하나의 장소가 된다. 그렇게 장소는 단순히 지나가는 곳이 아니라 무엇인가로 나타나는 것이다(여기서 문득 상기되는 것은 소설의 제목이 '돌아가다'가 아닌 '돌아오다'라는 사실이다). 이 소설에서 역시 돌아오는 일은 허황된 공간이 특정 장소가 될 때 가능해진다. 그 공간의 변화는 한 인물의 의지보다는 인물이 겪는 관계 속에서 비의지적으로 일어나고, 이것은 체험과 기억이 하나의 장소에 얽혀들 때 발생하는 특수한 감정이기도 하다. 전쟁의 풍파 속에서도 굳건하게 남아 여러 대에 이르는 가족들이 머물렀던 집은 할머니에게 있어서 일생을 바쳐 지킬 만한 특별한 장소이다. 보수하는 일에 신축하는 만큼의 돈이 들어가도, 재개발을 원하는 이웃의 설득과 협박이 있어도 집을 보존하려는 고집은 그 장소에 깃든 기억에 비례하여 발휘될 뿐이다. 반면 '나'가 집에 어떤 애착도 갖지 못하는 이유는 그 공간에 대한 '나'의 기억이 허황되기 때문이다.

이때 불현듯 '나'의 일상에 등장하는 '윤옥'은 그 공간을 변하게 한다. '나'는 윤옥이 머물 수 있도록 오래도록 방치했던 "빈방"을 청소한다. 그 방에 머무는 동안 윤옥은 '나'에게 가족의 소중함과 같은 애정을 일깨워주는데, 이 관계와 감정의 발생으로 인해 '나'에게 상기된 것은 일종의 위안이다. 곧 '나'는 유일한 가족인 할머니의 죽음을 겪으면서도 윤옥이 곁에 있어서 외롭지 않다고 느낀다. 이것은 후에 윤옥이 엄마로 밝혀지듯 '나'가 오래 잊고 있던 가족으로부터의 위안이다. '나'는 윤옥이 사라지고 빈방에 남겨진 사물들을 통해 그녀가 오래전에 죽은 자신의 엄마였다는 것을 알게 되고 그 순간에 문득, 할머니의 집착을 이해할 것 같다는 뜬금없는 고백을 하기에 이른다. 그 고백이야말로 가족에 대한 애정을 상기하게 한 윤옥의 방문으로 인해 '나' 역시 집을 특별한 장소로 여기게 되었음을 보여준다.

이렇게 돌아오는 일은 집을 둘러싼 인물들, 즉 가족간의 관계로 구현된다. 여기서 집을 지키고 집에 붙잡히고 집으로 돌아오는 그들을 엮어주는 것은 "왜"라는 물음이 상기시키는 어떤 기억이다. 인물들은 서로에게 묻는다. "왜 나는 놓아주지 않으려 하는지" "왜 돌아가려고 하는 걸까요" "왜 우리를 붙잡아두려 하는 거예요?" 실상 이 물음들은 자기에게로 돌아가서 어떤 기억을 떠올리세 하는 자극이 된다. 가령 집에 들이자 "숨을 가쁘게 몰아쉬며" 깊은 잠에 빠진 윤옥을 향한 '나'의 의문은 실상 엄마를 띠올리려고 할 때마다 "이상하게도 숨이 가빠졌"던 '나'를 향한 물음이기도 하다. 이는 끝내 이 물음에 대한 기록인 "아기 수첩"을 통해서 '나'로 하여금 "불길 밖으로 나를 내보내려 안간힘을 쓰던 엄마의 손"을 떠올리게 한다.

그리하여 「돌아오다」는 어떤 기억의 복구에 관한 이야기라고 할 수 있다. '나'의 출생과 성장에 관한 이야기가 할머니에 의해 왜곡된 것이었음이 윤옥을 통해 밝혀질 때, "할머니가 알 수 있는 것은 진실이 아니라 내가 말하는 것들뿐이었다"는 '나'의 말은 '내가 알 수 있는 것은 진실이 아니라 할머니가 말하는 것들뿐이었다'는 상기로서 '나'에게 돌아온다. 돌아온 것들에 의해 복구된 기억은 다음의 고백에서 보듯 어떤 힘을 생성한다. "내 곁에는 아무도 남지 않았다. 이제야 완전한 외톨이로 세상에 내동댕이쳐진 기분이다. 그러나 그다지 두렵거나 불안하지 않다. 내게는 할머니가 남겨준 오래된 집이 있다. 이제 세상에는 내가 사랑하는 사람도 나를 사랑하는 사람도 없지만, 그래도 내가 있을 곳이 있다는 사실이 큰 위안이자 힘이 된다." 우리는 흔히 있음에 위안을, 없음에 외로움을 느낀다. 하지만 '나'는 (아무도) 없는 것에서도 큰 힘을 얻는다. 완전한 외톨이로나마 있을 곳이 있기 때문이다. 이렇게 기억의 구현으로서의 집은 최후의 보루와 같은 가능성의 장소가 된다. 그러므로 "언제 돌아올지도 모르는 그들을 기다릴 것이다"라는 마지막 한마디는 돌아오지 못하는 이들(유령)을 향하는 말이지만, 그들을 무작정 기다리겠다는 다짐으로서 돌아오는 것들(기억)에 대한 말이기도 하다. 「돌아오다」는 이렇듯 공간적으로, 어떤 자리의 비워짐과 채워짐으로, 이 마음을 통한 저 마음의 복구로 모종의 위로를 성취한다.

김나영
고려대 문예창작과 박사과정 수료.
2009년 『문학과사회』 신인상에 평론이 당선되어 등단.

김성중

개그맨

.
.
.
.
.

김성중

2008년 중앙신인문학상에 단편소설 「내 의자를 돌려주세요」가 당선되어 등단. 소설집 『개그맨』『국경시장』『에디 혹은 애슐리』, 중편소설 『이슬라』가 있다. 2011년, 2012년 젊은작가상, 현대문학상을 수상했다.

개그맨

1

내가 사랑하는 남자는 TV 안에 있다. 그는 개그맨이다. 그는 신중하게 공을 때리는 프로 당구선수처럼 말 사이의 타이밍을 노려 공기를 한 곳으로 얼어붙게 만드는 개그를 구사한다. 느린 말투에 느린 움직임, 한순간 던진 말로 주변을 어리둥절하게 만든 후 각자의 연상 끝에 터지는 폭소. 대중이 그의 개그를 좋아하게 되기까지는 오랜 시간이 걸렸다.

나는 무명 시절의 그와 만났다. 양철지붕에서 통통, 빗소리가 울리던 바였다. 좁고 꾀죄죄한 곳이지만 안주는 비쌌던 것으로 기억된다. 개그맨은 떨어지는 빗물을 바라보면서 수첩에 뭔가를 적고 있었다. 교과서를 덮은 후 더이상 시를 읽은 적이 없는 나는 아주 쉽게 그를 시인이라고 생각했다. 그가 적은 건 훗날 CF에도 등장한 유행어였다.

그 시절엔 직장이 따분해 못 견딜 지경이었다. 구인광고를 보고 찾아간 곳에서 사장은 작업실 한 귀퉁이를 가리켰다. 네모난 어항 같은 유리 파티션 안쪽에 전화기가 놓인 책상이 있었다. 사장이 전화를 직접 받으면 고객에게 신뢰를 주기 어렵다는 게 나를 고용한 이유의 전부였고, 전화는 종일 서너 통밖에 걸려오지 않았다. 나는 유리 파티션 속에 앉아 컵 모양의 종이틀에 부어진 머핀 반죽처럼 온갖 공상으로 부풀어올랐다.

월급날에는 또다른 어항을 찾았다. 양철에 유리창을 낸 작은 바에는 화가나 음악가들이 열대어처럼 떠다녔다. 최대한 자연스럽게 섞여 있다는 인상을 주기 위해 애쓰는 나. 전류가 흐르지 않는 꺼진 소켓 같은 나. 벽의 꽃처럼 붙박여 있는 열아홉. 그런데 마침내 손을 내민 사람이 나타난 것이다.

"동물원, 갈래요?"

첫마디가 뭐였는지, 무슨 말을 나눴는지 잘 기억나진 않지만 여하튼 그가 이 여섯 글자를 발음할 때(그리고 사이에 쉼표를 넣었을 때) 벌어진 입모양은 분명히 떠오른다. 그날 난 월급의 상당액을 술값으로 지불했고 벽에서 풀려나왔다. 그의 트레이드마크 같은 유행어를 최초로 들은 사람도 나였다. 나는 나만의 허영심으로 이 기억을 지금껏 간직하고 있다.

동물원은 기묘한 어항이었다. 철장 안에는 다른 종의 포로들이 반쯤은 긍지를 상실하고, 또 반쯤은 여전한 긍지를 간직한 채 앉아 있었다. 영장류관에서 우리는 오랑우탄의 거대한 주름을 바라보았다. 회색 가구처럼 꼼짝 않던 오랑우탄이 갑자기 벽에 머리를 쿵쿵 찧기 시작했다. 깜짝 놀란 내가 유리에서 떨어지자 그가 웃었다. 지금은 유명해진 그 웃음소리.

"무서워요?"

두려워요, 라고 속으로 대답했다. 유리벽이 흔들릴 정도로 이마를 쾅쾅 찧어대는 오랑우탄의 몸부림은 어딘가 경이로운 데가 있었다. 나는 저렇게 온몸을 부딪쳐본 적이 없다. 어느 날 나를 둘러싼 어항이 녹아버리고 늙은 내가 흘러나오는 순간이 닥칠까봐 늘 두려웠다.

개그맨은 알갱이로 된 갈색 설탕을 오도독 씹어먹기를 좋아하고 물고기와 함께 산책하는 일을 좋아했다. 그가 기르는 물고기들은 오래 살지 못했다. 시든 꽃을 버리고 새 꽃을 사는 사람처럼 그는 죽은 물고기를 버리고 새 물고기를 사러 나오곤 했다. 그런 오후에는 반드시 나를 만나러 왔다.

스물일곱의 남자가 물고기가 담긴 비닐봉지를 든 채 나를 기다리던 모습이 선연하다. 투명한 비닐 안에는 물고기가 느긋하게 헤엄치고 있었다. 우리는 걷거나 전철을 탔다. 물고기를 들고 다니는 것은 평범한 데이트에 긴장을 불러일으켰다. 물이 새거나 너무 흔들리면 곤란하므로 자연히 걸음이 느려지는데 그것도 좋았다. 할 말이 떨어지면 말없이 물고기만 바라보았다. 그 유연한 움직임을 들여다보는 일은 묘하게 중독성이 있어 물고기의 종을 물어본 적도 있는데,

"글쎄, 이마트에서 파는데 칠백원인가 그럴 거야."

이렇게만 말하고 그는 귀를 긁적였다. 귓바퀴가 안쪽으로 살짝 접힌 작은 귀. 기린이라면 좀더 쫑긋한 귀가 어울릴 텐데. 그와 닮은 동물을 고르라면 단연 기린이었다. 높이 솟은 목 위로 젊지도 늙지도 않은 얼굴의 기린. 그 큰 몽상가는 긴 목과 다리 때문에 느리게 활강을 하듯 움직일 수밖에 없다. 도대체 민첩해질 수가 없는 것이다. 물고기를 들고 다니는 그도 그랬다.

"너를 사랑하는 것 같아."

어느 날 가장 높은 곳에 돋은 나뭇잎을 갉아먹듯 그가 속삭였다. 나는 홍학처럼 붉어졌다.

스무 살이 되는 여름의 일이다.

서른아홉의 나도 여름을 맞고 있다.

무명 시절이 끝나자 그는 어항을 내게 맡겼다. 나는 깨끗이 닦은 어항을 TV 위에 올려놓고 리모컨을 눌렀다.

브라운관에서 그가 튀어나왔다. 연예인이 스무 명쯤 나와 퀴즈를 맞히는 오락 프로그램이었다. 맨 뒷줄에서 다른 출연자에 반쯤 가려진 그가 보였다. 작은 귀와 꿈벅이는 눈동자를 찾아내자 눈물이 날 것 같았다.

첫 출연에서 그는 한마디도 하지 않다가 벌떡 일어나 카메라 밖으로 사라졌다. 놀란 MC가 얼마 후 돌아온 그에게 무슨 일이냐고 물었다.

"오줌이 마려워서요."

심드렁하게 말한 개그맨은 눈을 또 끔벅거렸다. 다들 오줌줄기처럼 시원하게 웃어댔다.

그는 나무의 아래에서 위까지 이파리를 모조리 먹어치우는 기린처럼 참을성을 가지고 영역을 넓혀나갔다. 자학적이지만 불쾌하지 않은 위트를 묻어놓고 사람들이 웃기를 기다리는 표정이 내 눈엔 똑똑히 보였다. 아무도 웃지 않으면 잠깐 초조한 표정을 짓다가 이내 태평한 얼굴로 돌아갔다. 내게는 그가 TV에 나오는 것보다 왼쪽 턱에 작은 점이 있는 걸 발견한 게 더 놀라웠다. 늘 오른편에서 걸었기 때문에 왼쪽 얼굴을 자세히 본 적이 없던 것이다.

한번은 그가 걸인 행세를 하고 나온 적이 있다. 다 떨어진 옷에 가발을 쓴 그는 쉴 틈 없이 사람들을 몰아치며 웃겼다. 세상이 떠나가라 웃는 사람들을 보고 있자니 후드득 눈물이 났다. 필사적으로 웃음의 그물을 치는 그와 통통한 물고기처럼 와자하게 입을 벌리고 웃는 사람들의 결합은 이상하리만치 감동적이었다. 사소한 수치심 하나까지도 깊숙이 간식하고 살아가는 니로서는 자신을 재료 삼아 대중과 줄다리기를 하는 그가 세상에서 가장 용감해 보였다.

내 연인의 사랑스러움을 그대로 전해주는 TV는 얼마나 신기한지. 가끔씩 나만 알아볼 수 있는 기호들이 잡힐 때, 그러니까 곤란한 순간 미세하게 떨리는 눈썹이라든가 하품을 참을 때 부풀어오르는 인중을 발견할 때 나는 수백만 명의 시청자와는 다른 맥락으로 웃을 수 있었다. 그의 유행어를 흉내내는 사람을 발견하는 일도 신기했다. 어디서나 그를 따라하는 사람들이 눈에 띄었기 때문에 우리가 헤어졌다는 사실도 실감이 나지 않았다.

어느 밤인가 아파트 베란다에서 앞동의 거실을 한참 들여다본 적이 있다. 온 가족이 개그맨이 나오는 방송을 보면서 깔깔거리고 있었다. 순간 저 많은 창문들 안에 TV가 있고 그 안에 내 연인이 들어 있다는 생각을 하자 친구 한 명 없는 도시가 다정하게 느껴졌다.

그가 전성기를 이어가는 동안 나는 여러 마리의 물고기를 길렀다.

사장은 나무를 깎아 간단히 조립할 수 있는 가구들을 팔았는데 반응이 꽤 좋았다. 주문이 몰려들자 두 명의 직원을 더 채용해 일을 나누어주었다. 사장은 언제나 첫번째 커피를 마신 후 나를 호출했다. 함께 일한 지 몇 년이 지나도 내 이름 끝에 꼭꼭 '군'자를 붙여서 부르는 그였다. 첫인상이 소년 같아서, 조그만 작업실에 온종일 함께 있는데 여자라고 생각하면 너무 쑥스러워서 부른 호칭이 굳어진 것이라고 했다. 나무처럼 우직하고 결이 드러나는 사람이었다. 내내 일에만 매달려 있던 그는 야근을 하던 어느 밤 청혼이랄 것도 없는 말을 건넸다. 나는 고개를 떨어뜨리고 결혼이라는 좁은 어항으로 옮겨갔다.

개그맨의 목은 점점 길어져서, 그의 부와 유명세는 끝없이 높아져서, 점점 더 아득하게 느껴졌다. 어떤 경우에도 웃지 않는 캐릭터로 CF도 여러 편 찍었다. 얼굴을 잔뜩 찌푸린 채 프라이드치

274

킨이 담긴 쟁반을 들고 있는 그는 웃기기보다는 난처해 보였다.

그 무렵 우리의 관계는 우정과 흡사한 것으로 뭉툭해졌지만 완전히 끊어지지는 않았다. 그는 일이 년에 한 번쯤 전화를 걸어오는 것으로 나를 잊지 않고 있다는 표식을 남겼다.

"내 어항은 잘 가지고 있지?"

곧 결혼한다고 말하자 개그맨은 이렇게만 대꾸했다. 어항 속에서 물고기가 살랑, 꼬리를 흔들며 방향을 바꿨다.

"난 웃을 수 없어서 웃기는 사람이 된 것뿐이야. 우스운 얘기지?"

수화기 너머로 똑똑 거리는 소리가 들려왔다. 나는 그 소리를 알고 있다. 마땅한 말이 떠오르지 않을 때 갖고 다니는 볼펜의 꼭지를 누르는 소리다.

몇 달 후 세상을 떠들썩하게 한 마약사건이 터졌고, 그는 사건에 연루된 사람 중 가장 유명인사였다. 모자를 눌러쓴 개그맨의 모습이 사회면에 실렸는데 그것이 내가 본 마지막 모습이었다. 물고기가 지나간 물에 아무 흔적이 남지 않는 것처럼 개그맨은 완벽하게 자취를 감췄다.

이듬해 어느 주간지에 그가 자신의 아이를 낳은 여자와 다른 대륙에 건너가 있다는 기사가 실렸다. 별로 신뢰할 수 없는 기사였는데도 그 아이를 상상하는 것을 멈출 수 없었다. 가끔 소리내어 어항 속 물고기에게 그의 안부를 물었지만 좌우로 꼬리를 흔들 뿐이었다.

"그거 알아? 목수의 아내는 다음 생에 나무옹이로 태어난대."

어느 날인가 남편은 나무를 다듬다 말고 이런 말을 꺼냈다. 원목 한가운데 굳은살처럼 툭 튀어나온 옹이가 심술궂게 보였다. 남의 집을 지어주느라 정작 자신의 집은 만날 비우는 도편수를 원망하던 아내가 나무의 옹이로 환생해 목수의 애를 먹인다는 것이다.

"어쩌면 아내의 외로움이 나무에 박힌 옹이 같다는 뜻일 수도 있고."

겸연쩍게 웃는 그의 눈가에 다정한 주름이 잡혔다. 그즈음 출장이 잦아 집을 비우는 일이 많았기 때문에 미안하다는 말 대신 남긴 얘기였다.

남편과 나는 십사 년을 부부로 살았다. 그와 사별했을 때 눈물이 많이 났지만 그건 다른 옹이를 가슴에 지닌 채 충실한 아내 노릇을 했던 내가 가증스러웠기 때문이다. 아침에 일어나면 일상은 똑같은 무늬가 끝없이 이어지는 벽지처럼 정교하게 같은 리듬으로 흐르다가 다음날로 이어지곤 했다. 나는 그런 질서가 좋았다.

결혼생활이 끝난 것은 더이상 유리가 깔린 식탁에 녹즙을 내려놓는 일과 그걸 마셔줄 사람이 사라진 것 외에 내게 아무런 질서가 주어지지 않는다는 것을 의미했다. 그러자 흐르는지 몰랐던 시간이 벽에서 튀어나와 거울을 내밀기 시작했다. 너는 곧 중년이 될 거야. 추억도 지니지 못한 채 노년도 아닌 중년이. 유령처럼 살아가는 일을 멈추고 싶지만 어떻게 해야 할지 알 수 없었다.

어느 일요일 아침, TV 속에서 오랜만에 개그맨의 목소리가 들려왔다. 무명 개그맨이 전성기의 그를 흉내내는 거였다. 목소리는 놀랍도록 비슷하지만 외모는 그다지 닮지 않았다. 특징만 부풀려놓은 캐리커처처럼 어설펐지만 그를 흉내내며 살아가는 사람이 있다는 것이 신기했다. 나는 가짜라도 그가 오랫동안 재생되기를 빌었다.

그때 개그맨의 엽서가 도착했다.

2

기내에서 잠을 자지 못했기 때문에 핏발이 선 내 눈은 몹시 사나워 보였을 것이다. 열두 시간이 넘는 비행을 마치고 새로운 대륙에 내리자 갑자기 쏟아져나온 외국어들이 방언처럼 웅웅거렸다.

마중을 나온 키키는 여자가 아니었다. 그렇다고 남자도 아니다. 샴페인색 머리와 페이즐리 문양의 원피스를 멀리서 볼 때까지도 나는 여자라고만 생각했다. 하지만 각이 진 어깨나 툭 튀어나온 눈썹뼈, 커다랗고 억센 손은 키키가 남자로 태어났던 사람이라는 것을 말해주고 있었다. 그녀는 내 이름이 적힌 작은 손팻말을 들고 있다.

망설임 끝에 인사를 건네자 키키는 환하게 웃었다. 짙은 섀도에 가려져 있던 눈주름이 골을 이루며 일그러졌다. 늙은 여자처럼 보였지만 민첩하고 재빠른 동작에는 젊음이 흐르고 있다. 전체적으로 나이를 가늠할 수 없는 인상이다.

"잘 왔어요. 차는 밖에 세워두었어요."

소형 왜건에 오르자 그녀는 간단한 질문들을 건넨다. 비행이 피곤하지 않았느냐, 여행을 많이 해봤느냐, 이런 뜻인 것 같다. 나는 그녀의 빠른 영어에서 몇 개의 단어를 건진 후 나머지 여백을 멋대로 해석하고 뜸을 들여 짧은 대답을 내놓았다. 내 영어가 시원찮다는 것을 눈치챈 키키는 느리게 말하려 애썼고 가끔 손짓으로 설명하느라 핸들을 놓기도 했다. 우리의 대화는 장황하면서도 정중한 형태를 띠었다.

시내를 달리는 동안 아름다운 책에서 막 빠져나왔을 때의 멍한 만족감이 나를 사로잡았다. 창밖은 어릴 적에 가지고 있던 팝업북 같았다. 책장을 펼칠 때마다 새로운 장치가 튀어나와 어린 나를 놀라게 했던, 아버지가 먼 나라에서 사오신 책이다. 첫 장을 넘기면 원피스를 입은 금발의 앨리스가 등장한다. 갑자기 나무가 일어서고 주머니가 달린 옷을 입은 토끼(주머니에 줄에 달린 회중시계가 들어 있어 직접 꺼내볼 수도 있다)가 지나간다. 심술궂은 여왕과 몸통이 트럼펫으로 된 병사들이 줄지어 행렬을 이루기도 한다. 창밖의 도시는 자꾸자꾸 장면을 바꾸었고 그때마다 모자 장수나 체셔고양이처럼 신기하게 보이는 사람들이 지나갔다. 나는 목이 길어진 앨리스처럼 고개를 빼고 눈을 크게 떴다.

호텔에 도착했을 때 문제가 생겼다. 내가 머물기로 된 방에 다른 누군가가 이미 묵고 있다는 것이다. 여행사에서는 중복예약을 사과하면서 환불을 해주거나 반나절 안에 다른 호텔을 골라주겠다고 제안했다. 상황을 눈치챈 키키는 어깨를 으쓱하고 유일한 해결책은 이것이라는 듯이 단호하게 말했다.

"우리 집으로 오세요. 손님용 침실도 있으니까."

손을 저었지만 '뭐 하러 그래요. 친구들 집을 놔두고.' 이런 대답이 돌아왔다. 정확히 말해 우리는 같은 친구를 둔 사이에 불과했지만 만난 지 두 시간도 안 돼 그녀는 나를 '친구'라고 부르는 것이다. 누군가의 호의를 거절하는 일에 평생 서투른 나는 가방을 번쩍 들고 앞장서는 키키를 힘없이 따라가고 말았다.

아파트는 아무리 봐도 방이 하나밖에 보이지 않았다. 키키는 태연하게 거실 한쪽에 놓인 텐트를 가리키며 이렇게 말했다.

"수면장애가 심해서 텐트를 치기 시작했거든요. 훨씬 아늑해요."

그녀는 삼각형으로 생긴 불면의 도피처를 가리키며 익살스럽게 웃었다.

머무는 내내 키키는 아주 자연스럽게 나를 배려했다. 나는 신경증을 가진 환자나 좀 멍청한 어린애처럼 보살핌을 받고 있었다. 말을 잘 알아듣지 못하고 포크와 나이프를 솜씨 좋게 만져 고기에서 뼈를 발라내지도, 상대의 기분을 제대로 살피지도 못했다. 이런 것이 불편하게 느껴지면 침묵을 지켰다. 침묵은 외부의 한기를 막아주는 두툼한 외투처럼 나를 보호할 것이다.

개그맨의 일터였다는 '버드케이지'는 대로에서 깊게 들어간 골목에 있었다. 키키의 아파트에서 네 블록 떨어진 곳이다. 옥외 철 계단이 달린 건물 뒷면으로 통하는 골목은 대낮에도 어두웠다. 이곳에 오는 동안 다친 다리를 핥는 개들을 보았고 수제품을 파는 흙처럼 까만 이민자들을 보았다. 거리 곳곳에 개그맨의 보이지 않은 사인이 있기라도 한 듯 나는 주의 깊게 이 모든 풍경을 마음에 새겼다.

스프레이로 상호를 휘갈겨쓴 철문은 굳게 잠겨 있었다. 키키가 문을 열고 스위치를 올리자 느릿느릿 환풍기가 돌아가는 소리와 함께 내부가 밝아졌다. 서른 개 정도의 테이블과 구석의 작은 무대가 보였다. 나무로 된 가구는 사람들의 팔꿈치에 닳아 반질반질 윤이 났고 의자 쿠션은 푹 꺼져서 오래된 단골들이 드나드는 곳이라는 느낌을 준다.

"당신이 찾아와주지 않았다면 정말 낙담했을 거예요. 여기 있는 우리 모두는……"

키키는 벽 한쪽을 차지한 괴짜들의 사진을 가리켰다.

"과묵한 조를 무척이나 좋아했어요."

낯선 이름으로 그가 호출된다. 이제부터 내가 스크랩하지 못한 그의 인생이 조금씩 튀어나올 것이다.

"그는 1권이 없는 책 같았지요. 어떻게 살아왔는지는 통 말하지 않더군요."

유리를 통과해 들어온 빛이 키키의 얼굴에 그물 같은 그림자를 만들어냈다. 그녀는 조금 찡그린 상태로 자기 감정에 집중했다. 빛은 유리의 무늬를 따라 흐르다가 고이면서 계속 변하고 있었다. 마침내 키키가 '지금 보겠어요?'라고 묻자 숨통이 트이는 느낌이다.

"여기에 넣어달라고 해서요."

하얀 리넨 위에 커피 깡통이 놓였을 때 무슨 말인지 몰라 멍하니 쳐다보기만 했다. 옆면에는 커피나무와 영문 타이프가 새겨져 있고 크기는 작은 페인트통만했다. 그녀는 그 속에 개그맨의 유골이 들어 있다고, 그의 부탁이었다고 손짓발짓을 동원해 설명해주었다.

어느 날 손님으로 온 그가 무대에 서고 싶다고 했을 때 키키는 말도 어눌한 동양인이 뭘 할 수 있을까 의아했다고 한다. 첫 공연에서 개그맨은 모피 레깅스를 입고 벗은 상체에 나비넥타이만 두르고 나와 '매번 섹스에 실패하는 폴'이라는 캐릭터를 펼쳐 보였다. 박수소리가 늘어날수록 폴의 인생에는 살이 붙었다. 부에노스아이레스에서 온 폴, 낯선 섹스를 두려워하면서 동경하는 폴, 시대가 바뀌어도 여전히 구식인 폴, 실패한 모험을 음탕한 공상으로 메워가는 폴, 사막식물처럼 끈질긴 폴……

이것이 그의 2권이었다.

나는 유골이 든 커피 깡통을 손으로 만져보았다. 이상하리만큼 아무 동요도 일지 않았다. 극적인 순간에도 절망하거나 슬퍼할 수 없는 마음 때문에 실망감이 밀려왔다.

우리는 장례식을 의논하는 친척들처럼 이 유해를 어떻게 할 것인지에 대해 대화를 나누었다. 주로 키키가 말하고 내가 고개를 끄덕이는 식이다. 공항에 내린 순간부터 한국에 두고 온 시간은 아주 빠르게 흐려지고 있다. 무수한 모래알갱이로 된 그림이 갑자기 흩어져버린 것처럼.

　이십여 분을 달린 차는 땅과 같은 색으로 칠해진 트레일러 앞
에 멈췄다. 마을이 내려다보이는 언덕 위의 트레일러는 그가 죽
기 전 살았던 곳이다.

　삐걱대는 문을 반쯤 열어보았을 뿐 안으로 들어가지는 않았다.
집기마다 흰 천이 씌워져 있는 내부는 오래된 먼지에서 나는 냄
새를 풍겼다. 영안실의 국화향처럼 희미하게 죽음이 배어 있는
냄새. 나는 선채로 녹이 슨 창틀과 시든 아이비닝쿨, 엎어진 커피
잔을 들여다본 후 문을 닫았다.

　"이쪽으로 올라와봐요. 전망이 끝내준다고요."

　키키의 목소리가 높은 데서 들려왔다. 트레일러 옆에는 지붕으
로 올라가는 사다리가 놓여 있다.

　지붕은 햇빛을 받아 눈부시게 반짝거렸다. 파란 하늘에 풍성하
게 새털구름이 피어오르는 건조하고 맑은 오후다. 매니큐어를 칠
한 여장남자와 트레일러 지붕 위에 나란히 앉아 햇빛을 받고 있
으니 문득 삶이 복잡해진 기분이 든다.

　"아참, 깜박했네."

　키키는 가방에서 갈색 수첩을 꺼내 건넸다. 귀퉁이가 닳아 보풀
이 이는 겉장을 펼치자 낯익은 필체가 눈에 들어왔다. 처음 만났
을 때도 개그맨은 이와 비슷한 수첩에 아이디어들을 적곤 했다.

　"이 수첩에서 당신에게 보내는 엽서가 나왔어요. 마침 한국에
서 온 손님이 있어 편지를 보낼 수 있었지요."

나는 안주머니에서 엽서를 꺼내 수첩에 끼워넣었다. 한자리에 붙박여 살지 않았다면 결코 수신될 리 없었을 엽서에는 오 년 전 날짜가 적혀 있다. 문득 그가 들려준 이야기, 우리가 보고 있는 별이 오래전에 죽은 별일 수도 있다는 이야기가 떠올랐다. 그는 영원한 것은 별이나 그걸 바라보는 우리가 아닌 빛뿐이라고 했다.

나는 먼 우주에서 외계인을 상대로 우스갯소리를 늘어놓던 개그맨이 내게 엽서를 쓰는 장면을 상상했다. 그가 죽었다는 것도, 내가 서른아홉이라는 것도 믿기지 않는 지금 실감나는 것이라곤 트레일러를 달구는 저 빛들뿐. 내 피부, 내 입술, 혀와 점막과 늑골 속으로 들어온 빛이 심장을 톡톡 두드린다. 내가 두근거리기 시작한 것은 오 년 전 그가 내 이름을 종이에 새겨넣은 바로 그 순간부터일 것이다. 나는 그네를 높이 밀어내는 아이처럼 앉은 채로 발을 쭉 뻗었다.

트레일러에서 내려와 키키가 어디로 가고 싶으냐고 물었을 때 엽서의 앞면을 가리켰다. 협곡이 보이는 국도변의 전망대 사진. 빛바랜 사진이지만 풍경이 근사하다. 이곳에 그를 뿌리고 싶다고 말했다.

키키는 멀지 않은 곳이니 차를 놔두고 걸어가자고 했다. 침묵, 몇 마디의 대화, 다시 침묵. 이런 순간이 단층처럼 쌓이는 동안 나는 새로운 무늬를 발견했다. 키키가 옛날 영화를 좋아한다는 것과 한 번도 떠나지 못한 여행의 여정을 끊임없이 새로 짜고 있다는 것, 월세가 넉 달쯤 밀려 있다는 것 등등. 그녀는 여행 계획에 들떠 있다가 이따금 통장 잔고를 걱정한다. 마치 스프링이 달린 장부가 내려와 잠깐씩 가난을 들춰보는 식이다. 그러나 이것 역시 내가 지어낸 이야기인지도 모른다. 나는 여전히 억양과 단어 몇 개로만 그녀의 말을 받아들이고 있었으니까.

언덕 아래 마을을 지나쳐 도로를 따라 걸었다. 길어진 햇빛 때문에 우리의 그림자는 거인처럼 자라나 있다. 허클베리, 야생 시클라멘, 그밖에 키키도 알지 못하는 까만 열매가 달린 덤불들, 이런 것들을 가로지르자 칠이 벗겨진 벽들과 비쩍 마른 고양이와 국도를 달리는 차들이 나타났다. 전망대는 부서진 선체의 마지막 파편처럼 국도에서 삐죽 튀어나온 황무지 끝에 있었다.

바람은 협곡 사이에 갇힌 거대한 짐승처럼 으르렁거렸다. 나는 자연이 너무 크고 거대하면 근사하기보다 무서워 보인다는 사실을 깨달았다. 우리는 어느 즈음에 유골을 뿌릴까 고민하다가 겨우 한 곳에 멈춰 섰다. 옷매무새를 가다듬은 키키가 내 옷이 먼지 투성이가 됐다며 털어주다가 비명을 질렀다.

"맙소사! 이런……"

그제야 품에 안고 있던 커피 깡통이 새고 있는 것을 깨달았다. 녹슨 자리에 보일 듯 말 듯 한 구멍이 뚫려 개그맨의 유골이 빠져나가고 있었다.

빵가루를 조금씩 뿌리는 헨젤과 그레텔처럼 우리는 개그맨의 유골을 언덕과 마을 외곽과 국도에 뿌리면서 걸어온 셈이다. 이미 유골의 삼분의 일 이상 달아나 있었다. 황급히 손으로 쓸어모으던 키키는 울음을 터뜨릴 것 같은 표정이다.

나는 세찬 바람이 날려 뼈먼지가 공중을 가득 메우는 상상을, 유골마다 불이 붙어 도시 전체가 날아오르는 불티로 환하게 차오르는 상상을 했다. 내게는 아득한 순간마다 맨 처음 떠오르는 영상에 빠져드는 버릇이 있다. 부모님의 시신을 한꺼번에 마주했을 때 생겨난 이 버릇을 생의 곳곳에 써먹었다. 삼베옷을 입고 관에 누운 남편을 볼 때도 나는 유리곽에 들어 있는 마론인형을 떠올렸다. 핏기가 빠져 입고 있는 옷처럼 누렇게 변한 남편의 얼굴을 마주 볼 용기가 없었기 때문에 인형의 커다란 두 눈, 볼펜으로 빨갛게 칠했던 입술, 노란 안경수건을 덮고 자던 인형의 잠. 이런 연상으로 재빨리 달아났었다. 연상은 산불처럼 번져 괴로운 순간의 감각을 무디게 만들어준다.

나는 커피 깡통에 손을 넣어 유골을 뿌리기 시작했다. 뼛가루는 형체를 바꾸어 날아올랐고 키키도 나를 따라 유골을 뿌렸다. 그 순간 돌풍이 방향을 바꾸어 훅 밀려왔고 우리 둘은 뿌렸던 뼈먼지를 고스란히 뒤집어쓰고 말았다. 콜록콜록, 기침을 하는 키키의 모습을 보자 도저히 참을 수 없어 웃음이 디지고 말았다. 이건 마치…… 그의 마지막 개그 같구나. 어색한 순간마다 더 어색한 말을 꺼내 사람들을 웃기던 개그맨의 모습이 떠올랐다. 우리는 개그맨의 콩트 속에 출연한 보조 출연자들 같았다.

아무것도 실감나지 않았지만 일은 다 끝난 셈이다.

또다시 '버드케이지'에 앉아 있다. 시든 화분 사이의 눈에 띄지 않는 좌석이다. 내일이면 트렁크를 들고 다시 비행기를 올라 집으로 돌아갈 것이다.

금요일은 공연이 있는 날이다. 키키는 내 앞에서 공연을 선보일 생각에 들떠 있다. 분장실에서 그녀는 동료들이 정말 대단한 가수라며 기대해도 좋다고 했다. 다들 과묵한 조와 함께 무대에 섰던 사람들이죠. 키키는 이렇게 덧붙였다.

"지퍼 좀 올려줄래요?"

그녀는 스스럼없이 드레스를 입은 등을 돌려왔다. 등에는 뜻을 알 수 없는 글씨가 붉고 푸른 물감으로 새겨져 있다. 뜻을 알 수 없게 된 것은 철자의 절반 이상이 불에 탄 흉터처럼 일그러져 있기 때문이다.

"아팠어요?"

무심코 묻자 그녀는 힘없이 웃으며 고개를 가로저었다. 나는 문신 속의 이름과 그 이름을 지우려던 사람이 하나였을 것이라고 직감했다. 다정한 키키는 아마도 내가 상상할 수 없는 인생을 살아왔을 것이다.

네 명의 드랙퀸들이 거울 속에서 마지막으로 매무새를 가다듬었다. 앵무새의 꼬리처럼 색색의 깃털의상을 입은 그녀들은 아름답기보다 도발적이다. 특수한 벨트로 '거기'를 맵시 있게 조여 짧은 드레스임에도 흉하지 않았다.

분장실을 나온 후에는 테이블을 메우는 손님들을 하나하나 살펴보았다. 정장을 입었지만 눈가에 아이라이너를 길게 칠한 남자 커플, 앞니가 네 개쯤 달아난 부랑자 같은 늙은이, 침으로 눅눅해진 담배를 돌려 피우는 히피들. 그중 하나는 내게도 담배를 내밀었다. 막연하게 마약이라는 생각이 들어 거절하려고 했지만 이상하게도 뻣뻣한 태도로 받아서 한 모금 들이켰다. 후추를 들이마신 것처럼 재채기가 났고 썩은 과일에서 풍기는 물큰한 향이 주위에 퍼졌다. 사람들의 웃음소리, 간간이 술잔이 부딪치는 소리, 접시가 달그락거리는 소리들이 섞이지 않고 따로 분별할 수 있을 정도로 선명히 들려왔다.

나는 편안하게 보이려고 노력했다. 내게는 부자연스러움의 무게를 재는 저울이 있다. 그 저울이 기울면 비참할 정도로 초조하기 때문에 타인 속에 섞여 있는 일은 늘 긴장되는 일이다. 괴짜와 아웃사이더 사이에서 최대한 자연스럽게 보이려고 애쓰는 내 모습은 이십 년 전과 조금도 다르지 않다.

묵직한 금술이 달린 벨벳 커튼 사이로 키키가 등장했다. 강한 조명 때문에 이마와 눈가의 주름은 하나도 보이지 않았다. 마치 빛이 주름을 모두 메워서 그녀를 젊게 만들어준 것 같다. 비행기로 열두 시간이 넘게 날아와 지하 클럽에서 나를 친구, 라고 부르는 드랙퀸의 무대를 바라보는 일은 수많은 공상 속에서도 한 번도 마주치지 않은 장면이다. 그런데도 나는 무대를 태연하게 바라보고 있다. 이런 일이 올 것을 알고 있던 사람처럼. 늙은 내가 과거의 어느 한순간을 회상하는 것처럼.

이윽고 키키가 노래를 시작했다. 내가 알아들을 수 있는 것은 어떤 소녀의 날씬한 다리에 관한 대목뿐이다. 내 멋대로 지어낸 가사일지도 모른다고 생각하면서도 노래가 만들어준 공상에 빠져드는 것을 멈출 수가 없었다.

길고 탄력 있는 다리로 전속력으로 운명에서 달아나는 소녀. 잔인한 태양이 조그만 그녀의 등을 다 태우고, 젊음이 벗겨지고, 어머니의 기도가 깨어지고, 욕설을 섞어야만 털어놓을 수 있는 세월이 이어지는 동안 그녀는 멈추지 않고 달리고 있다. 시간이 지날수록 음악은 멜로디가 아닌 스토리였다.

사람들은 노래를 따라 어떤 인생으로 흘러들어갔다. 그 속에 들어 있는 패배가 그들에게는 낯설지 않을 것이다. 그들은 나보다 훨씬 더 순수한 평화를 누리고 있었다. 온갖 명성과 가십에 둘러싸여 있던 개그맨이 줄에서 떨어진 광대가 된 후 누렸을 그 평화는 내 몫이 아니었다.

노래 속의 인생을 다 통과했을 때, 건반 소리가 사라지고 속삭임과 한숨 속에서 키키가 모든 이를 위로하는 미소를 지었을 때 나는 두려움이 만들어낸 게으름 때문에 인생이 낭비되어버린 것을, 어떤 선택지에도 동그라미를 치지 않으려고 발버둥치는 동안 이곳 누구보다 외롭고 비참해져 있는 것을 깨달았다.

키키가 무대에서 내려와 내 옆에 술잔을 내려놓을 때까지 나는 내가 눈물을 흘리고 있는 줄도 몰랐다.

'버드케이지'의 사람들은 모두 인생의 1권을 들추지 않는다. 만약 그녀가 이런 관행을 깨고 어디에서 왔느냐고 묻는다면 이렇게 답할 수밖에 없을 것이다. 나는 어항에서 왔어요. 투명하고 편안한 곳이었지만 진짜 물길은 아니었지요. 나는 고통스러웠고, 고통을 느낄 수 있어서 거의 행복할 지경이었다.

어항 속에 가둬두었던 물들이 내 몸 가득 차올랐다 터지면서

288

세차게 흐르고 있었다. 그러자 일생을 가둬두었던 지느러미가 움직였다. 괜찮아요, 괜찮아요, 키키는 바보처럼 같은 말만 되풀이했다. 나는 그녀의 가짜 유방 안에 들어 있는 진짜 심장의 고동소리를 들으며 이제 막 자유로워진 물고기의 유영에 눈물을 멈출 수 없었다.

꿈의 바다를 헤매는 보트피플

몇 년 전 내가 꿈의 바다를 헤매는 보트피플일 때, 신기한 일이 있었다. TV에서 보던 개그맨이 여자친구와 함께 내가 있는 카페 안으로 불쑥 들어온 것이다. 두 사람은 바로 옆자리에 앉아 커피를 주문했다.

나는 단숨에 소설의 삼분의 일가량을 썼는데, 전에는 한 번도 없던 일이었다. 피아노 위에 손가락을 얹자마자 저절로 음악이 흘러나오는 기분이랄까. 물론 황홀했다(행운은 그날뿐이었다. 그후 주인공은 내가 말라 죽기 직전까지 꿈쩍도 하지 않았다).

신출내기 작가라 그런지 소설을 쓸 때마다 깜짝깜짝 놀라곤 한다. 어떻게 놀라지 않겠는가? 소설은 매번 다른 방식으로 오고, 다른 방식으로 애를 먹인다. (피아노 비유를 이어가자면) 어떤 건반은 깨알 같은 악보를 만든 후 '보고 치는데도' 아무 소리가 나지 않는다. 또다른 건반은 '음악을 가득 임신한 마음'이 됐을 때 비로소 건드렸는데 전혀 딴판의 멜로디가 흘러나와 나를 조롱했다. 심지어 피아노를 다 부순 후에야 음악이 되는 글도 있었다. TV에서나 보던 개그맨이 내 단골카페에 들어와 얼쩡거린 덕분에 생각지도 않은 소설을 쓰는 일이 항상 생기진 않는다. 하지만 또다른 일들이 일어날 것이다.

이를테면,

이 글을 쓰고 있는 카페 안에는 커플의 싸움이 한창 진행중이다. 진부한, 그러나 진정한 삶의 대화들이 몇 분 동안 오가고 있다. 어느새 나는 속기사처럼 그들의 대화를 받아적는다. 맙소사, 격렬한 감정에 끌리는 천성 탓에 이렇듯 점잖지 못한 짓을 저지르는 것이다.

'단어 하나 갖고 트집 좀 잡지 말아줄래?' '계속 문자 보내면서 오버한 건 너야' '넌 너를 몰라' '그건 너도 마찬가지야' '아, 돌아버리겠다!' '같은 얘기를 반복하니까 사람이 극단으로 치닫잖아' '이것 봐, 자꾸 이런 식으로 얘기하는 게 잘못이라는 생각은 안 들어?' '나한테 이기적이라고 하지 마' '꼭 그런 얼굴과 그런 표정으로 말해야겠어?' '더는 못 들어주겠다. 난 갈래' '돈 내고 가' '정말 어이없다' ……

놀라운 일이다. 내용은 전혀 없는데 둘의 대화는 한치의 여백 없이 이어진다. 결국 남자가 카페를 박차고 나갔고 여자는 차마 카운터까지 걸어갈 용기가 없는지 테이블 위에 찻값을 올려놓더니 비틀비틀 사라졌다.

　다시 모니터로 시선을 돌리자 실소가 나온다. 이 글은 어쩌다 흥신소 녹취록처럼 변한 걸까? 뭐라 하는 사람은 없지만 객쩍은 나머지 변명의 말을 중얼거리는 나.

　해보고 싶은 타락이 너무 많던 시절이 있었다. 도스토옙스키, 오스카 와일드, 앙드레 지드 같은 이들이 내 영웅이었다. 불행 때문에 인생에 너그러워진 자만이 가질 수 있는 회한이야말로 세상에서 가장 빛나 보였다. 테러리스트가 되고 싶지만 변변한 폭탄 하나 품지 못한 나 같은 소시민은 흔히 그런 것들을 동경하기 마련이다. 그러나 아웅다웅하는 일상의 범속함이 푸성귀처럼 올라올 때도 좋아서 어쩔 바를 모르는 게 나였다. 결국, 매번 다른 피아노가 필요하다.

　여전히 나는 꿈의 바다를 헤매는 보트피플이다. 원하는 건 구조가 아닌 조난인지도 모르겠다. 눈을 감은 채 낯선 바다를 향해 코를 킁킁대는 것. 아직까진 이편이 좋다. 등대는 좀더 나중에 나를 찾아내리라. 지금은 표류할 시간이므로.

사랑의 시차

강지희

　때로 어떤 사랑은 헤어진 뒤에 비로소 시작되기도 한다. 이를 단순히 미련이라 말할 수는 없을 것이다. 헤어지면서 생겨난 거리감은 그간의 무수한 사연들을 새로 해독하게 하며, 내가 상대를 어떻게 얼마나 사랑했었는지 비로소 가늠할 수 있게 해준다. 벤야민은 "누군가를 아무 희망 없이 사랑하는 사람만이 그 사람을 제대로 안다"고 말했다. 이 문장의 '아무 희망 없이'에서 우리는 절박한 간절함을 읽는다. 하지만 상대방에게 어떤 것도 요구하지 않겠다는 이런 무위의 마음이란 짝사랑하는 사람 또는 헤어진 연인들에게나 간신히 허락되는 어떤 것이다.

　김성중의 「개그맨」은 스무 살 여름에 겪었던 첫사랑이 어떻게 어긋나며 인생에 남게 되는지를 보여준다. 이 사랑에는 시차가 있고, 이는 누구의 잘못도 아니다. 여기가 우리의 끝이라 생각해

작별인사를 나누고 뒤돌아 문을 닫았는데, 그 순간 자신도 몰랐던 사랑의 긴 꼬리가 이별의 문틈에 끼어버린 것이다. 돌아설 수도 없고 나아갈 수도 없는 망설임 사이에서 소설은 벤야민이 말한 '희망 없이 사랑하는' 독특한 슬픔의 무늬를 산뜻하게 그려낸다.

소설 속의 늦되고 엇갈리는 사랑은 다소 필연적으로 보인다. 이들은 제각기 다른 느림의 세계를 영위하는 물고기와 기린으로 묘사되기 때문이다. 여자는 "느긋하게 헤엄치"는 물고기이며, 여자가 사랑하는 남자는 "긴 목과 다리 때문에 느리게 활강을 하듯 움직"이는 기린이다. 아니나 다를까, 기린인 그는 "물고기와 함께 산책하는 일을 좋아"하지만, "그가 기르는 물고기들은 오래 살지 못"한다. 물고기는 어항에서 벗어날 수 없고 기린은 초원을 떠나 살 수 없기에, 이들의 이별은 불가항력적으로 이루어진다. 소설은 이별의 장면과 시시콜콜한 이유들을 독자들에게 감추는 대신, 끈질기게 남아 있는 사랑의 인력에 휘청대는 이별의 과정을 펼쳐놓음으로써 감정을 증폭시킨다. 누구나 한번쯤 겪었을 법한 스무 살의 사랑과 이별 이야기를 진부하지 않고 발랄하게 만드는 것은, "우리가 헤어졌다는 사실도 실감이 나지 않"을 정도로 곳곳에서 출몰하는 개그맨의 이미지다.

여기서 소설은 희극의 가면을 쓴 채, 보편적인 웃음과 개별적인 슬픔 사이에서 진동한다. 개그맨이 클론처럼 수백만 개의 TV 안에 복제된 채 존재하며 사람들을 몰아치며 웃길 때, 이 불일치는 극대화된다. 대개 분노와 체념, 걷잡을 수 없는 슬픔으로 얼룩지는 이별의 과정은 아이러니하게도 개그맨의 웃음으로 점철되며 발랄하게 튀어오른다. 사람들에게 단지 '웃음을 위한 웃음'을 유발하는 남자의 허무개그는 여자에게만은 브레히트 식의 '소격 효과'를 내며 놀라움이나 슬픔으로 작동한다. 그래서 개그맨이 "필사적으로 웃음의 그물을 치"고 사람들이 "왁자하게 입을 벌리고 웃는" 동안, 여자는 그들과 다른 맥락으로 웃고, 감동하고, 눈물을 떨군다. 늘 오른편에서 걸었기 때문에 미처 몰랐던 왼쪽 턱의 작은 점을 발견하기도 하고, 자신만 알아볼 수 있는 표정들을 민감하게 집어내기도 하면서 이별 속에서 사랑은 기이하게 확장된다. 이렇게 고통을 최소화하기 위해 고안된 듯한 웃음을 두고, 남루한 현실을 거짓말과 유머로 뭉치면서 인생을 긍정하게 만드는데 능한 김애란이나 박민규를 떠올릴 수도 있을 것이다. 그러나 김성중은 웃음으로 현실을 덮는 대신 감정이 괴리되는 지점마다 세심한 구멍을 내고, 그 구멍 사이로 고독을 목격하게 한다. "나, 웃을 수 없어서 웃기는 사람이 된 것 뿐이야. 우스운 얘기지?"라는 개그맨의 말처럼, 브라운관을 통해 펼쳐진 웃음은 정작 '웃을 수 없는' 이 두 사람을 소외시킨 채 울려퍼진다. 이 웃음에는 조롱도 냉소도 없지만 이해받지 못한 외로움의 무게가 부드럽게 실려 있다. 웃음은 사랑에 대한 애도가 이루어진 후 인물의 내면에서 자연 발생한 것이 아니라, 일시적으로 고안되어 애도를 지연시켰을 뿐이다.

그래서 소설의 후반부의 재회는 불가피해 보인다. 이는 여자의 남편이 죽고 난 후, 어느 날 개그맨의 엽서가 도착하면서 시작된다. 라캉의 말을 빌리자면, 억압된 것은 반드시 돌아온다. 그런데 전파를 통해 수백만의 TV 브라운관에 복수의(plural) 이미지들로 회귀했던 과거와 달리, 엽서는 유일한(singular) 수신자로 여자만을 택해 돌아온다. 이전에 무수한 대상을 향해 수신되던 브라운관의 희극적인 개그맨 이미지가 여자의 고통을 기이하게 소외시켰었다면, 오로지 여자만을 위해 날아온 이 엽서는 이별에 대한 애도가 남자의 개그로 인해 끝없이 지연되던 '잃어버린 시간'을 향한 일종의 응답처럼 보인다. 그래서 이 후반부는 남자의 죽음에 대한 애도뿐만 아니라, 이별 이후의 남자의 시간을 구성함으로써 비로소 자유로워지는 여자의 성장담이 된다.

이 애도를 성공시키는 것은 '외국어'와 '여장 남자(drag)'인 키키의 존재다. 이 둘은 자신 안에 이미 분열과 간극을 내포하고 있다는 점에서 닮아있다. 언어들은 교환 가능한 동의어들로 이루어져 있지 않기에, 외국어는 번역 가능할 때조차도 장벽을 넘지 못한다. 게다가 영어에 익숙하지 못한 주인공은 억양과 단어 몇 개를 가지고 "나머지 여백을 멋대로 해석"함으로써, 언어 사이에 자신의 공상이 개입할 수 있는 여지를 만들어낸다. 여장 남자는 위장으로 성과 젠더의 경계를 교란함으로써 자유로운 혼종성의 공간을 창출해낸다. 그런데 이들 각각이 만들어낸 거리는 소설 속에서 역으로 작동해 동감으로 이끈다. 키키의 등에 새겨진 알 수 없는 글씨와 일그러진 흉터는 사랑의 환부를 가진 이가 나만이 아님을 알게 하고, 그녀가 외국어로 부르는 노래는 공상을 통해 주인공을 '잃어버린 시간'의 한 가운데로 돌아가게 한다. 이 순간, 그동안 억눌러왔던 슬픔의 둑이 터져나오며 세차게 물길이 흐르고, 어항에서 벗어난 물고기-여자는 고통을 느낄 수 있어서 거의 행복할 지경이 된다. 아주 먼 시간을 돌아서 여자의 사랑은 애도를 완성하는 것이다.

소설 속에서 먼 시간을 에둘러 돌아오는 것은 개그맨의 엽서만이 아니다. 여자는 개그맨이 외국에서 살았던 트레일러 위에서 문득 그가 들려준 별에 대한 이야기를 떠올린다. 우리가 보고 있는 별은 이미 오래전에 죽은 별일 수도 있다는 이야기. "그는 영원한 것은 별이나 그걸 바라보는 우리가 아닌 빛뿐이라고 했다." (283쪽) 별의 죽음과 그뒤에 우리 눈에 현현하는 별빛 사이의 시차는 개그맨과의 이별 후에 여자 안에 오랫동안 지속된 사랑의 시차와 닮아 있다. 이 소설이 사랑의 시차를 선연하게 기록하면서도, 독자들이 시차증(jet lag)에 시달리지 않게 막아주는 것은 세 가지로 보인다. 그건 정연하고 경쾌하게 제련된 문장들, 느리고 유연한 물고기의 움직임을 닮은 인물들의 속도, 그리고 개그맨의 유머와 함께 산뜻하고 가벼워지는 고독의 무게다. 벤야민은 그의 또다른 글에서 이렇게 고백한 바 있다. "사랑하는 사람이, 비록 그가 나와 닿지 못하는 서로 다른 장소에 있더라도 나와 같은 시간에 외로움을 느끼고 있다면 우리에겐 어떤 외로움도 존재하지 않는다는 걸 알게 되었다." 헤어진 연인들이 고독을 달래기 위해 필요한 마음가짐이 여기에 있다. 잊지 말아야 한다. 지금 몇만 광년을 거쳐 별빛은 지구로 오는 중이며, 헤어진 연인의 엽서도 나와 같은 질량의 외로움을 담은 채 먼 곳에서 배달되는 중이다. 언제나 사랑이 끝난 뒤에, 그 사랑은 '아무 희망 없이', 기이하고 아름답게 시작된다.

강지희
이화여대 국문과 졸업. 동대학원 박사과정 수료.
2008년 조선일보 신춘문예에 평론이 당선되어 등단. 평론집 『파토스의 그림자』가 있다.

2010 제1회 젊은작가상

제정 취지 및 선정 절차
심사평

·

·

·

·

·

심사위원 박완서 신경숙 윤대녕 황종연 신형철
선고위원 강동호 강지희 권희철 김나영 송종원 조효원 조형래

'문학동네'는 2010년부터 '젊은작가상'을 신설하여 운영하고
자 한다. 지금까지 계간 『문학동네』는 '젊은작가특집' 등의 여러
기획을 통해 현장의 젊은 소설과 함께 호흡하고자 부단히 힘써왔
다. 그 노력의 연장선에서 이번에 새롭게 제정한 '젊은작가상'은
한국 문단의 최전선에서 활약중인 젊은 작가들을 격려하고 독자
에게는 열정과 패기로 충만한 젊은 소설의 숨결을 확인하게 하는
매개가 되어줄 것이다.

'젊은작가상'은 등단 십 년 이내 작가의 작품 중 심사 전년도 1월
부터 12월까지 한 해 동안 문예지를 비롯한 각종 지면에 발표된
신작 중단편 소설을 심사 대상으로 삼는다. 그리고 젊은 평론가
들로 구성된 선고위원회에서 15편 내외의 본심 대상작을, 본사에
서 위촉한 심사위원회에서 7편의 수상작을 선정하고 그중 1편을

대상작으로 최종 결정한다.

엄선된 수작들 중에서 가장 탁월한 성취를 보여준 소설에 대상의 영예가 돌아간다는 점은 기존의 다른 문학상과 동일하다. 그러나 '젊은작가상'은 대상작을 등단 십 년 이내의 작가들의 작품으로 제한하여, 아직 집중적으로 조명되지 않은 개성에 깊이 간직되어 있는 한국문학의 미래와 함께하고자 한다. 이러한 취지를 감안한다면, 대상작은 물론이고 수상작가 모두가 이 상의 명실상부한 주인공이라 해야 옳을 것이다.

역량 있는 문학인들을 발굴해온 '문학동네신인상', 경장편소설 분야의 새로운 가능성을 개척한 '문학동네작가상', 공신력 있는 장편소설의 산실로 자리매김한 '문학동네소설상'에 이어, '문학동네'가 새롭게 제정한 '젊은작가상'이 가슴 뛰는 문학 축제의 장을 이어가주기를 기대한다.

선고심 경위

2009년 한 해 동안 발표된 단편소설 가운데 2000년 이후 등단한 작가들의 작품을 검토했다. 131명의 작가가 쓴 190편의 작품이 그 대상이 되었다. 강동호, 강지희, 권희철, 김나영, 송종원, 조형래, 조효원 제씨들이 두 팀으로 나뉘어 작품을 양분해서 각각 검토하고 두 개의 후보작 목록을 작성한 뒤, 1월 8일 파주에서 최종 회의를 거쳐 후보작 18편을 추천하였다.

예비 선고를 위한 첫번째 회의는 2009년 12월 9일에 이루어졌지만, 작품 검토는 작품 발표와 거의 동시적으로 진행되고 있었다고 말할 수 있다. 선고에 참여한 사람들은 모두 매 계절마다 지난 계절에 발표된 단편소설을 검토하고 토론하는 리뷰 좌담에 참여해왔거나 2010년부터 새롭게 참여하는 평론가들이었기 때문이다.

후보작을 선정하는 기준은, 우선은 표현 형식의 완성도나 주제 의식의 날카로움과 같은 보편적인 것이었지만, '젊은작가상'을 위한 후보작 선정인 만큼, 신선한 감각을 소유하고 있는지, 새로운 시선을 보여주고 있는지, 또 그 자신의 작품들을 혁신하고 있는지의 여부 또한 중요한 기준으로 작용했다. 그러나 물론, 추상적인 기준에 대해서 말하기는 쉽지만 그것을 구체적인 작품 속에서 알아보는 것은 쉽지 않은 일이었다. 선고위원들은 몇몇 작품에는 아주 쉽게 만장일치의 지지를 보냈지만, 그보다 더 많이, 서로 다른 작품들에서 사소한 단점들을 압도하는 가능성을 발견했다고 주장했다. 이 때문에 각 팀별로 이루어진 예비 선고는 물론이고 최종 후보작을 결정하는 회의에서도 결코 원만한 합의에 이를 수 없었다.

길고긴 시간 동안 수차례 이어진 회의 끝에 김중혁의 「1F/B1」을 비롯한 18편의 작품(우리는 너무 많은 작품들에 상이 수여되기를 원해서, 애초에 계획한 15편보다 더 많은 작품을 추천하고 말았다)을 추천작으로 선정했다. 최근의 우리 소설이 사유의 깊이에서 감각적 표면에까지, 개인의 내밀한 욕망에서 사회적 전망까지, 반짝거리는 시적 이미지에서 몰아치는 이야기의 흐름까지를 높은 수준에서 섭렵하고 있다는 사실을 확인할 수 있었던 것은 후보작 선정의 고단함을 씻어주는 즐거움이었다.

선고위원들의 둔한 감각까지도 감동시키며 '젊은작가상' 대상 작으로 선정된 김중혁씨를 비롯한 젊은작가상 수상자들에게 축하와 함께 감사의 인사를 전한다. 더불어 과연 후보작으로 추천할 만한 작품이 15편이나 되겠느냐는 예상을 깨뜨리고, 너무 많은 작품을 추천하느라 선고위원들끼리 오랫동안 다툴 수 있도록 높은 수준의 작품을 써주신 모든 분들께 감사드린다.

본심 경위

박완서, 신경숙, 윤대녕, 황종연, 신형철 이상 다섯 분의 소설가와 평론가가 본심을 맡아주었다. 선고심에서 18편의 작품이 올라왔고 각 심사위원들이 이 작품들을 개별적으로 모두 검토한 후에 1월 25일에 본심 심사회의를 개최하였다. 일단 수상 후보작을 6편 내외로 압축해야 했기 때문에 심사위원 각자가 6편의 작품을 골라내는 1차 투표에 들어갔다. 심사위원들 사이의 시각차이는 크지 않았다. 본심에서 논의할 만하다고 간주된 작품은 단숨에 8편으로 압축되었다. 수상 후보작을 6편 내외로 한다는 규정을 준수하기 위해 8편의 작품을 놓고 토론을 거쳐 이를 다시 7편으로 압축했다.

7편의 작품 중에서 대상 수상작을 가리기 위해 2차 투표에 들어갔다. 심사위원들의 표는 분산되지 않았고 세 작품에 몰렸다. 김중혁의 「1F/B1」, 편혜영의 「저녁의 구애」, 배명훈의 「안녕, 인공존재!」가 그것들이다. 김중혁과 편혜영은 2000년에 등단하여 이미 두 권의 책을 냈으며 오늘날 한국문단의 중추가 되는 젊은 작가 그룹을 형성하고 있거니와 이번 작품은 두 작가의 무르익은 역량을 여실히 보여준다는 평을 받았다. 배명훈은 2005년 이래 다양한 통로로 작품을 써왔고 소설집 『타워』를 출간하기도 했지만 문예지에는 처음 발표한 소설로 대상 후보에 오르는 이변을 일으켰다. 그만큼 이 작품의 패기와 깊이는 놀라운 것이었다. 세 작품 중 어떤 작품이 대상 수상작이 되더라도 동의할 수 있다는 분위기였다.

다시 얼마간의 토론 끝에 김중혁과 편혜영의 작품을 놓고 최종 결정에 들어갔다. 미학적 완성도나 주제의식 측면에서 두 작품 간의 우열을 논하는 일은 무의미해 보였다. 둘 다 훌륭했지만 유전자가 완전히 다른 소설이었다. 그러나 이랬든 한 편을 골라내야 했다. 그래서 심사위원들은 젊은작가상의 취지에 대해 다시 생각해보기로 했다. 이미 너무나 많은 문학상이 있다. '젊은작가상'이라는 이름에 걸맞게 '상상력의 나이가 더 젊은' 작품을 제1회 수상자로 결정하는 게 합당하다는 쪽으로 의견이 모아졌다.

김중혁은 기계를 분해하고 조립하면서 즐거워하는 어린아이처럼 반짝거리는 상상력으로 현대 대도시 문명을 분해하고 조립

한다. 젊은 상상력이 아니면 쓸 수 없는 작품을 쓰는 작가다. 최근 들어 발랄한 재미와 만만치 않은 전언을 결합하는 데 한층 더 능란해진 이 작가의 성취를 모든 심사위원들은 일제히 지지했다. 제1회 젊은작가상 대상 수상작은 김중혁의 「1F/B1」이다. 그러나 젊은작가상의 취지는 사실상 일곱 편의 대상을 뽑는 데 있다는 것도 다시 한번 밝혀두자. 일곱 분 모두에게 격려의 박수를 보낸다.

박완서(소설가)

신인들의 소설을 읽다가 무슨 소리인지 잘 모르겠어서 중도에
포기하는 경우가 종종 있다. 그러고 나면 한심해지는 게 그들에
대해서가 아니라 자신의 소통능력에 대해서이다. 이번 심사도 등
단한 지 십 년 이내의 젊은 작가들을 대상으로 한다기에 혹시 귀
어두운 사람이 음악회 가서 남 따라 박수
치는 꼴이 될까봐 내키지 않았지만 젊은
목소리에 자극받고 싶은 호기심 또한 없
지 않아 동참하게 되었는데, 뜻밖에 즐겁
고 유익한 체험이 되었다.

본심에 올라온 십여 편의 작품들은 각
자 개성이 뚜렷해서 모아놓으니 보기 좋
게 다양했다. 젊은 작가라는 게 믿어지지

박완서

않게 우리말의 결을 섬세하게 다룰 줄 아는 우리말의 장인 같은 작가가 있는가 하면, 그 나이에 어떻게 우리네 사는 모습의 신산함, 쓸쓸함, 어긋남을 이렇게까지 깊이 있고 잔잔하게 들여다볼 수 있는지, 탁월한 리얼리스트의 맥이 건재함을 발견한 것처럼 반가웠다.

그러나 신인의 작품을 읽는 즐거움은 뭐니 뭐니 해도 기성세대의 진부한 독법을 치고 들어오는 젊은 패기의 기상천외한 상상력이다. 그들의 민첩하고 거침없는 상상력엔 금기의 영역이 없다. 우리 눈에 견고하고 확실하게 존재하는 세상의 틈새에 숨어 확실하게 존재하는 세상을 움직이고 조롱하는 악도 선도 아닌 어둠의 공간을 보여주는 소설이 있는가 하면, 풍부한 우주과학적 지식을 바탕으로 미처 표현되어지지 않은 인간 존재의 답답함을 무한한 우주공간에서 폭발시키는 데 성공한 작품도 있었다. 이런 황당한 이야기가 나름대로 실감나게 읽힌 건, 존재의 진실이란 게 과연 언어로 표현되어질 수 있는 것인가. 어쩌면 존재가 사라진 후 다른 존재에 남긴 공동(空洞)의 크기가 살다갔다는 존재증명의 전부가 아닐까 하는 최근의 내 두서없는 생각과 맞아떨어졌기 때문인지도 모르겠다.

신경숙(소설가)

덕분에 등단 십 년 이내의 젊은 작가들이 한 해 동안 발표한 주요 단편들을 여러 날에 걸쳐 읽었다. 개개인의 그 동안의 성과와는 상관없이 당면한 작품에만 집중했다. 읽어가는 동안 발상과 화법, 주제에 접근해가는 방식의 새로움에 감탄하는 마음과 이것이 새로움일까? 저항하려는 마음이 공존했으나 결과적으로는 일부에서 염려하는 것과는 달리 젊은 작가들이 내놓은 수확물에 긴장과 신뢰를 동시에 느꼈다. 작품을 읽는 동안 가장 기뻤던 것은 이들 작품들을 한 성향으로 묶어낼 수 없는 다양성의 발견이었다. 배명훈의 「안녕, 인공존재!」처럼 다른 별에서 써가지고 온 것 같은 작가의 전문가에 육박하는 지식과 문학 텍스트 안에서 흔히 접하지 못한 서사의 신선함, 아직 단행본을 한 권도 출간한 적 없는 정소현의 「돌아오다」같이 오랜 문학적 주제를 자기 방식으로 뚫어나가고 있는 진중함, 김성중의 「개그맨」처럼 어디로 튈지 모르는 공같이 가볍고 상실의 연속인 삶을 마치 지우개로 지워가듯이 추적해가는 행보, 처음부터 끝까지 영문을 모른 채 웃게 하면서도 결국 명치끝을 아프게 하는 유머와 재치, 허무로 뭉쳐진 이장욱의 「변희봉」 같은 작품들의 공통점은 내가 보기엔 없다. 굳이 찾자면 그들이 앞으로 어떤 돌풍을 몰고 올지 모르는 신진들이라는 것밖에는. 거기에 국경 안과 밖의 핍진한 삶을 지하철 안에서 동시에 만나게 하는 김미월의 「중국어 수업」이 차돌같이 단단히 받쳐주고 있었고, 등단 십 년차인 김중혁과 편혜영은 자기 세계를 강건히 하며 동시에 앞으로 나아가는 진경을 보여주었다. 편혜영의 「저녁의 구애」를 읽고 난 후의 여운은 당분간 잊기 힘들 것 같다. 우리라는 존재는 결국 누군가 죽기도 전에 장례식에

신경숙

쓰일 꽃을 배달하고 있는 처지의 삶을 살고 있는 건 아닌가. 편혜영이 구애마저도 뜻과는 달리 불안과 고독에 의해 이루어지는 낯선 시간을 펼쳐놓는다면, 김중혁의 「1F/B1」은 눈에 보이지 않는, 우리가 지나쳐 버린 '사이'의 어마어마한 낯선 공간을 정교하고 침착하게 보여준다. 나는 보지도 못한 그 '사이'로 침투해들어가는 상상력이 주는 흡인력이 놀라웠다. 그 '사이' 안에 존재하는 인간들의 관계와 어지러운 발소리를 읽는 이의 귀에 저벅저벅 들리게끔 실감시키는 작가의 솜씨가 어지간했다.

이 다양함의 폭죽을 축하한다.

윤대녕(소설가)

제1회 '젊은작가상'의 후보작으로 올라온 작품은 열여섯 작가가 쓴 열여덟 편의 소설이었다. 이중 일곱 편을 가려내고 그중에서 다시 대상작을 뽑는 것이 심사위원의 역할이었다. 등단 후 십년까지는 대개 '신인'이라는 타이틀이 따라다닌다. 이 기간이 작가에게는 생에 대한 다채로운 감각과 세계에 대한 자기만의 시각이 형성되면서 작품에서 곧잘 '폭발'이 일어나는 시기이기도 하다. 그러므로 '신인'들이 내놓는 소설을 눈여겨보는 일은 긴장이 되면서도 늘 가슴 벅찬 일이다.

1차 투표에서 가려뽑은 일곱 편의 작품을 두고 우열을 따지는 것은 무의미할뿐더러 '젊은작가상'의 취지에도 맞지 않을 것이다. 다만, 상징적으로 대상작을 뽑는 과정에서 많은 논의가 오갔으며 결과적으로 어려운 심사가 되고 말았다. 심사 전에 내가 미리 생각해간 두 편 중 한 편이 대상작이 됐지만 다른 한 편에 대한 미련이 끝까지 남았다.

내 감각으로 먼저 주목한 작품은 편혜영의 「저녁의 구애」였다. 이 소설은 『아오이 가든』과 『사육장 쪽으로』를 작가 스스로 힘들여 밀어내면서 새로운 경지로 들어서는 단계를 보여준다. 그 동안 주로 엽기적인 소재를 취하면서 인간 이하의 인간성을 탐구해온 작가는 이 작품에서 생의 본질적인 측면, 말하자면 존재 조건에 대한 질문을 시도하고 있다. 화원을 운영하고 있는 '김'에게 그다지 친하지도 않은 친구로부터 십 년 만에 걸려온 전화부터가 이미 심상찮다. 전화의 내용은 '김'이 언젠가 신세를 진 적이 있는 '어른'이 몇 시간 뒤에 운명할 것 같으니 장례식장으로 조화를 배달해달라는 것이다. "장례식장은 남쪽으로 삼백팔십 킬로미터 떨어진 도시"에 있다. 여자와의 저녁 약속이 있으나 '김'은 조화를 싣고 장례식장으로 간다. 하지만 그때까지 '어른'은 병원에 누워 있는 상태다. '김'은 장례식장에서 '어른'이 죽기만을 기다리다 산책을 나간다. 그사이 저녁 약속이 있던 여자와의 통화가 수시로 이어진다. 마지막 장면에서 '김'이 타고 온 트럭과 같은 종류의 차가 밤의 국도에서 불타오르는 장면은 가히 압권이다. "트럭은 여전히 맹렬하게 불타고 있었다. 김은 땅에 박힌 듯 멈춰 서서 조등처럼 빛나는 그 불빛을 바라보았다." 더이상의 설명은 사족이 될 터이고 여백의 감동은 마땅히 독자의 몫으로 남겨두고 싶다.

뜻밖의 작품을 만나는 즐거움도 있었다. 배명훈의 「안녕, 인공존재!」와 정소현의 「돌아오다」의 경우가 그렇다. 배명훈의 소설이 전혀 새로운 감각을 제시했다면 정소현의 소설은 전통적인 서사문법에 바탕을 두고 있다. 「안녕, 인공존재!」는 장르소설이 갖는 진부함과 통속성을 가볍게 극복하면서 존재론적 탐구를 시도하고 있다. '존재란 과연 무엇인가?' 라는 철학적 사유가 결국 이 작품의 주제로 귀결되지만, 이야기를 풀어가는 방식은 독창적이고 참신하다. 젊은 천재 과학자가 자살하면서 남긴 '데카르트의 방법론적 회의 공법으로 디자인된 제품', '인공존재' 란 이름의 이 불가해한 제품이 우주로 방출돼 '폭발' 이 일어난 이후, 작가는 이렇게 진술한다. "존재폭발이었다. 우주에서 완전히 사라진 순간, 존재는 누구의 도움도 받지 않고 혼자 힘으로 스스로를 증명했다." 과학용어의 빈번한 사용이 읽기를 더디게 했지만 한 작가의 '존재 증명' 에 독자로서 이만한 수고는 당연하지 않냐는 생각이 들었다.

「돌아오다」가 제시하는 바는 가족 서사를 축으로 하는 '삶의 자리 찾기' 일 것이다. 뱃속의 아이일 때 당한 아비의 고의적인 방화. 네 살 무렵부터 시작된 할머니와의 오랜 동거. '나' 는 대학을

나와 외국계 금융회사에 취직했으나 할머
니 때문에 그만두고 집에 틀어박혀 지낸
다. 동양자수가였던 할머니는 녹내장으로
더이상 앞을 볼 수 없으며 곧 세상을 떠날
준비를 한다. 그 무렵 집으로 찾아오는 임
신부. 그녀가 떠나고 나서야 '나'는 어머
니가 환영이 되어 돌아왔었음을 깨닫는
다. 할머니가 죽은 뒤 '나'는 오래된 집에
혼자 남겨진다. 그 집은 곧 '나의 자리'가

윤대녕

된다. "살다보면 어쩌면 할머니도 돌아오고, 엄마도 돌아오고, 내
가 만나지 못한 외삼촌과 외할아버지도 돌아올 것이다. 떠난 사
람들은 언제고 돌아올 것이다. 나는 집을 지키며 언제 돌아올지
모르는 그들을 기다릴 것이다." 이 작품의 주제가 담긴 대목이면
서 삶에 대한 작가의 성찰이 드러나는 장면이다. 이장욱의 「변희
봉」은 유쾌하면서도 능청스러운 작품이다. 가령 이런 문장. "세
상에서 가장 이기적인 존재란, 아마도 잠든 개가 아닐까." 하지만
결코 가볍게 읽히지 않는다. 이 소설은 세상에 명백히 존재하지
만 절대다수에 의해 실체가 부정되는 진실을 스스로 실현해 보이
려는 한 인물의 이야기를 다루고 있다. 굳이 명명하자면 현대판
한국식 '돈 키호테' 서사랄 수 있는데, 주제가 뚜렷한 만큼 작가
는 끝까지 기세를 누그러뜨리지 않고 이야기를 밀고 나가고 있
다. 이미 폐쇄된 동대문운동장 쪽에서 야구공이 날아와 진창에
떨어지는 장면은 아마도 소설의 영역에서만 가능한 묘사일 것이

다. 더불어 작가는 〈인형의 집〉 주인공 노라의 입을 통해 독자에게 인식의 전환을 요구한다. "인생은 왜 빛이며 죽음은 왜 어둠인가. 삶은 오히려 어둠의 편에서 오는 것이 아닌가." 그렇다면 작가는 이 소설의 주인공 '만기'를 통해 보여주듯 삶이 곧 제의 자체임을 말하고 있는 게 아닐까.

김미월의 「중국어 수업」은 인천을 배경으로 중국인 불법체류자들의 이야기를 다루고 있다. 첫 소설집 『서울 동굴 가이드』 이후 이 작가에게도 모종의 변화가 일어나고 있다는 생각이 들었다. 뉴욕 플러싱을 무대로 한 「삼칠은 이십일」에서도 같은 느낌을 받았다. 요약하자면 근래 이 작가가 다루는 소재와 주제의 폭이 한결 넓어졌다는 것이다. 전통적 서사문법을 취하되 보다 예민한 현실감각을 추구하고 있다고 할까. 또하나, 근래 우리 소설에는 이방인의 존재가 자주 등장하는데, 그럴 수밖에 없는 것이 외국인 노동자와 다문화 가정의 문제를 공유해야만 하는 시대를 우리는 살고 있기 때문이다. 뿐만 아니라 외국에서 체류하고 있는 한국인의 삶도 당면한 현실의 일부로 파악해야 한다. 김미월의 시각은 이제 안팎을 두루 살피려는 단계에 와 있으며 그것이 곧 소설의 미덕이자 작가의 미덕이라고 받아들였다.

김중혁의 「1F/B1」 역시 『악기들의 도서관』 이후 한 단계 앞으로 밀고 나간 작품으로 보았다. 그 동안 나는 이 작가가 보여주는 다소 키치적인 경향과 수집적 취미를 즐기고 반기면서도 한편으로는 굵직한(?) 서사를 기다리고 있었다. 「1F/B1」은 그에 해당하는 작품이라고 할 수 있지 않을까? 소설을 읽어나가는 도중에 나는 푸코의 원형감옥과 영화 〈배트맨〉의 고담 시를 떠올렸는데, 네오타운의 지하조직인 건물관리자 연합과 '권력'의 상관관계를 이 작품이 다루고 있기 때문이었을 것이다. 건물(빌딩) 자체가 권력을 수반할 수밖에 없다는 실제적인 인식과 그 배후를 드러내고자 하는 시도는 이 작자가 바야흐로 거대 서사와 만나고 있다는 인상을 주기에 충분했다. 그렇다면 이 작품을 두고 하나의 '폭발 현상'이라 부를 수 있지 않을까?

황종연(문학평론가)

내가 이해한 바가 옳다면 젊은작가상은 어느 작가 한 사람을 표창하기 위한 상이 아니라 경력 십 년 이내의 신인급에 속하는 작가 세대에 주목하기 위한 상이다(그리고 표면화되어 있진 않을지라도 그들과 세대적 경험을 공유하는 젊은 비평가들의 감식과 통찰을 존중하기 위한 상이다). 그런 만큼 나는 내상 작품들의 이런저런 매력에 나의 감성을 열어두려고 노력했다.

김성중의 「개그맨」은 공백이 많은 작품이다. 작중화자의 나이 스물에서 서른아홉 사이에 일어난 일들의 속기록적 발췌처럼 되어 있어서 이야기가 그리 조밀하지 않다. 화자의 서술 또한 사건이나 상황의 구체적인 제시보다는 계시적이라고 여겨지는 비유를 통한 개괄(概括)에 기울어져 있다. 가령 작품에 자주 출몰하는 '어항'이라는 어휘는 문자 그대로 그 물건을 지칭하기도 하지만 안전을 대가로 삶에 부과된 제약 또는 한정을 나타내기도 한다. 하지만 그 공백은 읽기의 흥미를 떨어뜨리기보다 추리와 상상을 자극한다. 이 소설은 한편으로는 무명시절 작중화자의 연인이었던 한 개그맨의 삶―그 과거를 끊임없이 부정하는 삶에 관한 스케치이지만, 다른 한편으로는 작중화자가 이십 년 가까이 들어 있었던 사랑과 결혼의 '어항'에서 탈출하여 어떤 자유를 향해 나아간다는 이야기이다. 작품의 결말에 이르러 개그맨의 유골을 뿌리는 일이 그가 연출한 개그와 같다고 알려주는 대목이나 개그맨 또는 여장남자 가수가 패배를 두려워하지 않은 인간, 그 결과 '순수한 평화'를 누리는 인간으로 비쳐지는 대목이 기억할 만하다. 인간 상황에 대한 상상적 이해력이 느껴진다.

정소현의 「돌아오다」는 일인칭 화자를 포함한 세 명의 여성 인물에 관한 서술에서 범상치 않은 형상화 솜씨를 보여주고 있다. 떠난 가족이 돌아오기를 기다리며 낡은 가옥을 그대로 지키고 있

황종연

는 할머니, 도덕적 관습에 저항하며 자기 나름의 방식으로 엄마가 되려다가 불행을 당한 윤옥, 그리고 할머니의 통제 때문에 젊어서 자립할 기회를 잃었으나 결국 할머니의 뒤를 이어 가족을 기다리는 화자 모두 가족 상실의 고통을 겪고 있는 여성들의 심리에 대한 깊이 있는 이해를 보여준다. 흥미로운 것은 가족의 돌아옴이라는 주제이다. 그 돌아옴은 떠난 가족의 생

환(生還)을 뜻하는 것이 아니라 그 가족에 대한 기억의 보존을 뜻하는 것이다. 이 소설의 주요 사건 속에서 그 기억의 보존은 윤옥과의 관계에서 보듯이 가족의 유령과의 만남이라는 양상을 띤다. 윤옥이 화자의 죽은 어머니의 유령이었던 것으로 밝혀지는 대목은 보는 방법에 따라서는 작위적인 듯해도 이 소설의 요점이다. 이 가족의 유령이 드나드는 퇴락한 집과 그 집을 지키는 외로운 여성이라는 이미지는 상당히 인상적이다. 다뤄진 주제는 극히 친숙한 것이지만 흔해빠진 풍속의 리얼리즘에 빠지지 않고 가족 상실의 트라우마에 대한 주의력을 보여주었다. 가족 상실의 경험과 싸우는 여성 개인의 미묘하고 복잡한 심리—자연적인 것과 초자연적인 것 모두에 열려 있는 마음의 세계로 진입한 좋은 작품이다.

이장욱의 「변희봉」은 그 표제의 인물을 숭배하는 한 남자의 착각과 공상에 관한 이야기처럼 보인다. 마치 연예인 팬덤 속에 일어날 법한 부조리한 소극(笑劇) 중의 한 삽화 같다. 만기가 변희봉의 실물을 세 번 봤다는 주장은 신빙성이 없다. 특히 변희봉이 연기 연습을 위해 생선장사를 하고 있었다거나 예식장으로부터 사례를 받는 모욕을 당하며 주례를 섰다거나 하는 주장은 오히려 만기가 제정신이 아닐지 모른다는 의심마저 들게 한다. 만기의 친구로서 그의 이야기를 중개하고 있는 화자는 그가 아버지의 투병, 아내와의 이혼, 경제적인 곤경 등 그의 정신 건강을 위태롭게 하기에 충분한 일련의 불운을 겪어왔음을 알려주며 또한 변희봉을 보았다는 그의 이야기를 주의깊은, 그러나 의심하고 조롱하는 어조로 전달한다. 하지만 만기가 미쳤는지 아닌지를 판정하게 해줄 만한 권위를 화자가 확실하게 가지고 있는 것은 아니다. 화자는 봉준호 팬임을 자처하고 있지만 그의 영화에 변희봉이 출연했다는 명백한 사실을 모르고 있다. 그래서 그의 말 역시 진실하다는 믿음을 주지 못한다. 무엇이 사실이고 무엇이 허구인가 불분명하다는 생각은 이 소설의 주요 전언인 것처럼 보인다. 동대문운동장이 있었던 자리의 밤하늘로부터 야구공이 날아왔다는 말로 이 소설은 끝나지 않는가. 사실과 허구, 실재와 공상의 경계에 대한 의문은 그리 새로운 것은 아니다. 하지만 저자의 뛰어난 화법—간혹 고골의 유머를 연상시키는 화법은 독자로 하여금 유쾌한 마음으로 그 의문의 미궁 속으로 빠져들게 한다.

편혜영은 두 권의 소설집 출간 이후 단편에 있어서는 갈수록 그 기예에 통달한 듯한 풍모를 보여주고 있다. 「저녁의 구애」는 평이한 가운데 암시가 많은 문체, 구체적인 경험 소재들의 합리적인 배합, 플롯의 리드미컬한 전개, 통일된 주제의 성취 등 여러 면에서 한국 단편의 정통 형식을 잇고 있다. 이 소설은 특히 흥미로운 문학작품에 공통적으로 보이는 특징 중의 하나—즉, 인간 현실의 어떤 본질을 압축하고 있는 듯한, 그러면서도 일상의 경험에 비추어 리얼리티가 풍부한 한 극적 상황의 발견에 성공하고 있다. 그 극적 상황이란 어떤 사람이 뜻하지 않게 다른 사람, 그것도 한때 그에게 은덕을 베푼 적이 있는 '어른'이라고 불리는 사람이 빨리 죽기를 바라게 되어버린 상황을 말한다. 그런데 저자는 그 상황을 가지고 단지 비정한 인간 사회를 연상시키는 데에 머물지 않고 어떤 사람이든 재난과 절멸의 공포에 시달리며 목숨을 부지하고 있는 상태를 환기시킨다. 라캉주의자라면 아마 실재계로부터의 공습이라고 말하고 싶을 만한 상태이다. 작중의 남자 인물이 어두운 밤 국도변에 홀로 서서 문득 죽음의 공포를 느끼고 정신적 공황에 빠져드는 과정을 침착하게 그려간 서술은 일품이다. 작가 경력 십 년 이내 같은 조건을 떠나 평가하더라도 지난 일 년 동안에 발표된 단편 중 최우수 반열에 틀림없이 오를 작품이라고 생각된다.

　김중혁의 「1F/B1」은 예술적 정교함이라는 면에서나 자기 스타일의 추구라는 면에서나 편혜영의 「저녁의 구애」와 대적할 만큼 돋보일 뿐만 아니라 끊임없이 자기 소설의 영역을 확대하고 있는 저자의 열의를 느끼게 한다. 네오타운이라는 지역의 건물관리자연합의 회원 일부가 그 지역의 인수를 목적으로 어느 개발업자가 투입한 폭력배의 난동에 맞서 싸워 결국 재개발사업을 중단하게 했다는 그 이야기는 그 플롯에 있어서 별로 독창적이지 않다. 어떤 보이지 않는 거대 권력에 맞서 그 음모를 분쇄하는 장삼이사의 플롯은 대중서사물에 얼마나 흔한 것인가. 하지만 김중혁이 제시한 작은 영웅과 그들의 세계 속에는 동시대 기술문명을 사는 보통 사람들 특유의 사회적 소통에 관한 깊은 관심이 투영되어 있다. 종전에는 주로 상품화된 특정 제품이나 기술 마니아들 사이의 연대를 이야기하는 방식으로 나타났던 그 관심이 「1F/B1」에서는 좀더 넓은 사회 권력 관계를 배경에 두고 그 연대의 비밀스러운 형태를 상상하는 쪽으로 확산되고 있는 듯하다.

이 소설에서는 저자를 유명하게 만든 다양한 커뮤니케이션 미디어의 경험에 관한 독특한 해석이 대중성 풍부한 서사 유형과 합체되어 있다. 김중혁이 소재와 소재를 가공하는 방식 양면에서 자기 시대의 새로운 매혹을 확실하게 반영하고 있는 작가임을 실감하지 않을 수 없고, 그런 점에서 그가 우리 시대의 어느 젊은 작가보다 젊다는 것을 인정하지 않을 수 없다.

신형철(문학평론가)

한 편의 대상 수상작을 선정하기는 했지만 편의적인 상대평가의 결과일 뿐, 절대평가의 관점에서 보자면 일곱 편의 소설은 하나같이 우리 시대 젊은 작가들의 역작이다. 작품들의 장단점을 캐서 심사결과를 재확인하기보다는 각각의 작품들에 대한 독후감을 정리하는 것으로 심사평을 대신하려 한다. 마지막까지 대상을 놓고 겨룬 편혜영과 김중혁의 작품에 대해서는 다른 심사위원들의 섬세한 언급이 있을 테니 나머지 다섯 작품에 대해서 몇 마디 적는다.

김미월의 「중국어 수업」은 소설이 당대 사회의 치부를 응시하는 작업일 수 있음을 착잡하게 증명한다. 2009년 4월 30일 현재 팔만에 이르는 외국인 유학생 중 육만 이상이 중국인 유학생이고 그중 십삼 퍼센트는 불법체류자다. 왜 그리 될 수밖에 없었는가. 이 물음에 답하기 위해 이 소설은 학생비자로 입국해 돈을 벌고 있는 중국인 학생 '쓰엉'과 '멍나'의 이야기를 전한다. 그러나 이 소설에는 공백이 많다. 왜 멍나는 쓰엉을 두고 한국인 남자와 결혼해야 했을까, 쓰엉은 그 사실을 몰랐을까, 왜 옐로하우스에서 멍나를 찾았을까, 그리고 어쩌다 결국 멍나를 찾게 된 것일까…… 작가는 독자가 품을 만한 이런 물음에 꼼꼼히 답하는 대신, 그들을 가르치고 있지만 그들만큼 지쳐 있고 그래서 그들의 불행이 아파도 무력하게 지켜볼 수밖에 없는 비정규직 한국어 강사 '수'의 시점에 서서, 개인의 선의만으로는 어쩔 도리가 없는 시스템의 냉정함을 응시하는 길을 택한다. 그 와중에, 한중 양국 젊은이들의 현실을 비스듬하게 포개어놓으면서 오늘날의 세계체제가 평범한 젊은이들의 꿈을 얼마나 냉담하게 짓밟고 있는지를 크고 넓게 보여줄 때 이 소설은 사려 깊어지고, '전철'이라는 장소와 '인천'이라는 공간의 분위기를 효과적으로 포착해 말을 아끼면서도 정서적인 울림을 높일 때 이 소설은 섬세해진다. 소재가 소설로 옮겨가는 과정이 지나치게 정직하고 서술의 톤이 다소 단조롭다는 아쉬움을 저 두 가지 장점이 디행스럽게 녹여낸다.

2004년 겨울 한 문예지에서 아무런 정보도 기대도 없이 김애란의 「달려라, 아비」를 읽었을 때의 그 반가움을 김성중의 「개그맨」을 읽으면서 느꼈다. '어항 속의 물고기' 같은 열아홉 살 여자와 '기린을 닮은' 무명 개그맨의 짧은 사랑이 있고, 한 사람은 결혼을 했다가 남편을 잃고 다른 한 사람은 스타가 되었다가 마약 사건으로 추락하는 동안 십사 년이 흐른다. 이제 삼십대 중반이 된 여자에게 한 통의 엽서가 도착하고 그녀는 먼 이국의 땅에서 삶을 마무리한 개그맨의 흔적을 찾아 떠난다. 그 여행의 와중에, 죽은 개그맨을 통해 그리고 그의 친구 드랙퀸 '키키'를 통해 뒤늦은 깨달음 하나를 선물받고, 그녀는 비로소 어항 속을 벗어날 수 있게 된다. 이 소설에는 많은 장점이 있지만 무엇보다 인상적인 것은 이 작가가 정서의 변증법을, 그러니까 하나의 정서에는 반드시 그와 반대되는 정서가 이미 뒤섞여 있다는 사실을 잘 알고 있다는 점이다. 그래서 이 소설에서 기쁨은 늘 슬픔의 예감 때문에 고즈넉해지고 슬픔은 늘 기쁨의 뉘앙스들로 담백해진다. 개그맨의 유골을 뿌리다가 바람의 방향이 바뀌면서 그것을 고스란히 뒤집어쓰고는 웃음을 터뜨리는 장면 같은 것이 그 예다. 이를테면 바람의 방향을 바꿀 줄 아는 이런 기교를 갖고 있으니 정서를 창출하기 위해 '기쁘다' '슬프다' 운운하며 수다를 떨 필요가 없었을 것이다. 등단 일이 년차 신인작가들에게서 흔히 보이는 결함 중 하나는 써야만 하는 문장이 아니라 쓰고 싶은 문장을 쓰고 만다는 것인데, 이 소설에는 더할 것도 뺄 것도 없다. 소설은 문장으로 쓰는 것이 아니라 문장으로 완성하는 것이다.

정소현의 「돌아오다」를 읽고 나면 이 작가의 이름을 잊을 수 없게 된다. 꽤 오랫동안 품어온 이야기가 아니었을까, 머릿속에서 조금씩 진행되던 이야기가 어느 순간 철커덕 소리를 내며 완성되었을 때 비로소 쓰기 시작하지 않았을까, 그런 생각을 하게 한다. 다 읽고 나면, 이 소설의 제목은 '돌아오다'여야만 하고 첫 문장은 "집 안에 누가 있는 것 같아"일 수밖에 없다는 것을 납득하게 된다. 재개발 지역에서 섬처럼 고립돼버린 어느 고택에 할머니와 손녀딸이 살고 있다. 그리고 그들에게 누군가 '돌아온다'. 소설의 끝에 이르러서야, 영화 〈올드보이〉에서 진실이 드러나는 바로 그 장면처럼, 넘어가는 페이지들을 타고 진실이 건너오는데, 이 장면을 읽는 순간 우리는 이 소설을 처음부터 다시 읽어야만 한다는 사실을 깨닫게 된다. 작가가 흩뿌려놓은 정보들을 조합해보기 위해서이기도 하지만 처음 읽을

신형철

때 미처 이해하지 못한 정서의 울림들을 제대로 다시 맛봐야 하기 때문이다. 결말을 알고 다시 보면 '나'와 '윤옥'이 서로 눈물을 닦아주고 윤옥의 뱃속에 있는 아기를 위해 정성을 다하는 장면 같은 것들이 전혀 다른 울림으로 읽힐 것이다. 그래서 이 소설은 구조적으로 두 번 읽을 수밖에 없는 소설이다. 결말에서 현실적으로 일어날 수 없는 종류의 일이 일어나서 당황할 독자도 있겠지만 여기서는 이미 현실이냐 환상이냐를 따지는 게 무의미하다. 할머니와 딸과 손녀에 이르는 3대에 걸친 압도적인 외로움을 표현하기 위해 도입된 설정일 뿐이기 때문이다.

이장욱의 「변희봉」은 「고백의 제왕」(『창작과비평』 2008년 여름호)에 이은 또 한 편의 수작이다. 이 소설의 기본 정황은 이렇다. 주인공 만기의 삶에 자꾸만 배우 변희봉이 끼어든다. 그러나 아무도 변희봉을 보지 못하고 심지어 그가 누군지도 모른다. 이제 세 개의 질문을 던지면서 읽을 수 있을 것이다. 첫째, 왜 나타

나는가. 부친은 많은 빚을 남긴 채 죽음을 앞두고 있고 아내는 이혼을 요구하고 직장은 구조조정에 들어갔다. 말하자면 만기를 둘러싸고 있는 하나의 세계가 붕괴하기 시작한 바로 그 시점에 변희봉은 나타났다. 그러나 소설 속에서 변희봉은 존재하지 않는 인물이다. 타인의 눈에 만기는 영락없는 망상증 환자인 셈이다. 모든 망상증은 일종의 탈출이다. 만기는 감당할 수 없는 현실 바깥으로 비극적인 탈출을 감행한 것이다. 변희봉은 그래서 나타난다. 둘째, 왜 하필 변희봉인가. 변희봉은 실존인물이고 이 인물을 소설에 끌어들인다는 것은 '변희봉'이라는 고유명사를 보통명사로 만들겠다는 뜻이다. 보통명사로서의 변희봉은 이 세계에서 무명의 조연으로 살아가는 사람들, 그러나 인생의 가장 어두운 부분을 본의 아니게 알게 된 사람들, 그러니까 삶의 진실("삶은 오히려 어둠의 편에서 오는 것")에 가장 가까이 다가선 모든 사람들의 이름이다. 셋째, 그래서 어쨌다는 것인가. 부친이 죽어가면서 만기에게 변희봉을 아느냐고 묻는 장면(그러므로 부친은 변희봉의 존재를 알고 믿는 두번째 사람이다), 만기 일행의 앞에 야구장에서 사라진 공이 문득 떨어지는 장면에서 작가는, 대체로 냉정한 이 세계 안에도 진실과 희망이란 것은 존재하는 것이 아니겠느냐고 말하고 있는 듯 보인다.

배명훈의 「안녕, 인공존재!」는 우리 문단에서 거의 찾아보기 어려웠으나 최근 들어 조금씩 그 빛을 발하고 있는 종류의 상상력으로 씌어진 기발한 소설이다. 흔히 '방법론적 회의주의'라고 불리는 데카르트의 자아발견 공정과 한 개체가 모든 불순물들을 제거하고 자기 존재의 정수와 일치될 때 초월적인 세계로 넘어갈 수 있다는 "동양적 존재공학"(이것은 작가의 표현인데, 이는 서양 신비주의 전통에서도 발견되는 존재공학이기도 하다)을 결합한 발상이 이 작가에게 '조약'이라는 기계를 만들게 했다. 이 기계의 정체와 용도를 밝혀내야 한다는 과제가 이 소설을 끌고 가거니와, 단지 기발한 발상에서 그치는 것이 아니라, 그 와중에 첨단과학기술 시대에 자아니 존재니 하는 것들이 과연 무엇을 뜻할 수 있는지를 성찰하게 한다는 점에서 이 소설은 진지하다. 물론 아쉬움이 없지는 않다. 예컨대 기계의 창조자인 '신우정'의 자살이 다소 논리적·관념적 수준에서 처리되었다는 점, 자아·주체·존재에 대한 성찰이 다소 평이해 보인다는 점 등이 그것인데, 그러나 우리 문학에서 지금 절실한 것은 한 편의 소설을 구성하는 '발상체계' 자체의 확장이라고 보는 시각에서는 배명훈이라는 작가의 등장은 희소식이다. 성급한 말일지 모르겠지만 그가 한국의 테드 창(Ted Chiang)이 되기를 기대해봐도 좋을 것 같다.

문학동네 젊은작가상 수상작품집

2010 제1회 젊은작가상 수상작품집

ⓒ 김중혁 편혜영 이장욱 배명훈 김미월 정소현 김성중 2010

1판 1쇄 │ 2010년 3월 22일
1판 9쇄 │ 2023년 4월 28일

지은이 김중혁 편혜영 이장욱 배명훈 김미월 정소현 김성중
책임편집 조연주 이경록
디자인 엄혜리 유현아 │ 저작권 박지영 형소진 최은진 오서영
마케팅 정민호 김도윤 한민아 이민경 안남영 김수현 왕지경 황승현 김혜원
브랜딩 함유지 함근아 박민재 김희숙 고보미 정승민
제작 강신은 김동욱 임현식 │ 제작처 영신사

펴낸곳 (주)문학동네 │ 펴낸이 김소영
출판등록 1993년 10월 22일 제2003-000045호
주소 10881 경기도 파주시 회동길 210
전자우편 editor@munhak.com │ 대표전화 031)955-8888 │ 팩스 031)955-8855
문의전화 031) 955-2696(마케팅) 031) 955-2675(편집)
문학동네카페 http://cafe.naver.com/mhdn
인스타그램 @munhakdongne │ 트위터 @munhakdongne
북클럽문학동네 http://bookclubmunhak.com

ISBN 978-89-546-1079-7 03810

* 이 책의 판권은 지은이와 문학동네에 있습니다.
   이 책 내용의 전부 또는 일부를 재사용하려면 반드시 양측의 서면 동의를 받아야 합니다.

잘못된 책은 구입하신 서점에서 교환해드립니다.
기타 교환 문의: 031) 955-2661, 3580

www.munhak.com